RIVAIS
A BORDO

ANGIE HOCKMAN
AUTORA BEST-SELLER INTERNACIONAL

RIVAIS
A BORDO

São Paulo
2024

Grupo Editorial
UNIVERSO DOS LIVROS

Shipped
Copyright © 2021 by Angie Hockman

© 2023 by Universo dos Livros

Todos os direitos reservados e protegidos pela Lei 9.610 de 19/02/1998.
Nenhuma parte deste livro, sem autorização prévia por escrito da editora, poderá ser reproduzida ou transmitida, sejam quais forem os meios empregados: eletrônicos, mecânicos, fotográficos, gravação ou quaisquer outros.

Diretor editorial
Luis Matos

Gerente editorial
Marcia Batista

Assistentes editoriais
**Letícia Nakamura e
Raquel F. Abranches**

Tradução
Marcia Men

Preparação
Bia Bernardi

Revisão
**Ricardo Franzin
Aline Graça**

Ilustração da capa
Connie Gabbert

Diagramação
Nadine Christine

Arte
Renato Klisman

Dados Internacionais de Catalogação na Publicação (CIP)
Angélica Ilacqua CRB-8/7057

H621r	
	Hockman, Angie
	Rivais a bordo / Angie Hockman ; tradução de Marcia Men. -- São Paulo : Universo dos Livros, 2024.
	320 p.
	ISBN 978-65-5609-627-8
	Título original: *Shipped*
	1. Literatura norte-americana I. Título II. Men, Marcia
23-6363	CDD 813.6

Universo dos Livros Editora Ltda.
Avenida Ordem e Progresso, 157 — 8º andar — Conj. 803
CEP 01141-030 — Barra Funda — São Paulo/SP
Telefone: (11) 3392-3336
www.universodoslivros.com.br
e-mail: editor@universodoslivros.com.br

*Para Betty, minha avó.
E para a garotinha que tinha medo de fracassar.*

1

Toda vez que busco minha correspondência na caixa do correio, que fica no saguão e é respingada de tinta, e vejo meu nome impresso várias vezes em cor preta muito destacada, me lembro de que tenho o nome de um astro do rock.

Não alguém infinitamente descolado como Stevie Nicks, Joan Jett ou Madonna. Não. Meu nome é Henley Rose Evans, e meus pais conscientemente me deram o nome do baterista e vocalista da banda de música de elevador preferida de todo tiozão: os Eagles.

Pena que eu seja a coisa mais distante de uma estrela do rock que você já viu no planeta Terra. O proprietário da casa em que moro mal se lembra do meu nome, quanto mais hordas de fãs enlouquecidos, e destruí precisamente zero quartos de hotéis. Mas tenho sonhos. Sonhos grandes, de uma carreira bem-sucedida e brilhante. Porém, não uma carreira que me faça cantar em público.

Guardando dentro da bolsa minha correspondência, em sua maioria propagandas, subo bufando as escadas acarpetadas do meu prédio de apartamentos no centro de Seattle. Quando chego a meu andar, minhas coxas estão queimando. Eu podia ter usado o elevador antigo com aparência de caixa de fósforos, mas ainda precisava aumentar a quantidade de passos dados por hoje.

As tábuas do assoalho rangem conforme eu desço o corredor, com o odor do desinfetante de limão pairando no ar. Meu celular vibra e eu o retiro do bolso. É uma mensagem da minha irmã, Walsh.

> Tenho uma surpresinha... 💣✨

Meu estômago se revira como uma pedra lançada de um despenhadeiro. As "surpresinhas" de Walsh são tão surpresas quanto ser atropelada por um ônibus é uma surpresa. Eu paro para responder, com gotinhas de água rolando de meu casaco e ensopando o carpete verde estampado.

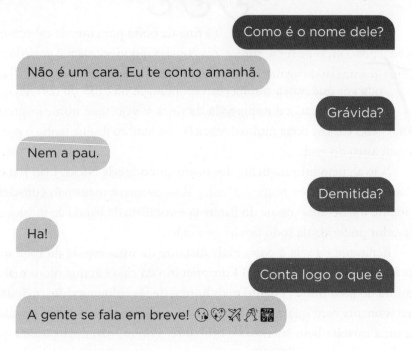

— Filha da pu...
A porta a meu lado se abre com uma onda de música e risos. Tomo um susto e minha bolsa escorrega pelo tecido liso de meu casaco de chuva até chegar ao cotovelo, machucando meu braço, e quase deixo o telefone cair. Atrapalhando-me, eu o enfio na bolsa.

— Ah — diz Sophie, minha vizinha.
Ou será que é Sophia? Sophie e Sophia se mudaram para o 4E no mês passado, e ambas têm mais ou menos a mesma altura, cabelos longos, loiros e com luzes, as mesmas feições belas e genéricas. Elas me lembram Walsh.

— Oi, Hannah.
— Henley — digo, pronunciando bem.

Um subproduto de ter um nome fora do padrão: ninguém o acerta, nunca.

— Está chegando agora do trabalho? — pergunta Sophie/Sophia, olhando de esguelha para a janela na ponta do corredor. Já passa muito das 20h e está tudo escuro lá fora.

— Aula noturna.

— Legal. — Passando uma alça fina da bolsa por cima da cabeça, ela fecha a porta atrás de si e a música e as conversas que enchiam o corredor se reduzem a um ruído abafado. — Estamos fazendo uma reuniãozinha. Nada de mais. Vou sair para buscar cerveja, mas fique à vontade para vir para cá.

Ofereço a ela um sorriso genuíno.

— Obrigada. Talvez eu vá, sim.

Não irei.

Meu notebook e o livro de administração estratégica pesam na bolsa — e no meu humor — como um par de tijolos. Minhas têmporas latejam de exaustão pelo dia longo, e ele nem acabou. Eu ainda tenho que encarar a todo-poderosa lista de tarefas.

A culpa retorce minhas entranhas quando dobro a esquina, mas eu a afasto. Gosto das minhas novas vizinhas, apesar de elas serem mais jovens que eu: tenho vinte e oito anos e elas são da cidade de recém-formadalândia. Simplesmente teremos que nos encontrar alguma outra noite. Uma noite em que eu não tenha trabalho ou aulas pairando em minha mente. Então, em algum momento do século que vem, talvez?

Chegando a meu apartamento, enfio a chave na fechadura e abro a porta com o ombro. Um miado rouco me saúda. Coloco a bolsa no chão e acendo a luz.

— Oi, Miojo.

Penduro minhas chaves num gancho ao lado da porta e meu casaco, no armário estreito na entrada. Miojo, o gato, desfila até o hall de entrada. Ele é um malhado cinza de pelos longos, com pelagem dura que se espeta para todo lado, não importa o quanto eu o escove, e olhos num tom verde-dourado que se focam em duas direções totalmente diferentes.

Uma vez eu joguei no Google "o que é o oposto de vesgo" e o termo "estrabismo divergente" apareceu, o que me soa mais como o título de um livro de ficção científica do que uma condição médica, mas o veterinário disse que no caso dele é hereditário, então não é nada preocupante.

Seja lá qual for o nome, Miojo é um gato de aparência rústica. Por isso seu status de residente veterano do abrigo animal local antes que eu o adotasse no verão passado. Estendo a mão para afagá-lo debaixo do queixo. Ele solta um miado quase coaxado, como se tivesse fumado dois maços de cigarro por dia durante uma década.

— Sentiu saudades de mim?

Silêncio.

— É assim, né? Estou vendo.

Vou para a cozinha e Miojo trota atrás de mim. Alimento meu gato convencido antes de trocar de roupa e vestir calças bailarina e uma camiseta da Universidade Boise State. Tirando um recipiente com resto de salada de quinoa da geladeira, atravesso o piso de madeira com uma taça de pinot grigio e volto para minha acolhedora sala de estar.

Qualquer pessoa que entre em meu apartamento de um quarto em Belltown pensaria que sou uma viajante contumaz que já cruzou o mundo — se essa pessoa não me conhecesse. Mapas enormes e coloridos, paisagens marinhas emolduradas e retratos da vida selvagem estão arranjados numa colagem acima de meu sofá rubi. Pela parede oposta, que eu pintei no mesmo tom rico de pedra preciosa, um rosa avermelhado, pilhas de livros de viagem e marketing oscilam num baú, enquanto uma poltrona comprada num site de ofertas se acomoda sob a janela. É como se a *National Geographic* e a revista *Porthole Cruise* tivessem um filho e esse filho respingasse por todo meu apartamento.

Entretanto, a verdade é que, tirando algumas viagens para o Colorado quando criança e uma viagem genérica de férias de primavera para Cancún aos dezenove anos, eu nunca saí do Noroeste do Pacífico. Eu não sou uma fraude, não. Sou gerente de marketing numa empresa global de cruzeiros de aventura.

Então, todos os cartazes e impressões digitais? Brindes do trabalho. Obrigada, Aventuras Seaquest, pela decoração barata.

Não é que eu não *queira* viajar. Quando aceitei esse emprego, três anos atrás, eu tinha muitas esperanças de ver o mundo. Daí a vida aconteceu. Ambições profissionais. Mestrado. Empréstimos estudantis. A dor de cabeça vaga e persistente que é tornar-se adulta. Mas, principalmente, minha carreira. É difícil tirar uma folga do escritório quando seu objetivo é subir na hierarquia corporativa e chegar a diretora antes dos trinta anos.

Colocando o jantar e a bebida na mesinha de centro da Ikea, eu me jogo no sofá e arranco o elástico do meu coque. Meu cabelo cai por cima dos ombros e eu o sacudo, massageando as raízes para acalmar o couro cabeludo dolorido. Eu queria poder me deitar agora mesmo, apenas me arrastar para a cama e desmaiar, mas minha lista de tarefas está queimando no app. Não vou conseguir dormir até que tudo esteja riscado, então é melhor resolver isso agora.

Tomando um gole de vinho, abro a lista e leio o primeiro item.

> **Tarefa #1:** Conferir se Graeme postou conteúdo de British Columbia nas redes sociais.

Pesco meu notebook na bolsa e o abro. Miojo pula para perto de mim e se aninha contra minha coxa, ronronando. Trinta segundos depois, estou repassando o feed da Aventuras Seaquest no Twitter. Enfio um bocado de salada de quinoa na boca e mastigo. Eu mal sinto o gosto enquanto surfo pelas postagens. Analisando um tuíte depois do outro, largo o garfo, franzindo as sobrancelhas.

Quando chego às postagens de ontem, a fúria se avoluma dentro do meu peito. Entro no Facebook. A mesma coisa. Instagram. Mesma coisa. Espremo os olhos e aperto a ponte do nariz.

— *Graeme*.

Ele não postou. Disse que postaria, mas não postou. Tão típico do sr. Todo-Poderoso Guru das Redes Sociais. Eu estava certa em colocar "conferir postagens nas redes sociais" como o item número um na minha lista de tarefas.

Encaro, carrancuda, a foto minúscula ao lado do nome de Graeme, seu queixo forte e liso e seu cabelo castanho curto. Odeio admitir, mas na primeira vez que vi a foto dele cheguei mesmo a pensar que o babaca arrogante era bonito. E quando ele falou ao telefone em seu primeiro dia, mais de um ano atrás, *uuuuufs*. Quase derreti. A voz dele era grave, profunda e rouca, um lenhador mergulhado numa fonte de chocolate.

Aí começamos a trabalhar juntos e não se passaram duas semanas antes que Graeme, o Troll Podrão mostrasse sua cara.

Tudo começou quando um vídeo precioso registrado num de nossos cruzeiros para a Costa Rica aterrissou em meu inbox. A maior parte era típica: os hóspedes se divertindo numa caminhada, sorrisos enormes, energia lá em cima — mas, mais para o final, quem estava filmando incluiu uma cena mostrando dois macacos capuchinhos cuidando da higiene um do outro. Era coisa rápida, piscou, perdeu: um macaco parecia cheirar a bunda do outro, fazer uma careta, depois perder o equilíbrio e cair da árvore. Hilário, né?

Imaginei: ei, as pessoas adoram vídeos engraçados de animais, então vamos editar outros clipes da vida selvagem de nossos cruzeiros, colocar uma música, acrescentar legendas engraçadinhas e postar nas redes sociais com hashtags específicas para aumentar o engajamento. Coloquei minhas habilidades razoavelmente decentes de edição de vídeo em uso e, quando cheguei numa versão que me deixou contente, encaminhei o vídeo para Graeme, nosso recém-nomeado gerente de redes sociais, para postagem.

E aquele negócio viralizou.

Só fiquei sabendo disso na manhã seguinte, quando nosso chefe, James, mostrou o vídeo na reunião semanal do nosso departamento. Mais de cinquenta mil visualizações e aumentando. O engajamento da postagem estava acima de 67 por cento e o tráfego em nosso site tinha disparado.

Depois que as palmas e os risos cessaram, James esgoelou sua aprovação em direção ao telefone em viva-voz do qual Graeme falava.

— Fabuloso, brilhante. Viram, gente? Essa é a cara da engenhosidade. Muito bom, Graeme.

Muito bom, *Graeme*. Não: Muito bom, *Henley*.

E o que Graeme respondeu ao nosso chefe ao receber o crédito imerecido? Após alguns segundos de silêncio e estática do telefone, ele disse apenas:

— Obrigado.

Como se isso não bastasse, James decidiu jogar sal na ferida.

— Eu queria que todos vocês tivessem a mesma iniciativa do Graeme — disse ele para o grupo, olhando depois diretamente para mim. — Em especial você, Henley. A Costa Rica é a *sua* região, afinal.

Eu sei, eu sei. É provável que eu devesse ter dito algo ali mesmo, naquele momento — corrigido James na hora e lhe contado exatamente quem era responsável pelo vídeo viral. Mas minha boca estava muito cheia com o choque para fazer qualquer coisa, exceto ficar de queixo caído feito um peixe morto. E James odeia ouvir que está errado, em especial na frente de outras pessoas. Quando a reunião terminou, contudo, era tarde demais. Procurar James àquela altura teria sido como dedurar alguém, e quem quer parecer mesquinha na frente do chefe?

Então, Graeme escapou ileso. Ele escapou ileso de ter tomado para si o crédito e os elogios que eram meus.

Aquele *cuzão*.

Desde então, ele usou o incidente para se lançar ao status de *melhor amigo* do nosso chefe. O começo e o final de toda reunião de equipe são definitivamente dedicados a papos cheios de testosterona.

Como vai seu filho? Como foi a regata no fim de semana? Você assistiu ao último jogo dos Mariners? Era puxa-saquismo disfarçado de camaradagem masculina em quantidade suficiente para me dar vontade de esmagar o telefone em pedacinhos com meu sapato de saltos mais finos.

O negócio é: eu já trabalhei com tipos como Graeme. Ele pode ter tornado uma ciência a arte de usar a fachada de *cara bacana*, mas eu conheço a verdade. Ele é um aproveitador mimado e sorrateiro, disposto a fazer o que for preciso para chegar na frente.

Graeme deve ter entendido em algum ponto do caminho que eu sabia o que ele estava aprontando, porque ao longo desse último ano ele se tornou a cruz da minha vida profissional. Sempre que eu quero que algo seja feito com rapidez, ele tem uma razão para não fazê-lo. Se eu tenho uma ideia, ele a questiona. Se eu lhe envio um e-mail, recebo uma resposta brusca — um obrigado ou por favor? Pode esquecer.

Apesar da videoconferência ocasional, eu nunca vi Graeme pessoalmente, já que ele trabalha de casa em tempo integral. Então, gosto de pensar que, apesar de sua mandíbula cortada com aço e daqueles olhos profundos, ele tem braços e pernas finos e hálito de queijo cottage para combinar com a personalidade. Imagino um Graeme baixinho e barrigudo gargalhando e dançando em torno de uma fogueira, segurando um tridente.

Faço login no Outlook e digito um e-mail como se estivesse inserindo os códigos nucleares.

De: HenleyE@aventurassq.com
Para: GraemeC@aventurassq.com
Cc: JamesW@aventurassq.com
Assunto: ATRASO nas redes sociais

Graeme,

Notei que minhas solicitações de postagem nas redes sociais alavancando a promoção de passagens aéreas para todas as partidas remanescentes de 2019 para "Costa de British Columbia & Passagem Interior" não foram publicadas hoje. Como essa promoção expira daqui a uma semana e nenhuma das viagens de setembro esgotou-se, espero ver propagandas robustas em nossas plataformas nas redes sociais. Para o conteúdo, veja o Google Doc que compartilhei na semana passada. Por favor, resolva isso o quanto antes.
Grata,

Henley

Henley R. Evans
Gerente de Marketing para América Central e do Norte
Aventuras Seaquest | www.aventurasseaquest.com

Assim que clico ENVIAR, pego meu celular e tico a caixinha junto da Tarefa #1. Aparece uma linha preta grande, riscando a tarefa. Inspiro profundamente pelo nariz e uma sensação de calma se espalha lentamente pelo meu corpo.

Pelo menos minha ponta dessa tarefa está resolvida. Por enquanto. Mas é melhor Graeme andar logo e postar minhas coisas, tipo, ontem.

Meus músculos relaxam enquanto me aninho nas almofadas fofas e estico as pernas. Cruzando os pés na altura dos tornozelos sobre a mesinha, leio as tarefas #2 e #3 na minha lista:

Tarefa #2: Fazer o pagamento do empréstimo estudantil.

Faço um barulho de vômito com a garganta e meus ombros se retesam automaticamente. Preciso conferir minha poupança e meu orçamento mensal antes de encarar esse colosso. Com relutância, adio essa tarefa para amanhã. Não tenho a energia emocional para lidar com isso agora.

Tarefa #3: Esboçar o trabalho final de administração estratégica para entrega na segunda-feira.

Isso eu posso fazer. No entanto, bem quando estou prestes a colocar o notebook de lado para tirar a contragosto meu livro da bolsa, meu inbox apita. Graeme respondeu. Narinas inflando, abro o e-mail.

De: GraemeC@aventurassq.com
Para: HenleyE@aventurassq.com
Assunto: Re: ATRASO nas redes sociais

em breve -G

Graeme Crawford-Collins
Gerente de Redes Sociais
Aventuras Seaquest | www.aventurasseaquest.com

Fico parada, piscando.
Pisco de novo.
Em breve? Esse em breve é tipo *agora mesmo* ou *terça-feira que vem*? Fecho a mão com força por cima de Miojo. Ele ronrona mais alto. Isso é tão... inaceitável. E não apenas porque ele não pôs o nosso chefe em cópia. Ranjo os dentes até minha mandíbula doer.

Graeme Crawford-Collins. *Graeme Crawford-Collins*. Não posso deixar ele me ignorar de novo. Não vou deixar.

As reservas para cruzeiros no Pacífico, desde o Alasca até o Panamá, subiram em todos os trimestres desde que entrei na empresa — graças, em grande parte, a meus esforços incansáveis — e *não vou* arruinar meu histórico por causa dele. Em particular não agora, quando há rumores de que a Aventuras Seaquest está criando um cargo novinho de diretor de marketing digital — um cargo que eu faria qualquer coisa para conseguir.

Eu faria hora extra. Faria minha pós em administração de empresas à noite. Eu me ofereceria para projetos extra. Ah, espere aí, *já faço* tudo isso, então essa promoção deveria ter meu nome estampado nela. Mas só se eu não estragar o passe que vale o jogo, no finalzinho do segundo tempo. Estalo os nós dos dedos contra a mandíbula e, com um rosnado, acabo com o vinho, ponho a taça na mesinha com força e clico em RESPONDER.

Prepare-se, Graeme Crawford-Collins. Porque você está prestes a receber uma dose de *trovão da Henley*.

2

De: HenleyE@aventurassq.com
Para: GraemeC@aventurassq.com
Assunto: ATRASO nas redes sociais

Graeme,
"Em breve" é um termo impreciso. Favor definir.
Grata,
Henley

Pshéu! Toma essa, Graeme!

Tá, não foi exatamente um trovão, mas um tanto mordaz, de um jeito discreto. Dou um sorriso malicioso quando clico em ENVIAR. Batuco os dedos no notebook. Mordisco a pele em torno da unha. Clico para atualizar a tela do inbox. Nada. Bem quando eu já imaginava que Graeme havia encerrado por hoje, surge uma notificação de e-mail.

De: GraemeC@aventurassq.com
Para: HenleyE@aventurassq.com
Assunto: Re: ATRASO nas redes sociais

Em breve, *locução adverbial*
1. Em ou daqui a pouco tempo
2. Sem demora indevida
3. Quando eu puder

-G

Tusso, incrédula, antes que a fúria percorra minhas veias. Espremendo meu notebook num aperto de matar, eu me reacomodo até sentar-me no sofá com as pernas cruzadas. Miojo salta para o chão, um miado descontente por ter sido chacoalhado.

O sujeito não se dá ao trabalho de me mandar nada que não sejam e-mails monossilábicos 97 por cento do tempo, e quando enfim se rebaixa a se comunicar como um ser humano normal, é com uma definição de dicionário em várias partes, embebida em sarcasmo. Um rosnado sobe por minha garganta.

De: HenleyE@aventurassq.com
Para: GraemeC@aventurassq.com
Assunto: Re: ATRASO nas redes sociais

Graeme,
Faça agora, por favor.
Grata,
Henley

Nem dez segundos depois…

De: GraemeC@aventurassq.com
Para: HenleyE@aventurassq.com
Assunto: Re: ATRASO nas redes sociais

Pode ser 20:40 em Seattle, mas já é quase meia-noite aqui em Michigan. Suas postagens podem esperar.

O caramba que podem!

De: HenleyE@aventurassq.com
Para: GraemeC@aventurassq.com
Assunto: Re: ATRASO nas redes sociais

Se você tem tempo para responder aos meus e-mails, tem tempo para postar meu conteúdo nas redes sociais, pelo menos no Facebook e no Instagram. Guarde os tuítes para amanhã.

Tuítes se mantêm relevantes apenas por cerca de dezoito minutos, então já está tarde para eles atingirem uma audiência efetiva agora.
Uma mensagem surge no chat na lateral da minha tela.

> Você não tem nada melhor para fazer do que me mandar e-mails de trabalho?

Aperto meus lábios.

> É o sujo falando do mal lavado. Você não tem nada melhor para fazer do que responder?

> Você não respondeu à minha pergunta. Nenhum plano divertido para Henley Rose esta noite?

Estreito meus olhos para a tela. Eu *odeio* quando ele me chama de Henley Rose. Naquelas bem-aventuradas duas primeiras semanas de trabalho dele, Graeme me perguntou o que significava o "R" na minha assinatura de e-mail e cometi o erro de dizer. Lembro de como ele falou meu nome pelo telefone, *Henley Rose,* como se tivesse um segredo para me contar... um segredo que eu queria ouvir...

Agora ele reserva esse nome para usar em ocasiões especiais — ou seja, quando tem certeza de que ele vai obter a irritação máxima.

> Nenhum namorado gostosão para te manter ocupada?

De maneira automática, eu olho para o apartamento vazio ao meu redor, como se um namorado imaginário fosse irromper do meu quarto segurando uma dúzia de tacos e um bolo de chocolate. Miojo olha para mim de onde está, no chão — ou melhor, um olho se agarra ao sofá, enquanto o outro confere a mesinha de centro. Ele não está impressionado.

> Eu não preciso de um namorado. Estou ocupada demais polindo minha coleção de facas. Enormes. Com pontas afiadíssimas.

> Vou levar isso como um não... Você gosta de coisas grandes, então?

> Quanto maior, melhor.

> Não foi isso o que ela disse?

Opa, opa, epa, eeeeepa. Estamos *flertando* aqui? De jeito nenhum! Minhas entranhas se reviram, confusas, e um calor percorre minhas clavículas. Clico de novo na foto de contato de Graeme. Seus lábios carnudos parecem sorrir para mim com malícia, e tenho o desejo súbito de esmagar minha boca contra a dele, só para ver qual é a sensação. Isso, ou estapeá-lo.

Mordendo meu lábio inferior, entro no Instagram e digito "Graeme Crawford-Collins" na barra de pesquisa. Talvez uma foto diferente mostre um lado ruim dele... seu lado digno de um tabefe...

Não aparece nada. Hum. Tento o Facebook — ele também não está lá. E o Twitter é o terceiro fora. Um gerente de redes sociais que não está nas redes sociais? *Esquisito*.

Balanço a cabeça.

— O que é que eu estou fazendo...

Atrapalhando-me com o touch pad, fecho as três abas incriminadoras. Deus do céu, preciso sair mais de casa. Ir a um encontro, de vez em quando — e não com meu amigo roxinho com funcionamento a bateria que mora em minha mesinha de cabeceira. Porque se estou me sentindo atraída por Graham Cracker-Collins,* mesmo o odiando... Minha vida sexual está num ponto pééééssimo.

Hora de retomar o assunto em pauta.

> Sabe, no tempo em que essa conversa deliciosa aconteceu, você poderia ter postado meu conteúdo.

> Você não viu o vulcão, né?

> ... oi?

> Vulcão. Aquelas coisas que entram em erupção de tempos em tempos com lava derretida, sabe?

Sim, eu sei o que é um vulcão. Jesuzinho Cristinho!

> O que é que você anda fumando? Que vulcão?

> Hum. Parece que você não leu meus tuítes. Estou decepcionado com você, HR. Um vulcão entrou em erupção nas Galápagos esta noite. Nosso navio estava no local e o cinegrafista a bordo conseguiu imagens quentes (sim, o trocadilho foi de propósito).

Engulo o riso e forço a carranca a voltar ao seu lugar.

---

* Graham crackers são biscoitinhos doces feitos a partir de uma farinha de trigo integral conhecida como farinha Graham. Por não gostar do colega de trabalho, a protagonista cria esse apelido, cuja pronúncia é similar ao nome de Graeme, para tirar sarro dele. (N. E.)

Não, eu não tinha ficado sabendo do vulcão. Quando passei por meu feed do Twitter mais cedo, estava apenas procurando por menções à oferta de passagens aéreas para British Columbia. Mal registrei qualquer outra coisa. Abro uma aba e releio o feed. É, lá está. Tuíte após tuíte sobre a erupção vulcânica num canto inabitado da Ilha Isabela e como nosso navio de cruzeiro testemunhou tudo ao vivo — de uma distância segura. Que oportunidade de marketing fantástica. E, porcaria, Graeme de fato reforçou a publicidade muito bem.

> Eu priorizei.

Posso sentir meus ombros se encolhendo.

> Bom, priorize meu conteúdo em seguida.

Eu começo a digitar que a oferta de passagens aéreas expira na semana que vem e precisamos reforçar a campanha nas redes sociais, mas, antes que eu possa apertar o enter, chega outra mensagem de Graeme.

> Vou postar seu conteúdo de British Columbia amanhã cedinho. Não que faça muita diferença a essa altura para atrair mais reservas para setembro.

> Divirta-se polindo aquelas facas enormes.

A bolinha ao lado do contato dele fica vermelha, indicando que ele está offline.

Cerro meus molares até a mandíbula estalar. Meu dentista vai me passar um sermão sobre ranger os dentes, de novo. Eu já sei.

— Graeme — rosno.

Quem é ele para insinuar que meu plano de marketing para redes sociais não vai render algumas reservas ao longo da semana que vem? É simplesmente tão... presunçoso. E *rude*. E totalmente errado.

Pego minha salada de quinoa da mesinha de centro e enfio uma garfada na boca. Tem sabor de serragem. Empurrando o notebook longe, vou pisando duro até a cozinha, jogo a quinoa no lixo e vasculho a geladeira. Não há muita escolha: três potes de iogurte de baunilha, condimentos diversos e um único miniqueijo Babybel. Anotação mental: acrescentar compras no mercado à minha lista de tarefas do final de semana.

Pego no armário um pote de geleia de uva e minhas duas últimas fatias de pão e faço um sanduíche de manteiga de amendoim e geleia. Tasco a geleia com um pouquinho de entusiasmo a mais e ela respinga pelo balcão laminado cinza. As palavras de Graeme ficam atazanando minha mente. *Não que faça muita diferença.* Bufando, apoio os quadris na bancada e ataco meu sanduíche feito um urso comendo um salmão.

Eu deveria começar meu trabalho para a faculdade, mas a última mensagem de Graeme deixou meu estômago contraído e a pele coçando. Tem uma coisa que preciso fazer. Acabando com o sanduíche em mais quatro mordidas, volto ao notebook e desenterro os números de British Columbia do ano passado, comparando-os com nossa atividade nas redes sociais.

Mal houve aumento nas reservas. Meu marketing para essas viagens em setembro passado não havia funcionado tão bem quanto eu me lembrava. Mesmo com a promoção aérea, que foi ideia minha, precisávamos fazer algo diferente. Algo fora dos padrões.

Abro um Google Doc em branco. Depois de um minuto, as ideias vão surgindo aos poucos. Eu começo a digitar. Já passa das dez quando termino, e nem comecei a esboçar meu trabalho ainda. Se eu quiser manter o cronograma e cumprir o prazo de entrega na segunda, preciso fazer pelo menos isso hoje. Em silêncio, xingo Graeme, enquanto abro o livro na mesinha de centro e começo a pensar.

— Noite difícil?

Christina levanta a cabeça acima da divisória cinzenta do cubículo entre nossas mesas, me flagrando ao esfregar os olhos. São 9h15 da manhã de sexta e, na hora que se passou desde que cheguei, um murmúrio gentil de conversas lentamente sobrepujou o silêncio matinal.

Considerando-se que se trata de um escritório, o nosso é bem bacana. Ocupa todo o último andar de um prédio histórico no centro e tem pé-direito alto, tijolos à vista e muita luz entrando por janelas amplas em arco. Graças à nossa proximidade do Estreito de Puget, o cheiro da maresia limpa é um acessório permanente no edifício, dando vida às fotos emolduradas dos navios de cruzeiro que forram os corredores internos.

Tiro os olhos do e-mail que estou escrevendo para a assistente de James a fim de discutir minha ideia para uma campanha de chamadas diretas de última hora para British Columbia.

— Ocupada, só — digo. — E sem dormir. E você?

Pulando para se empoleirar na borda da minha mesa, Christina cruza as pernas, as calças capri cor de esmeralda subindo pelas canelas esguias.

— Horrível — comenta ela, com seu charme de sempre.

Ela joga sua longa cortina de cabelos pretos e lisos por cima de um ombro. Ele contrasta de maneira esplêndida com a camisa de laise branca.

Relendo meu e-mail mais uma vez, clico em ENVIAR antes de me ajeitar para ouvir o que provavelmente será uma história muito prolixa e muito dramática.

— Então, lembra que eu ia sair com aquele cara do Bumble ontem à noite? — começa ela.

Lembro apenas vagamente, mas assinto mesmo assim.

— Bem, estava indo tudo bem até sairmos do restaurante. Lá estávamos nós, de pé na calçada, falando sobre o que fazer em seguida, quando passa uma viatura. E sabe o que o cara faz? Pula atrás da lixeira mais próxima como se fosse o Batman ou algo assim. No fim das contas, havia um mandado de prisão em aberto contra ele.

Aprumo-me.

— O que você fez?

Ela dá de ombros.

— Fui para casa com ele. Ele era uma gracinha.

Meu queixo cai.

Ela ri.

— Estou brincando, Henley, credo! Falei para ele que eu estava com enxaqueca e vazei, claro. Mas daí conheci esse *outro cara,* uma graça também...

— Tá bom. Bem, vou precisar do relatório completo.

Apoio o cotovelo na mesa, o queixo apoiado na mão. Sem ter uma vida amorosa própria, vivo indiretamente as aventuras de Christina na terra dos namoros.

Ela desliza para fora de minha mesa.

— Que tal no almoço? Waterfront Park?

Mordo o lábio. Tenho muita coisa para fazer hoje.

— Sei que você está sempre "ocupadíssima" — diz ela, incluindo as aspas aéreas. — Mas vamos lá... Nós não almoçamos juntas há semanas.

— Eu sei — gemo. — Sou terrível. Que tal no happy hour, em vez disso?

Não consigo me lembrar da última vez que saí para beber depois do trabalho sem que isso envolvesse um evento de networking da faculdade.

— Você não tem aula?

— Na sexta, não. Além do mais, o semestre de verão terminou ontem e estou de férias por um mês até as aulas de outono começarem.

— Certo, happy hour, então — diz ela com um sorriso. — Miller Room?

— Por favor!

Pegando um vislumbre de alguém por cima do ombro, ela se vira.

— Tory! — chama ela com um aceno.

Passos se aproximam e, um momento depois, nossa colega de trabalho Tory Hageman aparece. Seu cabelo curtinho e platinado capta a luz e praticamente espremo os olhos ante seu resplendor.

Enquanto Christina é um ano mais nova que eu, Tory é quatro anos mais velha. Porém, ao contrário de nós duas, Tory de fato tem a vida em ordem, de um modo que faz a nossa parecer desesperadamente infantil. Para começar, ela é casada. Em segundo lugar, ela mora numa casa. Não um apartamento, mas uma casa mesmo, com jardim, cerca e toalhas separadas para as visitas e tudo o mais.

— Olá, senhoras — diz Tory com um sorriso, abraçando uma pilha de pastas junto ao peito. — O que vocês duas estão tramando aqui?

— Happy hour no Miller Room depois do trabalho. Topa? — convida Christina.

— Perfeito! Podem contar comigo. Também tenho novidades para contar a vocês. Novidades quentes.

Seu sorriso se amplia de tal maneira que penso que suas bochechas redondas vão rachar.

— Pode contar — digo.

Ela confere o relógio.

— Não posso. Estou atrasada para uma reunião, tenho que correr. Ah, e Henley... parece que aquele cargo de diretor de marketing digital finalmente vai rolar. Eu te dou os detalhes depois.

Tory faz figa enquanto se afasta andando para trás, depois dá meia-volta e corre para a sala de reunião.

Minha respiração fica presa na garganta e uso cada gota de força de vontade para não colar um sorriso imenso na cara. Tory é a diretora de análise e planejamento financeiro, então sua área tem que aprovar o orçamento para qualquer cargo novo. Sem dúvida, ela sabe de todas as novidades.

Christina assente depois da partida de Tory.

— Já estava na hora de termos um diretor digital.

Volto meu olhar para Christina. Não é segredo nenhum que estou na disputa pelo novo cargo, mas ela está na Seaquest há mais tempo do que eu... e se *ela* espera por essa promoção? Nós não chegamos a conversar a respeito, na verdade.

Abaixando o queixo, ela aperta os lábios.

— Ah, o que é isso, Hen! Você acha mesmo que sou como aquelas amigas de sitcom dos anos 1990, que viram uma megera por causa do sucesso da melhor amiga? Nós duas sabemos que você merece essa promoção. Você trabalha mais do que qualquer outra pessoa em toda essa empresa. É meio que patético, na real.

Dando uma piscadinha, ela sai da mesa e se desvia da nossa divisória, voltando a seu cubículo.

Meu peito se enche de calor. Christina não é apenas uma amiga de trabalho, ela é uma amiga *de verdade*. E não é como se eu tivesse um suprimento inesgotável delas. Sorrio para mim mesma enquanto apanho meu celular na bolsa. Todo esse negócio de "novidades quentes" da Tory me lembrou de uma coisa. Abro as mensagens de Walsh de ontem à noite e disparo uma resposta.

> E aí, qual é a surpresa?

Bato com as unhas na bochecha. Nenhuma resposta. Sem dúvida, Walsh está me preparando para seja lá qual for a notícia doida que ela pretende compartilhar. Isso, ou ela ainda não acordou. Ela está no fuso horário do Colorado, então presumivelmente deveria estar acordada, mas, por outro lado, o tempo é um conceito um tanto indiferente para Walsh. Meu telefone vibra na mão, me fazendo dar um pulo.

> A que horas você sai do trabalho? Eu te conto quando você sair.

Olha só quem está de pé.

> Me conta agora

🫣

> Afff. Tá bom. 17h30

Legal, a gente se fala em breve!

Droga, eu me esqueci do happy hour. Começo a digitar uma resposta, mas meu computador apita com dois novos e-mails. Largo o o celular e abro o primeiro. Vem de Graeme, uma resposta à minha mensagem original de ontem à noite.

De: GraemeC@aventurassq.com
Para: HenleyE@aventurassq.com
Cc: JamesW@aventurassq.com
Assunto: Re: ATRASO nas redes sociais

pronto -G

James está de volta à conversa e Graeme está de volta ao homem das cavernas monossilábico. Típico.

Visito nossas páginas nas redes sociais. Estão cheias de tuítes e postagens da promoção aérea de British Columbia. Inspiro profundamente pelo nariz. Foi mesmo ontem à noite que Graeme e eu estávamos gracejando sobre o tamanho da minha hipotética coleção de facas? Eu gostaria de acreditar que isso nunca aconteceu, porque é bizarro demais. Porém, meu estômago dá um pulo, me lembrando de que aconteceu, sim.

O segundo e-mail atrai meu olhar. É um convite no calendário para me reunir com James às quatro da tarde. Quando clico para aceitar o convite, o telefone em minha mesa toca. Atendo.

— Evans — digo, automaticamente.

— Oi, Henley, é a Barbara — diz a secretária de James em sua voz leve e etérea.

Será que é sobre a vaga de diretor digital? Cada partícula de esperança dentro de mim se distila numa coisa viva e pulsante em meu coração. Buscando calma, eu me reclino em minha cadeira e aliso a saia coral por cima dos joelhos.

— Oi, Barb, como vai? Acabei de receber o convite para a reunião.

— É por isso que estou ligando. Eu sei que provavelmente não devia dizer nada... — Sua voz agora soa abafada, como se ela cochichasse por trás da mão. — Mas ouvi James falando com Marlen hoje cedo.

Marlen é o nosso CEO. O sangue congela em minhas veias e não ouso nem respirar.

— Sua reunião das quatro horas? Não é só por causa da sua ideia para British Columbia. Ouvi Marlen dizer a James que ele está pensando em você para a vaga de diretora de marketing digital... Henley, você está na lista de candidatos.

3

Primeiro pensamento: *Estou na lista de candidatos! A lista de candidatos! Esse cargo de diretor já é praticamente meu. Isso! Bate aqui, soquinho no ar, sou eu mesma!*

Segundo pensamento: *Lista de candidatos... Espera aí, que lista de candidatos? Eu deveria ser* a lista *toda. Um nome só. O meu. De mais ninguém. Hulk esmaga!*

Pisco várias vezes e me dou conta de que Barbara ainda está falando.

— ... mas não posso dizer mais nada.

— Quem mais está na lista? — pergunto, a voz baixa e urgente. O plástico do telefone range com meu aperto.

— Barbara! Venha já aqui. — A voz de James ecoa ao fundo.

— Tenho certeza de que James vai informá-la. É... é melhor eu ir.

— Certo. — Chacoalho a cabeça. — Desculpe, tá bem? Muito obrigada pelo aviso. Agradeço muito mesmo.

— Por nada, meu bem. Estou torcendo por você.

Clique.

Só percebo que não desliguei quando um zumbido persistente soa no meu ouvido. Sacudindo-me, enfio o receptor de volta no gancho e passo as mãos pelos cabelos, puxando-os de leve.

Certo. Isso está acontecendo mesmo.

Mas não sou a única na disputa pela vaga. Quem mais eles poderiam cogitar? Olhando os ocupantes dos cubículos do outro lado do corredor, rapidamente repasso as possibilidades: não, não, nem a pau, improvável, de jeito nenhum. Não é para me gabar, mas Christina estava certa. Não tem ninguém na equipe de marketing que esteja no mesmo patamar que eu.

Se eles estão avaliando um candidato externo, alguém que não trabalha para a Aventuras Seaquest, então não faço ideia de quem poderia ser. Dou de ombros. *Tudo em que posso me concentrar no momento é em mim mesma.* Quando eu descobrir quem são os outros nomes na lista, *aí* posso montar uma estratégia.

Depois de tirar a manhã para responder a alguns e-mails urgentes e coordenar com o departamento de arte o mailing para a América Central no próximo trimestre, passo a tarde me preparando para minha reunião com James.

Dou os toques finais em minha proposta para British Columbia, envio meu currículo atualizado para o RH e esboço pontos importantes sobre por que sou a opção mais forte para a vaga de diretor. Estou tão absorta no que estou fazendo que mal registro quando meu computador apita. Olho para a tela e engasgo com o chá gelado. Ele respinga na frente de minha camisa.

— Merda, merda, merda dupla — resmungo.

São dezesseis horas. Pego um bloco de anotações, meu currículo, telefone e uma cópia impressa de minha proposta, levantando-me de minha cadeira num pulo. James se importa muito com a pontualidade. Se você chegou na hora, está atrasado. Christina arqueia as sobrancelhas para mim quando passo correndo por sua mesa, mas não paro. Sigo apressada pelo corredor, tossindo para limpar a garganta ardendo e tento não deixar cair nada.

Barbara está sentada na mesa junto à sala de James. Posso ouvir a voz dele trombeteando do outro lado da porta fechada. Quando ela me vê chegar, toca os ombros, fazendo o sinal da cruz.

Faço uma pausa junto de sua mesa.

— Feio assim?

— Ele acaba de sair de um telefonema com a ex-esposa.

Faço uma careta.

— *E* preencheu um cheque para pagar a matrícula de Toby na UCLA hoje.

Solto um gemido. Uma conversa com a odiada ex-esposa e um gasto enorme com a matrícula da faculdade do filho? Ele vai estar Daquele Jeito. Maravilha.

— Obrigada por avisar.

Alisando a saia, dou os últimos três passos até a porta da sala dele e bato.

Espera! Ai, droga, eu me esqueci de vir com algo com que escrever. Volto num pulo para a mesa de Barbara.

— Caneta? — peço, espremendo os olhos.

O cabelo dela balança enquanto ela pesca uma caneta numa caneca de café e a entrega para mim.

— Aqui. Ah, e você está com uma coisinha...

Ela aponta para seu peito. Droga, o chá. Jogo o cabelo por cima dos ombros, o castanho-claro por cima da seda branca, e o arrumo para cobrir a maior parte dos respingos.

Barbara me dá um joinha, as unhas azul-petróleo faiscando.

— Entre — dispara James.

— Você é a melhor — murmuro para mim mesma, abrindo a pesada porta de madeira e passando pela soleira da sala no canto do escritório.

— Você está atrasada — diz ele, sem preâmbulos, indicando a porta com o queixo.

Fecho a porta com suavidade, o estômago dando um nó. O cheiro pervasivo de atum, presumivelmente resquícios do almoço de James, não ajuda a aliviar meu nervosismo.

Infundindo minha coluna com aço, atravesso a sala para afundar numa das cadeiras quadradas e alaranjadas de frente para sua escrivaninha monolítica.

— Desculpe.

Meu coração martela contra as costelas quando James abaixa o queixo para olhar para mim por cima dos óculos com armação de metal.

James Wilcox, diretor-executivo de marketing, tem cabelos castanhos grisalhos curtinhos e rareando, a pele enrugada e parecida com papel de saco de pão, apesar de ele estar apenas chegando aos sessenta anos, e presunção suficiente para lotar um estádio de futebol.

— Obrigada por abrir um espaço na sua agenda para se reunir com... — começo, mas ele me corta.

— Tenho notícias interessantes para você, Henley.

Ele cruza as mãos sobre a pilha de papéis em sua mesa, a boca se retorcendo num esgar. Fico ali, minhas mãos apoiadas no colo, as pernas cruzadas na altura do tornozelo, com uma aparência que espero ser de surpresa agradável e não entusiasmo quase canino.

— Marlen e eu tivemos uma reunião hoje cedo, e ambos concordamos que está na hora de contratar um diretor de marketing digital. Estamos considerando o seu nome para o cargo.

Sorrio amplamente enquanto cada célula do meu corpo se excita diante da confirmação.

— Ai, minha nossa, James! Isso é uma notícia fantástica. Obrigada, eu...

— Não me agradeça ainda, docinho. Você não é a única disputando a promoção. — Ele se recosta em sua cadeira com um baque. — Também estamos considerando Graeme para a vaga.

O mundo desacelera. Uma mosca atravessa a janela atrás de James aos pulinhos, e eu imagino que consigo enxergar cada batida de suas asas minúsculas e transparentes.

— Graeme... — repito. Minha própria voz soa muito longínqua. — Graham Cracker... Crawford... Crawlin — gaguejo.

Ai, Deus, estou ficando maluca. Engulo em seco. *Controle-se, Henley.* Eu me dou um tapa mentalmente e o mundo se apruma.

— Graeme Crawford-Collins? — consigo finalmente dizer.

— Ah, que bom, você sabe o nome dele. — James empina o queixo e me encara, olhando por cima do nariz levantado para mim. — Graeme tem experiência na área de marketing digital e fez um excelente trabalho para nós nas redes sociais esse último ano. Ele é um forte candidato.

— Mas ele mora em... Michigan. Não seria melhor preencher a vaga com alguém de Seattle?

Odeio como minha voz saiu hesitante e insegura.

James abana a mão com desdém.

— Nós vamos realocá-lo.

Tudo o que posso fazer é fitar a estampa de redemoinhos amarelos e dourados na gravata dele. Estou na empresa há três anos, e Graeme, um. E fiz um trabalho para lá de excelente em muitas outras áreas além das redes sociais, inclusive marketing digital.

E essa coisa toda de "nós o realocaremos". *Nós vamos* realocá-lo. Vamos. Tempo futuro, definido. Meus pulmões travam. Ele vai ficar com a vaga. Posso sentir isso até as pontinhas dos dedos dos meus pés pintados de glitter. Ele é homem, pode papear com James sobre esportes, e sua reputação como alguém de destaque começou quando ficou com o crédito por meu vídeo viral com o macaquinho — *é claro* que James vai escolhê-lo. Todos os pontos importantes que elaborei tão cuidadosamente para minha candidatura se desfazem em poeira na minha língua.

James levanta seu um metro e setenta da cadeira. Se eu me levantar agora, ficarei cinco centímetros mais alta do que ele por causa dos meus saltos. Puxando as calças para cima pelo cinto, ele dá a volta em sua mesa e se empoleira no canto, um sapato marrom e brilhante balançando.

— Você é boazinha, Henley — diz ele, inclinando-se para dar tapinhas no meu joelho exposto. Eu me movo automaticamente para cruzar as pernas, afastando-as dele. Os lábios se afinando, ele recolhe a mão. — Você tem sido muito compreensiva ao longo dos anos e também prestou serviços excelentes para nós. Todo mundo reconhece isso. Portanto, queremos lhe dar a oportunidade de disputar essa vaga.

— Muito *compreensivo* de sua parte essa oferta — digo, com um sorriso tenso, tentando não sufocar na condescendência dele.

Um ruído abafado soa, vindo da escrivaninha. Franzo as sobrancelhas. Será que isso foi... Fito o telefone. Não, não pode ser. Permitir que alguém escute pelo viva-voz sem avisar seria muito baixo, mesmo para James.

Deslizando até se pôr de pé, ele retoma seu lugar atrás da escrivaninha.

— Como parte do processo de seleção, você e Graeme subirão a bordo do *Discovery* no mês que vem para um cruzeiro. — O *Discovery* é nosso navio que viaja pelas Ilhas Galápagos o ano todo. — Fiquei surpreso ao descobrir que nenhum de vocês dois esteve em um de nossos navios.

— Visitei o *Aurora Dourada* quando ele estava ancorado no porto, na primavera passada... — começo.

— Mas você nunca esteve de fato num de nossos cruzeiros por uma viagem toda, correto?

— Bem, com a minha carga de trabalho...

— Sem desculpas. É como trabalhar num restaurante sem nunca provar a comida. Como é que você vai recomendar alguma coisa? — Ele balança seu queixo arredondado, estalando a língua. — Graeme — dispara ele, de súbito. — Você ainda está aí?

Após uma breve pausa, uma voz rouca e familiar ecoa do telefone na mesa de James.

— Estou aqui.

Meu coração desaba até o pé. Eu estava certa. Alguém estava — não, *está* — no viva-voz. *Graeme*. E ele estava ouvindo nossa conversa *esse tempo todo*. Escondido. Feito um rato. Aquele ruído que ouvi? Agora sei o que era. Era Graeme. Dando uma risadinha.

Olho carrancuda para o telefone preto e enorme como se pudesse ver a cara metida de Graeme por trás de suas entranhas emaranhadas de fibra de vidro. Mentalmente repasso a conversa. Toda a condescendência dos "boazinha", "compreensiva" e "docinho" me golpeia como uma flecha atravessando a carne.

— Temos duas viagens agora em setembro com espaço de sobra nas cabines — diz James.

Ele fala ao telefone, mas olha na minha direção enquanto elenca uma série de datas.

Entorpecida, abro meu celular e clico no meu aplicativo de calendário. As aulas de outono começam em 16 de setembro, então o segundo grupo de datas já está descartado.

— Estou disponível para o primeiro cruzeiro — digo.

Meus músculos se contraem quando percebo que será em menos de duas semanas.

— Eu também — diz Graeme.

Nããããoo. Não, não, não. Meu peito se aperta e um calor inunda meu pescoço. De forma alguma vou passar uma semana num navio com Graeme Crawford-Collins.

— Esplêndido — diz James, anotando algo. — Os passaportes estão válidos?

Assinto.

— Está, sim.

— Está, sim, senhor.

E aquiiiii vamos nós. *Senhor*. Já começou. O puxa-saquismo. As demonstrações de superioridade. Cerro os dentes com tanta força que poderia abrir uma noz.

— Bom — diz James com firmeza. — Aproveitando que estarão lá, quero que absorvam a experiência pela perspectiva dos hóspedes. Nossos números nas Galápagos estão baixos no momento, em especial se comparados com os da concorrência. Descubram como usar o marketing digital para mudar isso. Quando voltarem, vocês vão entregar uma proposta na qual vou me basear imensamente para decidir quem será o novo diretor de marketing digital. Entendido?

Concordo, atordoada e sem palavras.

— Entendido — ecoa Graeme.

— A competição estimula a inovação — diz James, com um menear farisaico da cabeça, como se fosse o Dalai Lama entregando uma pepita de sabedoria devastadora. — E vocês dois — diz ele, dando um tapa na mesa com uma risada farta. — Digamos apenas que espero de vocês inovação de ponta.

— Eu agradeço pela oportunidade — diz Graeme.

— Eu também, muito mesmo. Obrigada por sua fé em mim, James — digo, pressionando a mão contra o peito numa demonstração de súplica (in)sincera para completar.

James se curva para falar diretamente no microfone do viva-voz.

— Graeme, obrigado por seu tempo. Certifique-se de ligar para nosso departamento de reservas para combinar seu cruzeiro. Ainda hoje, se possível. Conversamos em breve.

Antes que Graeme possa dizer adeus, James levanta e abaixa o receptor, finalizando efetivamente a ligação. Ajeitando-se na cadeira, ele repousa os cotovelos na mesa e apoia o queixo nas pontas dos dedos unidos.

— Agora, sobre a sua ideia para British Columbia…

Tropeço de volta para minha mesa às cinco, largo a pilha de papéis perto do teclado e desmorono em minha cadeira barulhenta. O escritório está quieto e Christina não está na mesa dela.

O que era para ser minha grande chance, meu momento de brilhar, acabou sendo um Festival de Humilhações da Henley, seguido por meia hora de implicâncias com a minha ideia de ligações diretas para British Columbia. Para fechar com chave de ouro… quando fui sair da sala dele, James analisou descaradamente meus peitos manchados de chá e sugeriu que talvez eu devesse começar a usar canudinhos.

Pelo menos ele acabou aprovando minha ideia para British Columbia — é claro que aprovou, porque é brilhante, caramba.

Esfrego as palmas das mãos sobre os olhos e encosto a cabeça na cadeira, encarando os dutos aparentes no teto. Claro, posso estar tecnicamente na disputa pela promoção, mas James podia muito bem me dar tapinhas na cabeça e me entregar um prêmio de participação agora mesmo. É óbvio que Graeme é o preferido dele.

Graeme. Aquela cobra. Escutando toda a nossa conversa, sem ter a decência de anunciar sua presença. Como é que ele sequer está qualificado para esta promoção? Um gerente de redes sociais saltando para diretor de marketing digital? Ridículo.

Rolando minhas mãos até formarem punhos em cima dos braços da cadeira, eu me aprumo.

Vou mostrar para ele. Vou mostrar para todos eles. Simplesmente terei de fazer uma proposta tão absurdamente boa que eles terão que aceitar. E Graeme? Ele podia ficar em Michigan e apodrecer por lá.

Uma luz no telefone em cima da mesa chama minha atenção e minha fúria recede um pouquinho. Tenho uma mensagem de voz. Digito meu código e ponho o telefone bem junto da orelha.

— Henley, é o Graeme.

Meus pulmões se inflam como um balão no desfile do Dia de Ação de Graças.

— Só queria lhe dar, há, os parabéns. — Ele solta o ar e resmunga algo ininteligível. — Eu sei que isso é constrangedor, disputarmos o mesmo cargo. E espero que isso não impeça que trabalhemos juntos. Eu postei seu conteúdo de British Columbia hoje cedo. Avise se houver mais alguma coisa que eu possa fazer por você. Eu... — Ele pigarreia. — Eu estou ansioso para enfim conhecê-la pessoalmente. E... e é isso.

Quando eu acho que a mensagem terminou, ela continua.

— Quer saber? Não é só isso. Tem uma coisa que ando querendo dizer... — Ele respira fundo. — Você não devia deixar James falar com você daquele jeito. Não é nada profissional. Cuide-se.

Nada profissional. *Nada profissional?*

A voz feminina sintetizada surge.

— Para deletar esta mensagem...

Eu bato o receptor no gancho. Levanto-o. Bato de novo.

Como se eu tivesse alguma escolha sobre como James fala comigo! Ele é o chefe, que diabos eu deveria fazer? Meu peito se aperta e desacelero minha respiração descontrolada. Sei o que está havendo aqui. Graeme está tentando mexer com o meu psicológico. Desestabilizar a concorrência. Bem, adivinha só, Graeme! Não está funcionando.

De fato, aprendi algo. Se eu quero essa promoção, preciso me manter um passo adiante da concorrência. Preciso ser incansável. Preciso esmagar esse Graham Cracker até virar *pozinho*. Cerrando a mandíbula, apanho meu celular e insiro um novo item em meu aplicativo de tarefas. Com a prioridade mais alta.

Tarefa #1: Derrotar Graeme Crawford-Collins.

Intercepto Tory e Christina no elevador.

— Quem está pronta para o happy hour?

Tory enlaça os braços em torno de nossos ombros. Ela tem um metro e meio de altura num dia bom, então tem que ficar na ponta dos pés para conseguir isso.

— Eu — digo, apertando o botão para descer. Depois da montanha-russa de emoções que havia sido o meu dia, eu definitivamente precisava de um drinque. Ou dez. Meu telefone vibra na bolsa e o desenterro de lá. É Walsh. Esqueci que ela ia ligar. — Desculpem, tenho que atender.

As portas do elevador se abrem e entro atrás de Tory e Christina. Clico no botão verde para aceitar a ligação e levo o celular à orelha.

— Alô!

— Henley! — diz Walsh, em sua voz naturalmente de contralto.

— Oi, maninha, o que foi?

— Nada, não. Você está saindo do serviço agora?

O tom de voz é leve, mas sinto nele uma tensão que faz meus alarmes tocarem.

— Acabei de sair, estou no elevador. E aí, qual é a surpresa?

Walsh hesita.

— Ah, sabe como é. O de sempre.

Despreocupada demais. Meu peito se aperta em alerta.
— Walsh... — pressiono.
— Estou de mudança — diz ela. Quase vejo o sorriso excessivamente brilhante e forçado que ela deve ter emplastrado na cara. — Surpresa!
Eu gemo.
— Outra vez?
— Boulder estava... cara demais.
Reviro os olhos com tanta força na direção do teto que quase os machuco. *Se ela tivesse um emprego de tempo integral, não seria tão caro.*
— Para onde agora? — pergunto.
Tento manter meu tom casual, mas não sei se estou conseguindo. O sangue lateja nos meus ouvidos. Com tudo o mais que está rolando na minha vida, Walsh não podia ter escolhido um momento pior para aprontar das suas.
Ela tem 24 anos. Se você acha que ela teria encontrado seu rumo na vida a essa altura, está enganado.
— Era sobre isso que eu queria falar com você...
As portas do elevador se abrem ruidosamente. Levanto a cabeça. E me vejo cara a cara com minha irmã.
— Walsh? — gaguejo, incrédula, abaixando o telefone.
Um motor imaginário se acelera enquanto o ônibus da surpresa de Walsh me atropela, passando por cima de meu corpo aturdido com uma pancada dupla.
Eu abro os braços, ainda me perguntando "mas que porra é essa", mas um certo contentamento também penetra meu coração. Por mais que ela me deixe doida, Walsh continua sendo minha irmã.
E ela está aqui, a menos de três metros de distância, com um short jeans, sandálias de tirinhas e uma blusinha rosa pendendo frouxamente de um dos ombros. Seu cabelo loiro-dourado está mais curto do que no Natal, e roça seus ombros num corte ondulado — deve ser um penteado novo, já que ainda não apareceu no Instagram. E ela acrescentou músculos a suas pernas compridas e magras. Mas seu rosto em formato de coração e o narizinho perfeito, reto e empinado, adornado com um delicado piercing de cristal, são os mesmos de sempre.

A campainha do elevador soa. Christina pigarreia. Ah, sim, as portas estão fechando e nós ainda não saímos. Enfio o punho no vazio, disparando o sensor para abrir as portas, e saio para o lobby.

— O que você está fazendo aqui? — pergunto, flutuando até Walsh como se estivesse numa esteira. Meus saltos estalam contra o piso.

Minha irmã enfia o telefone no bolso traseiro e percebo o lampejo de tensão pouco antes de ela abrir os lábios num sorriso amplo. De súbito, ela corre para a frente e joga os braços em volta do meu pescoço. Eu a abraço automaticamente, ainda chocada demais para processar a situação.

— Como assim? Preciso de uma desculpa para visitar minha irmã mais velha? — murmura ela junto do meu cabelo.

E não solta. Seu corpo está tenso e percebo um tremor quando ela inspira. Qual é o problema? Inclinando-me para trás, analiso seu rosto. A expressão é neutra, e tudo o que posso ver é a mesma Walsh de antes. Seus olhos azul-claros pulam entre mim e algo atrás de mim. Ah, sim.

— Apresentações — digo, me afastando. — Walsh, essas são Tory e Christina. Nós trabalhamos juntas. Gente, essa é a minha irmã, Walsh.

Christina estende a mão, mas antes que ela possa piscar Walsh a envolve num abraço. Christina não é de abraçar. Ela se enrijece, a boca retorcida para baixo, e muito desconfortável dá tapinhas nas costas de Walsh. Eu solto uma risadinha. Não consigo evitar.

— Muito bom te conhecer — diz Walsh.

— Aham — murmura Christina.

Walsh dá um abraço em Tory logo depois, e ela aceita o gesto normalmente.

— Eu não sabia que Henley tinha uma irmã. Vindo de outra cidade para visitar?

Ela indica a fila de cadeiras na parede oposta e, pela primeira vez, reparo nas duas malas roxas imensas encostadas inocentemente na parede, com uma bolsa lotada encarapitada sobre elas.

Essas *não são* malas de final de semana. Essas são malas do tipo "eu trouxe tudo o que tenho neste mundo". Walsh disse que está de mudança. Ah, não. Ela não está... não pode estar...

Meu estômago se revira como roupas numa secadora.

— Não exatamente para visitar — diz Walsh, transferindo o peso do corpo para o outro pé.

Fúria borbulha em minhas veias. Walsh me deve uma explicação. Agora. Fecho minha mão num punho em torno da alça da bolsa e encaro minhas colegas de trabalho.

— Gente, desculpa sobre o happy hour, mas...

— Happy hour? — interrompe Walsh, um brilho esperançoso nos olhos.

— É. Por que você não se junta a nós? — pergunta Tory. — Minha esposa também vai, então você não será a única de fora da Aventuras Seaquest por lá.

— Ótimo! Mas a minha bagagem...

Ela olha ao redor como se um armário fosse simplesmente *brotar* do nada. Aperto os lábios.

— Venha. O bar fica a apenas um quarteirão daqui. Vamos guardar suas malas na minha mesa e voltamos para buscá-las depois. Daí podemos conversar.

Eu me viro para Christina e Tory e dou um sorriso tenso para elas.

— Desculpem. A gente se encontra lá?

— Claro — diz Christina. — Vejo vocês daqui a pouco.

Eu marcho até a primeira mala e a coloco para rolar.

Walsh vem trotando atrás de mim, arrastando a outra mala.

— Henley, desculpa...

— Por que você não me disse que viria? Ou, sei lá, me perguntou se era um bom momento para uma visita prolongada?

— Eu precisava sair de Boulder. Achei que podia ficar com você...

— É claro que achou. Você apenas presumiu que eu estenderia o tapete vermelho, já que a princesa Walsh chegou. Mas sabe do que mais? Eu tenho uma vida. E meus próprios problemas para resolver. Não tenho tempo para as suas bobagens agora.

O queixo dela treme. Porcaria. Aperto o botão e o elevador se abre.

Nós nos amontoamos lá dentro e eu tiro o crachá de minha bolsa, acenando com ele na frente do sensor de segurança antes de pressionar o botão do sétimo andar. Solto o ar demoradamente. Não olho para Walsh.

— Por que você não foi para a casa da mamãe e do papai?

— Você sabe por quê — diz ela, baixinho.

Algumas pessoas chamariam de idílico o lugar onde crescemos, na região rural de Idaho. Certamente há natureza de sobra. Mas não há muito além disso, inclusive pessoas, empregos ou qualquer tipo de apreciação nuançada pelo mundo lá fora. Tirando nossos pais, que gostam da tranquilidade da vida rural, não existe nada para nós por lá — para nenhuma de nós duas.

— E, Henley, eu... preciso de você neste momento. Preciso da minha irmã. Desculpe por não ter avisado que eu viria, mas eu sabia que você ficaria zangada e eu...

As palavras dela saem alquebradas, como vidro estilhaçado. Movo a cabeça de súbito para olhar para ela. A despeito de minha frustração, meu coração para na garganta. Lágrimas sentidas escorrem pelas bochechas coradas de Walsh. O rosto dela se desmancha feito um guardanapo amassado e um soluço escapa de sua garganta.

A raiva me deixa numa onda. Eu curvo um braço protetor em torno dos ombros de minha irmã enquanto ela visivelmente engole lágrimas pelo resto da subida.

Quando atingimos meu andar, empurro as malas contra a parede ao lado da mesa vazia da recepção e a conduzo para a sala de reuniões mais próxima, que está abençoadamente desocupada. As luzes automáticas do teto se acendem, piscando. Assim que a porta de vidro opaco se fecha atrás de nós, eu a pego gentilmente pelos ombros.

— O que está acontecendo?

Os olhos vermelhos dela procuram meu rosto.

— Você... você tinha razão. Eu fui demitida.

— De novo?

— Deus, por que você tem que falar desse jeito? Eu sei que sou um fracasso, tá? Nem todo mundo é perfeito que nem você.

Virando, ela desaba na cadeira de escritório mais próxima, os braços esparramados sobre os apoios.

De todos os dias possíveis para minha irmã caçula aparecer na minha porta no meio de uma crise, por que ela tinha que escolher justo hoje? Deslizo para o assento ao lado dela e forço minhas mandíbulas a destravarem.

— Eu não sou perfeita. Você não é um fracasso. O que houve?

Ela encolhe e relaxa um dos ombros.

— Eu perdi um atendimento que tinha com um cliente na semana passada. Foi a terceira vez que isso aconteceu, então o Ponto da Massagem me deu um pé na bunda.

— Você não tem o aplicativo do calendário? Eu te mostrei como configurar os lembretes e receber notificações. Por que você não o usou?

— Eu sei, eu sei. É que eu esqueço. Não sei qual é o meu problema.

— Mas por que se mudar? Você sempre pode arrumar outro emprego. Você não estava saindo com aquele cara... o Kevin?

— Keith. — Ela cospe a palavra do mesmo jeito que outra pessoa diria "vômito". — Ele se revelou um cuzão. Não há nada para mim em Boulder. Não mais.

Solto a respiração numa longa exalação.

— Bom, ainda bem que eu tenho um sofá-cama. Você pode ficar comigo e com Miojo até resolver o que vai fazer em seguida. E pelo menos agora tenho alguém para ser babá do gato.

Ela se endireita na cadeira.

— Por que você precisa de uma babá para o gato? Vai a algum lugar?

— Viagem de trabalho, mas só daqui a duas semanas.

— Um cruzeiro?

Eu me remexo.

— É.

— Para onde?

— Galápagos.

Ela inclina a cabeça.

— Não é lá que as pessoas ainda têm no DNA traços de uma espécie humana que foi extinta? Perto da Austrália?

— Isso é em Papua-Nova Guiné. Não, as Ilhas Galápagos ficam perto da costa do Equador, na América do Sul. Sabe... Darwin? Tentilhões? Tartarugas gigantes?

— Aaaaah, sim. Tá, entendi. — Ela mexe na gargantilha fininha de ouro enfiada por dentro da camisa, mas aí sua cabeça se levanta de repente. — Posso ir junto?

Era o que eu temia.

— Não. É uma viagem de trabalho. E, olha só, se você planeja ficar em Seattle por algum tempo, precisa se concentrar em arrumar um

42

emprego. Talvez até dois, se quiser pagar suas contas até encontrar algo mais permanente.

— Veremos. Eu ainda tenho que terminar meu treinamento em ioga.

Abro a boca para falar. Fecho a boca. Quero desesperadamente passar um sermão nela sobre, sei lá, ser uma adulta razoavelmente competente. Mas aí as marcas de lágrimas em seu rosto me impedem e sou lembrada de por que ela está aqui. Ela precisa de mim.

Sorrio e espero que não pareça forçado demais.

— Vamos começar a procurar um emprego amanhã.

— Parece bom. — Ela se levanta. Embora suas pernas pareçam vacilantes, ela já está reconquistando um pouco de sua velha valentia. — Aquele drinque cairia muito bem agora.

Ajeitando minha saia, eu me levanto, concordando.

— Para mim também.

4

— Michelle está grávida!

A notícia de peso de Tory. Uma coleção penetrante de gritinhos, guinchos e exclamações recebe seu pronunciamento, sendo rapidamente engolida pelas conversas indistintas e ruidosas no bar.

— Ai, meu Deus, vocês vão ser mamães? Vocês vão ser mamães! Parabéns!

Eu me levanto da cadeira num salto e contorno a pequena mesa redonda para dar um abraço apertado em Tory, depois em Michelle.

Voltando ao meu lugar, giro os cubos de gelo em meu copo vazio. Estamos aqui não faz nem uma hora, mas já estou no meu segundo copo e preciso de outro. Christina ecoa minhas congratulações.

— Eu não fazia ideia de que vocês tinham ido adiante com a fertilização in vitro.

— Nós íamos esperar até eu virar sócia na firma — diz Michelle, enrolando um cacho de cabelo preto atrás da orelha antes de dar as mãos a Tory sobre a mesa. — Mas encontramos um doador de quem gostamos. Fomos em frente, e deu certo.

Walsh se levanta.

— Isso pede uma rodada de shots!

Eu nunca ouvi um anúncio de gravidez ser recebido com shots antes, mas tudo bem.

Ela se vira para mim.

— Henley, pode dar uma mãozinha?

Suspiro. Isso tudo deve ser parte da máscara de Walsh doidinha e divertida que ela vestiu para esta noite.

Passando pela multidão até chegar ao bar, nós nos espremem num ponto perto de um grupo ruidoso composto por jovens profissionais e um par de mulheres mais velhas. Todas as banquetas do bar estão ocupadas, então ficamos ali de pé.

— O que está te incomodando? — Walsh pergunta, enquanto pousamos os cotovelos na superfície de madeira lisa, esperando que um dos bartenders se dê conta da nossa presença.

— Como assim?

Tento chamar a atenção do bartender e falho. Ele está preparando um drinque tropical, a especialidade do bar.

Walsh me lança um olhar.

— Fala sério. Tem alguma coisa na sua cabeça que não tem nada a ver comigo.

— Eu achava que tudo tinha a ver com você.

— Geralmente tem. Mas vamos lá, eu te conheço. Desembucha.

Um dos bartenders se aproxima — um cara na casa dos vinte anos com um bigode exuberante, coisa do século XIX. Ele levanta duas taças de martíni cheias e as coloca no bar na nossa frente, os músculos do antebraço ondulando sob a cobertura de tatuagens. As bebidas são amarelo-rosadas e espumantes, com mirtilos flutuando por cima.

— Nós não pedimos isso — digo.

— Para duas moças lindas? Por conta da casa.

Ele olha exclusivamente para Walsh ao dizer isso e desliza um pedaço de papel sobre o balcão para ela. Um nome — Miles — está rabiscado em tinta azul, junto com um número de telefone.

Eu me esforço para não revirar os olhos.

— Uau, obrigada! — sussurra ela, disparando um sorriso do gato da Alice para ele. O piercing de cristal em seu nariz brilha sob a parca iluminação enquanto ela analisa o número, guarda-o no bolso, encolhendo os ombros, e toma um golinho do drinque.

Os olhos do bartender ardem quando ele se afasta.

— Ei! — grito para ele. — Podemos pedir também uma ginger ale, uma porção de mini hambúrgueres de rosbife, nachos e quatro shots de... O que devíamos pedir? — pergunto para Walsh.

— Algo delicioso. Faça uma surpresa para a gente — ela grita para o bartender.

Empurro meu cartão de crédito para o outro lado do balcão. Meus dedos se retesam automaticamente ao pensar na cobrança que virá na próxima fatura. Pelo menos há um aumento em vista... com sorte. Além disso, sei que Tory e Christina vão colaborar com alguns dólares para cobrir a parte delas.

O bartender pega meu cartão, assentindo.

— Pra já.

Ele pisca para Walsh, que o admira descaradamente enquanto ele faz o pedido da nossa comida. Não que eu me importe se ela estiver interessada nesse cara, mas a onda de familiaridade com essa situação faz meu peito doer.

Minha irmã caçula é objetivamente linda. Eu? Eu sou bonitinha. Não bonita exatamente, mas bonitinha. Tenho olhos castanhos espantosamente claros e sobrancelhas bem definidas — mamãe diz que elas têm personalidade —, mas minha mandíbula é um tanto severa e meu nariz é perfilado demais. Pelo menos para os padrões de beleza convencionais.

Walsh é toda feita de curvas suaves e montes gentis, enquanto eu sou só ângulos agudos.

Ondas rolando versus praia pedregosa. Charme espontâneo versus cara de cu.

Não me entenda mal. Agora que estou mais velha, aceitei minha aparência, mas nem sempre foi assim. Porque desde que éramos adolescentes, tendo que escolher entre mim e Walsh, os caras escolhem a Walsh. Sem chance, todas as vezes. E claro que isso é um chute nos ovos da minha confiança. Ou nos ovários? Enfim.

Para o diabo com isso. Puxo meu coquetel para perto e tomo um longo gole enquanto tranco as inseguranças de infância no cofre mental de onde saíram. Mirtilos e vodca com um azedinho de limão explodem na minha língua.

— O trabalho anda estressante ultimamente — digo a ela.

— Novidade.

— Estou na disputa por uma promoção. É por isso que me mandaram a esse cruzeiro para as Galápagos, e eu...

— Você o quê? — Ela engasga, finalmente desviando sua atenção do bartender. — Ai, meu Deus, Henley! Isso é uma notícia ótima!

— Mas esse cara com quem eu trabalho também está na disputa.

Estreitando os olhos, ela assente.

— Hum, entendi. Competição.

— Exatamente. E ele é... ele é... — Solto um som estrangulado. — Ele é nosso gerente de redes sociais. Mora em Michigan. E é *um pé no saco*. Lembra do Sean, aquele cara com quem eu trabalhava na Prima Health?

— Aquele que você pegou e daí ele...

— Xiu! Não precisamos repassar isso. Mas é, esse cara... o Graeme... ele é basicamente o Sean 2.0. Só que sem pegação. — Chacoalhei a cabeça com força para desfazer aquela imagem nauseante. — Tive uma reunião com nosso chefe hoje e ele ficou ouvindo pelo viva-voz, disfarçadamente, a conversa toda. Então, logo depois ele me mandou uma mensagem de voz que foi praticamente uma declaração de guerra psicológica.

— Você não deveria aceitar isso.

— Não mesmo.

— Você precisa mostrar para ele que você é a fodona.

Bato no balcão do bar.

— É!

— E devia ligar para ele.

— É... espera, o quê?

Walsh gesticula e continua.

— Ligue para ele. Diga que você sabe o que ele está fazendo. Avise que ele não pode te intimidar.

A ideia de dar um enquadro em Graeme me deixa vibrando como se eu tivesse tomado um bule inteiro de café.

— Existem homens por aí que acham que merecem tudo... — Ela se interrompe, a expressão mais sombria. Eu acho que ela não está falando do Graeme. Então, joga a cabeça para trás. — Quais são as qualificações desse cara, afinal?

— Sei lá, ele tem um pau e o nosso chefe também tem um?

— Não podemos deixar os boludos vencerem!

— É, vamos acabar com os boludos!

— Um brinde a isso.

Ela toca sua taça na minha e nós duas bebemos. Após vários goles, eu lambo o açúcar de meus lábios. Minha cabeça começa a ficar agradavelmente leve. Tipo um suéter felpudo. Ou um daqueles pôneis fofinhos... Sheepland? Shetland?

— O que você está esperando? — solta Walsh. — Vai lá! Confronte-o. Agora.

O bartender aparece e enfileira quatro copos de shots na nossa frente, enchendo todos com um líquido verde-claro de uma coqueteleira. Eu pego meu celular e uma notificação de meu aplicativo de tarefas surge.

Tarefa #1: Derrotar Graeme Crawford-Collins.

Uma sensação de certeza virtuosa envolve meus pulmões. Afasto-me do bar, mas retorno um segundo depois, pego o shot mais próximo e jogo o conteúdo na boca. Fogo desce pela minha garganta.

— Já volto — solto num chiado.

Um bar barulhento talvez não seja o melhor lugar para se fazer um telefonema, especialmente se ele for o disparo inicial de uma batalha contra a sua nêmese, mas, quando olho pela janela, respingos de chuva cobrem o vidro. O bom e velho clima de Seattle. Serpenteio pela multidão para me postar na extremidade mais distante do bar; perto, mas não dentro do banheiro — ecos demais. Isso é o melhor que posso fazer.

— Você consegue — murmuro para mim mesma enquanto encaixo o quadril contra um espaço desocupado na parede e rolo minha lista de contatos.

O nome de Graeme aparece e eu o fito, carrancuda. Meu peito se enche e o calor queima meu pescoço. Hora de cortar isso — seja lá o que *isso* for, esse joguinho que ele está fazendo — pela raiz.

Clico no número dele. O toque enche meu ouvido. Reparo que o couro do sapato no meu pé esquerdo está apertando o mindinho. Remexo os dedos dos pés, mas o aperto só piora. Com uma fungada, eu me agacho e enfio um dedo no sapato.

— Alô? — Graeme atende.

Eu me levanto de súbito e quase perco o equilíbrio. Meu telefone escorrega pelos dedos atrapalhados, mas consigo pegá-lo com as duas mãos antes que ele caia no chão. Eu o levanto, decidida a devolvê-lo a meu ouvido, e congelo.

O rosto de Graeme preenche minha tela. Suas sobrancelhas levantadas, a expressão cheia de expectativa.

Ai, meu Deus, abri uma videochamada. *Estamos numa videochamada.* Eu devo ter apertado o botão sem querer e ele... aceitou.

Merda.

Graeme está ao ar livre e, com a diferença no fuso horário, o céu às suas costas desabrocha com os últimos vestígios do crepúsculo arroxeado. A luz de um poste joga um brilho dourado sobre o rosto dele, obscurecido por uma barba desalinhada de umas duas semanas por fazer. Seus olhos ardem na minha direção e seu queixo é tão implacável quanto uma montanha.

Fazia semanas que eu não via Graeme em carne e osso — digo, em pixels —, uma vez que ele vinha mantendo a câmera desligada nas videoconferências. E esta é a melhor visão que já tive dele. A imagem é clara e o rosto dele não está perto demais da câmera. Seu cabelo está mais comprido do que eu lembrava, e ele parece mais bruto, de alguma forma — certamente mais velho do que em sua foto no Outlook, com a cara lisinha —, mas, ainda assim, não mais do que trinta anos.

Um calor borbulha em meu estômago. Não dá para negar: Graeme é *um gato*. A barba espessa não esconde sua estrutura óssea magnífica — as maçãs do rosto altas e amplas, o nariz definido, os olhos profundos.

Não, não, não. Não se distraia com a aparência ridiculamente boa do seu colega de trabalho ardiloso.

Ele se vira para sentar num banco do parque. Revirando minha bolsa, tiro de lá meus fones de ouvido com microfone embutido e os enfio nos ouvidos.

— Há, oi, Graeme, é a Henley — começo.

Os lábios dele se abrem num sorriso amplo.

— Eu sei. Estou te vendo. — Uma leveza permeia sua voz, suave e acetinada como caramelo. — O que posso fazer por você?

— Você pode parar de fazer joguinhos comigo — disparo, apontando o dedo para o telefone a fim de enfatizar.

Na minha frente, um freguês muito jovem e levemente atordoado aponta para o próprio peito estreito, os olhos se arregalando. *Eu?*, ele gesticula.

Não, não é você, gesticulo de volta. Revirando os olhos, aponto para o telefone. *Não está vendo que estou falando aqui?* Viro de costas para ele.

Graeme cerra as mandíbulas.

— Eu não sabia que estávamos fazendo joguinhos.

— Ah, dá um tempo! Você se faz de inocente, mas na verdade é um cuzão manipulador! — Silêncio. Sigo em frente, me refestelando no vórtex de raiva renovado se retorcendo em meu peito. — Recebi sua mensagem de voz. O maior monte de merda que já ouvi, depois do que você aprontou hoje...

Graeme se inclina, franzindo a testa.

— Tá, vamos com calma. O que eu aprontei hoje? Do que você está falando?

— Você sabe exatamente do que eu estou falando.

— Você vai ter que me esclarecer.

— Ouvindo escondido minha reunião com James? — solto, entre dentes.

— Você... você acha que eu estava ouvindo escondido?

Um cachorro late em algum lugar perto dele, uma série de latidos altos e roucos. Se for dele, provavelmente deve ser de raça pura e detestável.

— Acho, sim. Como faz em todas as reuniões, se esquivando pelo telefone, deixando as pessoas se esquecerem de que você está na linha. Só que dessa vez eu nem esperava que você estivesse lá, de modo que foi uma merda extra.

Um vinco se forma entre as sobrancelhas dele.

— É isso o que você acha mesmo que eu faço?

— Se a carapuça serve...

Graeme traz o telefone mais para perto do rosto e seus olhos faíscam. Eles são azuis? Verdes? É muito difícil discernir na escuridão cada vez maior.

— Quanto você já bebeu?

Pega no flagra. Meus braços se cobrem de calafrios.

— O quê? *Pffff.* Nada. Nadica. Zero.

— Posso ouvir que você está num bar. Um cara acaba de pedir um chope claro. Onde você está?

— Por que você se importa?

Ele levanta e abaixa um ombro.

— Não me importo. Mas com quem eu discutiria sobre trabalho se você acabar boiando na baía, com a cara enfiada dentro da água?

Solto uma fungada.

— Sua mãe.

Uma característica não muito atraente da minha personalidade: eu fico horrivelmente imatura quando bebo.

Droooooga. Tô bêbada.

Minha barriga vazia resmunga, subitamente querendo comida para absorver todo o álcool chapinhando lá dentro, e minha cabeça está voando. Graeme fica de pé e faz um som de frustração a meio caminho entre uma bufada e um rosnado, e eu finalmente tenho um vislumbre do que há atrás dele: lápides.

— Você está num cemitério? — solto.

— É um lugar bom para passear com meu cachorro.

Esfregando a mão no queixo, ele desvia o olhar.

Esquisito.

— Tá bom, Buffy.

— Beba água. Não faça nenhuma bobagem. Bem, bobagem maior do que ligar bêbada para um colega de trabalho. Sério, nada esperto isso. Sabe... — diz ele, batucando no queixo, um brilho malicioso no olhar. — Eu podia procurar o *RH* por causa disso.

O setor de recursos humanos na nossa empresa é quase tão útil quanto rodas quadradas numa bicicleta, mas um gelo ainda preenche minhas veias e minha visão quase dobra.

— Você não faria isso.

— Não, é? — O sorriso dele é tenso e impossível de interpretar. — Vejo você nas Galápagos.

— Vejo você no inferno.

Ele joga a cabeça para trás e ri. Depois de uma oscilação de movimento na tela, a chamada termina. Eu pisco. Ele desligou na minha cara. *Ele* desligou *na minha cara?*

— Aquele *cuzão* — resmungo.

Arrancando os fones dos ouvidos, jogo-os na bolsa.

Minha pulsação martela e meu peito sobe e desce feito um navio sendo jogado pelas ondas numa tempestade. Isso não saiu exatamente do jeito que eu planejava.

Depois de um rápido desvio para ir ao banheiro, retorno à nossa mesa. A água fria que joguei no rosto não fez nada para resfriar o fogo queimando em minhas veias, tampouco o ardor em minhas bochechas.

— Eu acabo de transferir vinte dólares para a sua conta, mas me avise se precisar de mais para cobrir os petiscos... Ei, você está bem? — Christina coloca o telefone na mesa para me olhar enquanto me sento com um baque.

— Tô bem.

— Ela está chateada por causa do Graeme — diz Walsh, a boca cheia de nachos. — Você deu uma bronca nele?

— Espere aí, o que está havendo com Graeme? — Christina quer saber. — Digo, além das briguinhas de sempre.

Hora de contar tudo.

— Tivemos uma reunião com James hoje. Estamos disputando a nova vaga para diretor de marketing digital.

— Estão, é? — solta Tory, ao mesmo tempo que Christina grita:

— Henley! Por que você não nos contou?

— Acabei de descobrir não tem nem duas horas. Eu ia contar, mas não quis roubar o seu momento. — Gesticulo, indicando Tory e Michelle. — Bebês são mais importantes do que promoções.

Tory estala a língua.

— O que James disse? Quais são os próximos passos?

Respiro fundo.

— Bem, eu e Graeme vamos embarcar em um cruzeiro para as Galápagos daqui a duas semanas como parte do processo de seleção. Ele quer que a gente crie um plano para alavancar as vendas na região e, *gente*, eu tenho que matar a pau. Tenho que elaborar a melhor ideia de marketing na história da Aventuras Seaquest. Não quero que haja a menor chance de

Graeme levar essa promoção no meu lugar. E vocês sabem o quanto James adora o Graeme — acrescento, sombria.

Tory solta o ar num chiado entre os dentes.

— Ele o adora mesmo — diz ela para Michelle, que inclina o queixo, compassiva.

— Eu sei o que ajudaria — contribui Walsh. — Apoio moral. Meu, no cruzeiro. É praticamente meu dever como irmã.

Seu tom é casual, mas há um certo traço ali difícil de ignorar.

Tory e Michelle soltam uma risadinha bonachona, mas os olhos de Christina se arregalam e ela levanta as duas mãos.

— Não, espera! Onda cerebral aqui. E se a Walsh *fosse mesmo* no cruzeiro com você?

Reviro os olhos.

— Fala sério!

— Não, escuta, você sabe que James está sempre falando em capturar uma fatia maior do mercado de jovens adultos. Bem, e se você levasse sua própria representante da Geração Z com vocês? Alguém de fora, de quem você possa pedir um feedback honesto para te ajudar a ter ideias. Ela podia ser sua arma secreta.

Walsh vem mais para a frente na cadeira, os olhos cintilando.

— A viagem é cara demais... — começo, mas Christina interrompe, o cenho franzido.

— Mesmo com o desconto que os funcionários têm para membros da família?

Eu me encolho sob o olhar cortante que Walsh lança para mim.

— Desconto para a família? Há, como é que você nunca mencionou isso?

— Mesmo que a gente divida uma cabine, você ainda teria que pagar por alimentação e passagem aérea. Isso custaria provavelmente uns 1500 dólares, talvez 2 mil.

Maxilar cerrado, Walsh puxa um longo colar de ouro de baixo do colarinho da blusinha. Uma pérola gorda pisca para mim no final dele.

— Eu posso vender isso aqui.

— Onde você arranjou isso? — pergunto.

— Keith me deu e não quero mais. E é de verdade. Aposto que eu conseguiria mais de quinhentas pratas por ela.

— Tá, isso basta para cobrir a alimentação, mas e as passagens aéreas?
Walsh escancara os braços.
— Milhas aéreas, meu bem.
Abro a boca para protestar, mas ela estende as mãos por cima da mesa e segura as minhas.
— Por favor, Hennie. Eu preciso disso. Você já sentiu que precisa simplesmente se afastar da sua vida para poder enxergar as coisas com mais clareza? Preciso de um tempo para pensar, para desconectar. E serei ótima para testar suas ideias no cruzeiro, prometo.

Eu analiso a ideia dela, apertando-a aqui e ali feito massa.

Walsh não é exatamente a pessoa mais confiável no que diz respeito a promessas; ela é mais volátil que um doce francês. Procurando por alguém que seja a alma da festa, uma máquina de diversão para ir a Las Vegas no final de semana? Walsh é exatamente isso. Precisa de uma carona para o escritório do contador para entregar seu imposto de renda? Ela vai aparecer, mas com meia hora de atraso e sem gasolina.

Pontadas de ressentimento alfinetam minha coluna. É claro que Walsh está fazendo de si o centro das atenções. Essa é a *minha* chance, *minha* oportunidade. Espremo o lábio inferior entre os dentes.

Por outro lado... e se Christina tiver razão? E se isso for exatamente o tipo de abordagem que impressionaria James? Eu quero tanto essa promoção que os dedos dos pés chegam a se curvar. Preciso apelar para tudo, fazer tudo o que puder para obter alguma vantagem sobre Graeme. Talvez levar Walsh comigo me dê essa vantagem. Certamente mostraria para James que sou proativa, criativa na busca de soluções, disposta a pensar de maneira não ortodoxa...

Walsh pisca para mim com olhos imensos e inocentes.

Solto o ar demoradamente.

— Tá bom.

— Tá bom, eu posso ir?

— Pode.

A palavra cai no espaço entre nós como uma âncora.

O corpo de Walsh praticamente vibra enquanto ela bate os pés no chão, como se corresse sem sair do lugar, soltando um gritinho de estourar os tímpanos.

— Bom, talvez — esclareço. — Ainda tenho que obter a permissão do meu chefe. Ele pode negar, então não se empolgue demais. Mas, se ele concordar, você tem que me prometer que vai mesmo me entregar um relatório toda noite. Quero seu feedback honesto, suas ideias. Você não pode ficar só perambulando pelo navio tomando mai tais o tempo todo. Vou precisar da sua ajuda.

— Palavra de escoteira.

Sorvo o restinho aguado de meu drinque.

— Então, parece que as irmãs Evans vão sair num cruzeiro.

5

A primeira coisa que você precisa saber sobre um cruzeiro da Aventuras Seaquest é: não é um cruzeiro. Não da maneira como a maioria das pessoas pensa em cruzeiros, pelo menos — um navio colossal, milhares de passageiros, entretenimento a bordo e visitas diárias apressadas a portos movimentados.

A Aventuras Seaquest é diferente. Nossos navios são menores. Bem menores. O maior navio em nossa frota — o *Intrépido* — acomoda um total de 158 hóspedes. O *Descoberta* hospeda 91. Por serem menores, nossos navios podem ir a locais com que cruzeiros maiores apenas sonham — e penetrar na natureza selvagem, onde não existem docas.

Aonde vamos, não precisamos de docas.

E é por isso que estou sentada de lado na borda inflável de um Zodiac, um bote projetado para transportar passageiros entre o navio e a praia. Meus pés estão plantados com firmeza no piso rígido de borracha e nos afastamos a toda velocidade de San Cristóbal, a ilha mais oriental do arquipélago de Galápagos, enquanto nosso navio, o *Descoberta,* reluz como um diamante vermelho e branco no horizonte.

— Primeira vez numa Aventura Seaquest? — pergunta o homem ao meu lado, num sotaque russo inconfundível.

Ele parece estar na casa dos trinta. Tem cabelos castanhos com entradas, um nariz comprido e usa óculos de sol Oakley. Sua perna bronzeada já está a centímetros da minha, pois há sete de nós espremidos numa fileira na lateral do Zodiac, mas ele se achega mais um pouco mesmo assim. Posso sentir o calor que ele emana.

— Primeira vez, sim — digo, com um sorriso forçado, indo na direção de Walsh, que está sentada do meu outro lado.

Ainda não consigo acreditar que James concordou com a vinda dela. Por outro lado, quando apresentei a ele duas páginas de argumentos-chave falando como uma perspectiva de fora em tempo real seria valiosa para mim ao avaliar os pontos fortes e fracos do itinerário das Galápagos, não deixei muito espaço para ele dizer não.

James olhou para mim por cima daqueles óculos com armação metálica, a pele se franzindo em volta dos olhos aguados, e ofereceu um sorriso enigmático que fez minha pele pinicar. Mas aí concordou e disse: *Não faça eu me arrepender disso, Henley,* e me dispensou de sua sala.

O que realmente faz minhas entranhas se revirarem neste momento, tirando aquele sanduíche questionável que comi no avião? Graeme. Ele sumiu.

Não estava no hotel em Guayaquil ontem à noite com os outros passageiros do cruzeiro.

Não apareceu no voo para San Cristóbal hoje cedo.

E certamente não está no Zodiac comigo, Walsh e os demais hóspedes prestes a embarcar no navio.

Talvez ele tenha perdido um dos voos de conexão e esteja preso num aeroporto em algum lugar. A doce ilusão faz meus nervos estalarem e agarro o colete salva-vidas agressivamente laranja preso em torno de meu pescoço.

— Também é meu primeiro cruzeiro — diz o sujeito ao meu lado. — De onde você é?

— Seattle. E você? — pergunto automaticamente.

— Originalmente, da Rússia. Saransk. Mas faz catorze anos que moro em Austin, Texas. Sou o dr. Kozlov, mas pode me chamar de Nikolai.

Ele estende a mão.

Mantendo o cotovelo colado ao corpo, aperto a mão dele. Tentar apertar a mão de alguém sentado bem ao seu lado já é um tanto incômodo, e com o Zodiac disparando pela baía, com um spray de água do mar subindo para respingar na minha mochila, sou lembrada de que não existem cintos de segurança no barco, muito menos assentos, e essa mão está me fazendo falta no momento.

— Henley Evans — digo.

A palma da mão dele está suada e ele não me solta. Recolho a minha mão e discretamente enxugo a palma em meu short.

— Henley... como a camiseta?

Ele *tinha* que dizer isso. Além do nome de um baterista, meus pais também, sem querer, me deram o nome de um modelo de camiseta. Aleluia.

— Há... é.

— Hum. É meu tipo preferido de camiseta, sabia?

Puxando os óculos escuros para baixo, ele levanta as sobrancelhas duas vezes para mim.

Walsh solta risadinhas do meu lado.

— Nik, não seja rude. — O homem mais velho sentado ao lado dele estica o pescoço para nós. Ele provavelmente tem uns sessenta anos, um rosto redondo e amistoso, cabelos brancos muito bem cortados e um forte sotaque do sul do Texas. — Eu me chamo Dwight Johnson. Prazer em conhecê-las.

Nós trocamos apresentações.

— Que tipo de médico você é? — Walsh pergunta a Nikolai, debruçando-se por cima de mim para ser ouvida acima do rugido do motor. Eu enterro o cotovelo nas costas dela num sinal claro de *pare de encorajá-lo*. Ela me cutuca de volta.

— Quiroprático. — O sotaque dele estica a palavra: *ki-rrrro-prrrá-ti-ko*.

— E muito bom no que faz. Eu que o diga. Sou paciente dele há cinco anos — diz Dwight.

Nikolai sorri, arrogante.

— E seu ciático nunca esteve melhor.

— Vocês estão juntos? — pergunta Walsh, gesticulando entre eles.

O mais velho ri, uma gargalhada vinda lá do fundo.

— Meu Senhor, não! Ele não faz meu tipo. Jovem demais.

— Dwight começou como paciente. Agora ele é amigo. Amigo mesmo — diz Nikolai.

Não sei se ele quer dizer que é só uma amizade ou se Dwight é seu melhor amigo de fato.

— Então... férias entre amigos? — pergunta Walsh.

Nikolai encolhe os ombros.

— Esta deveria ser minha lua de mel. Mas casamento não aconteceu. Eu trago Dwight em vez disso.

— Lamento muito em ouvir isso — digo. — Sobre seu casamento, quero dizer. É legal você ter trazido um amigo.

Coitado. Terminar um noivado e então partir para a lua de mel com outro cara em vez da esposa? Dureza.

— Tudo bem. Eu... Como é que vocês dizem? Escapei de uma boa. Minha namorada, ela era exigente demais. Eu cancelei o casamento antes de cometer grande erro. Agora estou aqui e livre como uma ave do paraíso.

Dwight abre a boca, mas engole seja lá o que pretendia dizer com um balançar exasperado de sua cabeça.

Empurrando os óculos escuros para a testa, Nikolai se vira para me encarar mais de frente. O jeito intenso como ele estuda meu rosto me faz remexer no meu lugar.

— Você tem namorado? — pergunta ele, finalmente.

Eu levanto um sorriso tenso no rosto.

— No momento, não.

— Jante comigo esta noite.

Eu engulo um gemido. Esse cara parece até bacana, mas a última coisa de que preciso é lidar com atenção indesejada de um hóspede cheio de amor.

— Há, o jantar é no navio. Logo, todos vamos jantar juntos...

— Eu digo, sente-se comigo. E Dwight — acrescenta ele com um aceno. — Eu gostaria de conhecê-la melhor, srta. Camisa. Sua amiga pode vir também.

— Irmã. Sou irmã dela — ela consegue dizer em meio ao riso mal contido.

Discretamente, enterro o cotovelo na lateral do corpo dela.

Nikolai me encara cheio de expectativa.

— Ahh...

Sou salva de ter que responder quando o piloto desliga o motor e começa uma aula sobre como sair corretamente do Zodiac com a ajuda dos tripulantes — a pegada pulso com pulso, com as duas mãos. Uma brisa forte roça minhas pernas expostas e estremeço.

Acima de nós assomam-se os cinco conveses do *Descoberta*. Ele pode ser um navio menor, mas dessa perspectiva parece enorme, como um monolito imponente de metal vermelho e branco pintalgado de vigias e convés descoberto. Armações de metal contendo uma escadaria estão apoiadas no navio. Na parte mais baixa, dois tripulantes vestindo uniformes brancos e impecáveis amarram o Zodiac, ancorando-o no lugar.

Nós balançamos feito uma rolha nas ondas agitadas pelo vento enquanto passageiros começam a desembarcar do bote, deslizando mais para o meio para pisar num degrau e de lá para uma plataforma metálica com a ajuda da tripulação. Nikolai e seu amigo saem antes de mim, graças a Deus, e daí um casal mais velho, então pelo menos há alguma distância entre nós.

É claro que a única vez que um cara volta sua atenção para mim, e não para Walsh, é um passageiro procurando um casinho de rebote. Esse cruzeiro vai ser *divertido*.

— Você tem um admirador — diz Walsh, fungando de rir.

— Eu notei.

Por que ele não lançou nem um segundo olhar para Walsh, não faço ideia. Talvez loiras não façam seu tipo.

Minha vez de descer do bote. Uma onda levanta o Zodiac bem na hora que eu saio e sou propelida para o alto como se a mão gigante e invisível do mar me erguesse. Engulo a náusea e tropeço quando meus pés fazem contato com a plataforma de metal. O membro da tripulação à minha direita me guia para o corrimão e me agarro à superfície escorregadia.

— Obrigada — digo, engasgada.

Walsh vem a seguir e subimos os degraus para embarcar no navio.

A cada degrau, meu estômago se aperta mais e mais. Olho a fila de passageiros esperando para embarcar no navio pela porta no topo. Nenhum deles é Graeme. Depois que nosso Zodiac é esvaziado, outro cheio de passageiros encosta. Escaneio cada rosto. Nada de Graeme.

Cadê ele?

Quando é nossa vez de entrar e atravessamos o limiar, imediatamente sinto a ondulação do navio. Abro um pouco mais a posição dos meus pés para ganhar equilíbrio enquanto uma cena movimentada nos saúda. Uma comitiva de tripulantes equatorianos sorridentes forra o que é essencialmente um hall de entrada, nos afunilando na direção de uma mesa de recepção central semicircular.

Completamos o check-in, deixamos nossos coletes salva-vidas e mochilas na cabine — um espaço aconchegante e bem decorado em tons de creme e turquesa com uma grande janela panorâmica — e subimos para o salão para a reunião com as instruções obrigatórias de segurança com início agendado para dali a vinte minutos.

A estampa em redemoinho dos entalhes de madeira pintados em safira no piso e os assentos em tons de azul e verde me fazem sentir que estamos numa gruta subaquática. Ou fariam, se o salão não fosse contornado por duas paredes maciças de janelas. A luz rebate na água cintilante lá fora e inunda o salão.

Hóspedes andam por ali, olhando pelas janelas, pedindo drinques no bar ou se reunindo em grupinhos para conversar. As palmas de minhas mãos suam e minha respiração acelera enquanto analiso cada rosto, cada silhueta. Nem sinal de uma cabeleira castanho-escura, maxilar forte, olhos profundos.

— É open bar, né? — pergunta Walsh.

Bebidas à vontade estão incluídas nessa partida para incentivar mais reservas, mas ela não deveria encher a cara logo de cara.

— Moderação — eu relembro.

— Tá, tá. — Ela revira os olhos. — Quer alguma coisa?

— Não, obrigada, eu estou meio mal.

— Eu disse que aquele sanduíche de rosbife do avião não era uma boa ideia. A maionese estava com um cheiro esquisito.

Minha barriga gorgoleja em resposta e aperto meu estômago.

Quando eu tinha onze anos, um de nossos cachorros, uma mestiça de labrador e golden retriever chamada Daisy, conseguiu alcançar uma caixa de donuts e devorou uma dúzia antes que meu pai descesse as escadas e descobrisse a explosão de açúcar de confeiteiro e papelão rasgado espalhada pela cozinha. Daisy passou o resto da manhã fora de casa. Com pena dela, eu lhe fiz companhia enquanto ela caminhava por nosso quintal enorme e mastigava penosamente bocados de grama com passos trêmulos e olhos vidrados.

Daisy, eu te entendo, garota. Porque, neste momento, estou igualzinha a você depois dos donuts. E o jeito como esse chão não para quieto *não está ajudando*.

— Eu tô bem. Eu tô bem. Vou encontrar um lugar para sentarmos.

Eu deveria ter tomado um Dramin como precaução, e talvez um sal de frutas, mas agora é tarde demais. Meus remédios estão guardados na bagagem despachada separadamente, e nossas malas ainda não foram transferidas para o navio.

 Walsh saltita pelo salão até o bar, onde meia dúzia de hóspedes estão sentados em banquetas bebericando coquetéis refrescantes. Meu equilíbrio ainda não chegou e avanço trôpega pelos sofás azul-marinho e as cadeiras giratórias. Cada peça de mobília é chumbada e forma um círculo em torno de uma pequena plataforma central elevada. Afundo num sofá desocupado no fundo da sala e tiro do bolso um caderninho de campo e uma caneta. Hora de me distrair com trabalho.

 O que notei até agora a respeito dos hóspedes? E do navio? Bato a caneta nos lábios.

 A maioria das pessoas no salão provavelmente está na faixa de idade dos meus pais ou pouco menos. Há alguns indivíduos na casa dos vinte ou trinta e uma prevalência óbvia de aposentados. Nenhuma criança. Eu sei, por ter visto em nosso sistema de reservas, que o navio está com apenas dois terços de sua capacidade ocupada, então temos, *grosso modo*, sessenta pessoas a bordo. Há um zunido de antecipação coletiva que faz meus nervos vibrarem. Começo a tomar notas.

 Uma onda de risadas me faz pausar, a caneta apertada no punho. Uma voz masculina familiar alcança meus ouvidos. Eu me viro lentamente, mas já sei quem é. Sinto um arrepio nas costas.

 Graeme está no salão.

 — Obrigado por seu tempo, Gustavo. Foi um prazer, de verdade — diz ele.

 Consigo ver apenas o topo de sua cabeça. Outro homem bloqueia minha visão.

 Ele dá um tapa no ombro de Graeme.

 — O prazer foi todo meu.

 Eu o reconheço por ter revisado as fichas da equipe entre meus documentos pré-viagem. É Gustavo Santos, o líder de nosso cruzeiro, ou seja, a pessoa responsável por planejar as atividades de cada dia e se certificar de que a viagem toda ocorra sem percalços. Depois do capitão, ele é o segundo em comando.

 — E obrigado por atender ao meu pedido. Fico muito grato — acrescenta Graeme, num tom conspiratório.

Os cabelinhos da minha nuca se arrepiam, alarmados. Não gosto nem um pouco daquele tom. Como se Graeme trocasse segredos com o líder do cruzeiro. Segredos que lhe darão uma vantagem em nossa competição? Eu me debruço sobre o braço do sofá, esforçando-me para ouvir mais...

— Claro, claro — diz Gustavo, estendendo a mão para Graeme apertar. — Vamos conectar depois da reunião de segurança, antes da excursão para a praia desta noite.

Bem quando estou prestes a ter meu primeiro vislumbre desimpedido de Graeme na vida real, um torso em Technicolor se intromete em minha visão.

— Então nos encontramos novamente, srta. Camisa.

Eu tomo um susto e derrubo minha caneta.

— Ah, há, oi.

Tento olhar ao redor de Nikolai. Ele se aproxima até preencher todo meu campo de visão. Eu quase rosno, frustrada. Num movimento suave, ele desliza para junto de mim no sofá, o corpo num ângulo em direção ao meu, absolutamente me prendendo ali. Sua colônia me atinge como uma marreta. Em qualquer outro dia, eu poderia ter dito que era um cheiro bom, apesar de um tanto forte, mas hoje o odor penetra meu nariz e martela minha garganta feito um saco de areia, dando ânsia de vômito. Minha garganta se contrai.

Sob a desculpa de apanhar minha caneta, eu escapo de sua órbita e rapidamente fico de pé.

— Você não chegou a responder à minha pergunta mais cedo — diz ele, cruzando as pernas, aparentemente sem se incomodar com minha fuga rápida. Com os lábios se espremendo num sorriso franzido, ele alisa as rugas imaginárias de sua camiseta Ed Hardy. — Você, eu, jantar?

Abro a boca para recusar, mas...

— Aí está você — uma voz grave ronrona atrás de mim.

Eu me viro depressa, apenas para me ver encarando um rosto que só tinha visto até agora numa tela: o de Graeme.

A luz do sol o emoldura, destacando a covinha sutil em seu queixo. Minha pulsação oscila. Ele fez a barba em algum ponto das últimas duas semanas. Está mais curta do que antes, talvez uma semana de crescimento. E reparo, pela primeira vez, que seu nariz não é totalmente reto; a raiz tem um leve desvio, mas isso não prejudica sua aparência nem um pouco.

É real, oficial: o Graeme de videoconferência *não chega nem aos pés* do Graeme ao vivo e em cores. Para começar, ele é alto — pouco mais de 1,83 metro, eu chutaria, uma vez que seu queixo fica na altura dos meus olhos. E com seu queixo forte, nariz romano e a fartura de cabelos castanho-escuros e ondulados mais compridos no topo, ele tem uma figura impressionante. E lá se vão minhas fantasias de um troll atarracado e bulboso. Este Graeme é… majestoso, cacete. Majestoso com uma pitada de charme despretensioso e modesto do Meio-Oeste — um charme de serpente, é claro.

Suor ameaça brotar entre minhas omoplatas. Alguém aumentou a temperatura aqui ou o que houve? Aprumando os ombros, exibo um sorriso de lábios tensos para Graeme.

— Aqui estou eu.

— Quem é o seu amigo? — pergunta ele.

Nikolai corre a se levantar.

— Dr. Nikolai Kozlov.

Ele estende a mão e, quando Graeme se aproxima para apertá-la, sinto um sopro de algo delicioso: um cheiro tentadoramente suave de cedro, couro e algo fresco — talvez até cítrico. Resisto ao impulso esmagador de agarrá-lo pelo colarinho, enfiar meu nariz na curva de seu pescoço e fungar como um político cafungando uma carreira de cocaína no decote de uma prostituta.

Engulo o súbito excesso de saliva que inundou minha boca — junto com uma descarga de raiva. Ele é a *concorrência*. Não estamos no Barco do Amor. É um projeto de trabalho. E aquele que usar essa experiência para elaborar a melhor proposta vence.

E eu vou vencer. Vou, sim. Vou me certificar disso.

Os dois homens apertam as mãos.

— Prazer em conhecê-lo. Graeme Crawford-Collins.

A expressão de Graeme permanece fechada e inescrutável.

— Desculpe, vocês dois estão… — Nikolai se interrompe, apontando com o dedo entre Graeme e mim.

— Juntos — completa Graeme.

Meus olhos quase caem da cara e coço o nariz para disfarçar a reação. Graeme está fingindo ser meu… namorado? Por quê? Para impedir que Nikolai continue xeretando por aqui? Deve haver alguma segunda intenção. Eu só não sei qual.

Vendo meu rosto, Graeme enfia as mãos nos bolsos da bermuda cáqui e seus bíceps se enrijecem sob as mangas da camisa polo branca.

— Acredito que você estava fazendo um convite para o jantar?

— Isso. Para ela. E você. Vocês dois — disfarça Nikolai.

— Nós adoraríamos...

Uma rajada de vento subitamente agita as janelas e o navio se inclina acentuadamente. Vários hóspedes ofegam e se agarram aos móveis para manter o equilíbrio. O calor inunda minhas bochechas. A bile sobe. Minha cabeça gira.

Não. Não aqui. Não agora.

Eu me encolho, o punho pressionado contra os lábios enquanto o estômago se contrai. Graeme está ali, segurando meu ombro. Dizendo meu nome.

Preciso dar o fora daqui.

Eu o empurro para me afastar, consigo dar dois passos e vomito. Em cima de uma camisa Ed Hardy colorida.

6

Pisco, horrorizada. Os olhos de Nikolai se arregalam e seus lábios se retorcem de nojo.

— Vou trocar camisa — ele diz, rijo, marchando para a escada.

Apenas uma pessoa, Dwight, parece se dar conta da trilha de vômito escorrendo pelo peito do amigo como gemas de ovo pulverizadas. Todas as outras parecem muito envolvidas em rodas de conversa ou muito embasbacadas pela paisagem para notar.

Com os dedos sobre minha boca fechada, eu me viro lentamente para encarar Graeme. Suas sobrancelhas estão tão erguidas que ameaçam sumir na linha em que o cabelo começa.

Eu vomitei. Em público. Num hóspede. *Na frente de Graeme.*

Minha vontade é cair em posição fetal e morrer.

Quais são as chances de ele contar a James? Eu quase sufoco. Quais as chances de que não conte? Nós nem chegamos à primeira parada do cruzeiro e eu já servi a cena perfeita para Graeme jogar na minha cara.

Será que estão olhando? Talvez ninguém mais tenha visto...

— Você está bem, meu anjo? — pergunta uma mulher de meia-idade, aproximando-se agitada.

Graeme se interpõe entre nós.

— Ela está bem, só um pouco mareada.

Ele a encara até ela se afastar. Sua mão se fecha em torno de meu cotovelo enquanto ele me guia até a outra extremidade do sofá. Meus joelhos cedem e eu desabo.

— Você precisa se deitar? — pergunta ele, em voz baixa.

Considero a pergunta. Entretanto, meu estômago está hibernando agora, feito uma criança de colo desmaiada depois de um período hiperativo causado por excesso de açúcar. Eu me sinto muito melhor, na verdade. Chacoalho a cabeça.

Sem dizer mais nada, Graeme dá meia-volta e vai embora.

Ótimo, ele está tão enojado que nem consegue olhar para mim. A humilhação percorre minhas veias. Pelo menos não terei que me preocupar com ele em meu caminho essa semana. Provavelmente vai se manter bem, bem longe, com medo de que Henley, a Maravilha Vomitante, abra as comportas em cima dele.

Umedeço os lábios. Preciso de água. E de uma escova de dentes. E rastejar para dentro de um buraco e nunca mais sair de lá.

Levantando-me, apanho meu caderninho e a caneta que eu havia derrubado no chão e atravesso o salão, vacilante. Um integrante da tripulação com um spray e um paninho de limpeza se apressa para o lugar onde eu passei mal, provavelmente para limpar os respingos. *Aaaaarrrgh, que vergonha!* Desço as escadas, claudicante, mantendo o queixo abaixado caso alguém esteja olhando, e escapo para minha cabine.

Nossas malas estão aqui, finalmente, e viro a minha no piso acarpetado, abrindo o zíper. Vasculho o bolso interno até desencavar uma cartela de Dramin, minha escova de dentes e a pasta. No banheiro, escovo vigorosamente os dentes e a língua, quase engasgando no processo, e tomo água da torneira para engolir o comprimido branco como giz.

Apoiando as duas mãos no balcão estreito, encaro o espelho. Minhas bochechas adquiriram um tom rosado brilhante e os olhos estão vidrados. Molho um pano e o encosto no rosto para refrescar. Vomitar em cima de alguém, mesmo alguém tão irritantemente persistente como Nikolai, é um de meus piores pesadelos em vida de todos os tempos. E Graeme tinha um lugar de honra na plateia.

Uma voz estala num alto-falante embutido na parede entre as duas camas de solteiro.

— Boa tarde, boa tarde! Uma reunião obrigatória com instruções de segurança começará em breve. Por favor, dirija-se ao salão.

— Merda — resmungo.

Tenho que comparecer à reunião obrigatória, não importa o quanto eu queira sumir em pleno ar.

Sacudindo o cabelo para afastá-lo do rosto, endireito meus ombros e empino o queixo. Tá, eu vomitei em alguém. E daí? O modo mais fácil de chamar atenção para mim mesma seria me esgueirar por aí como um filhote de cachorro mijão, e me recuso a deixar Graeme numa posição de vantagem aqui. Se eu fingir que esse episódio não aconteceu, então os outros também farão o mesmo, inclusive Graeme.

É bom que o faça.

Respirando fundo, saio da minha cabine e regresso ao salão. Quase todo mundo está sentado agora. Eu *não procuro* Graeme de propósito. Se ele está planejando me ignorar pelo resto da viagem, vou deixar que me ignore.

Vejo Nikolai com uma camisa diferente, igualmente feia, sentado com Dwight perto do corredor central. Ele não me vê — *ufa*. E Walsh ainda está empoleirada numa banqueta, papeando alegremente, alheia a tudo que acaba de acontecer. Eu poderia me juntar a ela, mas a ideia de jogar conversa fora com desconhecidos neste momento me faz sentir enjoada de novo.

Vou contornando o mar de sofás e encontro um lugar vazio no canto oposto ao que eu tinha ocupado antes.

— Você está de volta — diz Graeme, a meu lado.

Meus músculos se contraem. Ele não estava aqui um segundo atrás. Debruçando-se por cima do meu ombro, ele coloca um copo de água gelada, uma cartela de Dramin e uma bala embrulhada em plástico metalizado azul na mesinha à minha frente antes de afundar na poltrona giratória mais próxima, desdobrando-se como um rei ocupando seu trono.

Graeme... não está me evitando?

Olho para a água, depois para ele. Ele inclina o queixo como se dissesse: *isso mesmo*.

Isso é tão inesperado! E gentil. E *esquisito*.

Levanto o copo de água contra a luz e o giro, procurando qualquer sinal de armação. Em seguida, o levo até o nariz e farejo.

— É água, não cianureto.

— Eu sei.

Molhando os lábios, dou um golinho hesitante.

— Digo, eu cuspi aí dentro, mas...

Meu primeiro instinto é abrir a boca e despejar a água de volta no copo. Em vez disso, empino o queixo, travo os olhos nos dele e bebo tudo muito deliberadamente. Uma gotinha se agarra ao canto de meus lábios e eu a enxugo com o punho.

Ele gargalha. Eu fecho a cara.

Pousando um cotovelo no braço da poltrona, ele me analisa.

— Sabe, em todas as vezes que imaginei te encontrar pessoalmente pela primeira vez, nunca a visualizei vomitando em jatos em cima de alguém.

Não admita nada.

— O que você visualizava?

— Henley, a princesa guerreira. Armada com a mais afiada coleção de facas para atravessar o coração de seus inimigos.

— As facas estão na minha cabine. Foi difícil passá-las pela imigração, especialmente o cutelo, mas posso buscá-las se você quiser. Nunca se sabe quem talvez deva ser atravessado.

Exibo os dentes num sorriso amplo e radiante.

Graeme joga a cabeça para trás e ri. O som é abundante e caloroso como um bolo vulcão de chocolate. Ainda rindo, ele balança a cabeça devagar.

— Você, Henley Rose, é demais.

Remexendo-me em meu assento, cruzo as pernas e apoio um cotovelo nas costas do sofá.

— Então, por onde é que você andava hoje? Eu não te vi no avião esta manhã.

— Sentiu minha falta?

— Como sentiria falta de uma crise de herpes.

As narinas dele inflam.

— Eu voei para San Cristóbal na quarta para explorar a área e embarquei no navio algumas horas antes de vocês chegarem.

O sorriso falso desliza para fora do meu rosto feito geleca. Graeme já está nas Galápagos há três dias? Porcaria, eu também devia ter pensado em vir mais cedo.

Ah, mas claro. Estou ocupada demais para tirar dias de folga adicionais. Ficar afastada por dez dias já será bem difícil, quanto mais quase duas semanas; já terei que compensar esses dias de algum jeito. Que legal que Graeme tem uma carga de trabalho gerenciável o bastante para poder tirar um tempo extra de folga.

Raiva pelo fato de James pensar que somos iguais — apesar de eu *claramente* trabalhar mais do que ele — borbulha até a superfície.

A voz de Gustavo penetra meus pensamentos irritados.

— Boa tarde, boa tarde — zune sua voz pelos alto-falantes. — Se todos puderem se sentar, por favor, nós vamos começar as instruções.

Os hóspedes remanescentes vão entrando aos poucos no salão, conversando e dando risada. Para minha surpresa, Graeme se levanta e vem sentar ao meu lado no sofá. A perna dele está a quase meio metro de distância, mas ainda perto o bastante para me deixar inquieta. Não há telas de telefone, nem voz sem corpo flutuando pela linha telefônica. Ele está aqui, e ele é *real*.

Ele se inclina na minha direção até estarmos praticamente ombro a ombro. Capto outro sopro de seu perfume inebriante e inspiro fundo antes que possa me dar um chute mental.

— Olha, sei que estamos aqui porque disputamos a mesma vaga — diz ele. — Mas quero que você saiba que...

— Oi — diz Walsh.

Ela está na nossa frente, segurando duas cervejas. Lançando um olhar entre Graeme e mim, ela curva os lábios para cima de maneira lenta e calculada. Eu já vi essa expressão. Franzo as sobrancelhas. O que ela acha que está fazendo?

Ela me entrega uma das cervejas e esvoaça para a poltrona que Graeme deixou vaga. Colocando sua garrafa na mesa, ela cruza as pernas — as alpargatas de linho balançando — e se inclina até a linha entre os seios ficar visível em sua camisa listrada com gola canoa.

— Você deve ser Graeme — murmura ela.

É, ela está tentando: modo flerte, força total. A condensação fria deixa a palma de minha mão escorregadia. Coloco minha cerveja ao lado da dela sem tomar nem um gole.

— E você deve ser a irmã da Henley.

— Walsh Evans.

Ela estende a mão com a palma para baixo.

Ele aperta, hesitante. Apesar de ser perfeitamente educado, tenho a sensação de que não ficou impressionado com a abordagem "pé no peito" dela. A estranha tensão entre minhas omoplatas relaxa, até outro pensamento me ocorrer. Franzo o cenho.

— Espera, como você sabe que ela é minha irmã?
— James me contou que você a traria.
Reviro os olhos.
— Claro que contou.
— O que você quer dizer com isso?
— Quero dizer que você é todo cheio de amizade com nosso chefe. É o clube do bolinha, e vocês dois são os únicos membros.
— Não é o clube do bolinha.
— É mesmo? Com quantas mulheres você o vê batendo papo?
— Você deveria ser mais amigável.
Solto uma risada amarga.
— Claro. Porque James faz as mulheres se sentirem muito confortáveis, como se eu pudesse simplesmente me sentar lá e ter uma conversa à toa com ele sempre que me der vontade. Assim como posso controlar o modo como ele fala comigo.

Um vinco se forma entre as sobrancelhas de Graeme e ele abre a boca para falar alguma coisa, mas eu continuo.

— O que mais ele te contou? Minhas ideias iniciais sobre o mercado de cruzeiros nas Galápagos?
— Não, ele só disse que sua irmã estava viajando com você e perguntou se eu também gostaria de trazer alguém. Para deixar as coisas mais justas, acho. Eu recusei. Disse a ele que queria usar a oportunidade de viajar sozinho para manter o foco.

Eu ranjo os dentes até o maxilar estalar. Ele conseguiu fazer até meu lampejo de engenhosidade com Walsh no papel de cliente secreta parecer algo negativo.

Um microfone é ligado, os alto-falantes ganham vida e Gustavo caminha até a plataforma central no meio do salão. As vozes se aquietam e forço minha atenção para o corredor.

— Sejam todos bem-vindos ao *Descoberta*! Eu me chamo Gustavo, o líder deste cruzeiro, e juntos vamos desfrutar uma aventura fantástica nas Galápagos!

Os passageiros aplaudem.

A voz de Gustavo abraça a audiência. Seu comportamento afetuoso e cheio de energia desperta entusiasmo e garante a participação. Parece uma mistura simpática e grisalha de Enrique Iglesias e Richard Simmons. Ele aproveita os primeiros minutos de seu discurso para mencionar os destaques do que viveremos — uma ilha diferente a cada dia, com mergulho livre, trilhas, passeio de caiaque e a abundância de vida selvagem sem nenhum medo inerente de seres humanos, a marca das Ilhas Galápagos.

Em seguida ele começa a apresentar os outros membros da equipe a bordo: os naturalistas, que nos acompanharão em todas as excursões em terra firme para compartilhar seu conhecimento sobre a vida selvagem que encontrarmos, e os oficiais e tripulantes, o pessoal responsável por operar o navio.

Meu olhar se volta para Graeme. Tento ouvir atentamente, mas a presença dele atrai minha atenção como um ioiô. Virando o rosto, ele me vê de relance e eu rapidamente desvio o olhar. Minhas bochechas esquentam sob o olhar dele. Aprumando meus ombros, cerro as mandíbulas.

Graeme se aproxima mais um pouco.

— Também é estranho vê-la pessoalmente — murmura ele.

Viro de súbito a cabeça para olhar para ele e vejo seu rosto a centímetros do meu. Dessa distância, posso discernir a cor dos seus olhos. São azuis. Não azul-claros como os de Walsh, ou aquele azul aguado do céu primaveril. É um azul-escuro, sem fim. Como o mar.

Umedeço os lábios e o olhar dele se volta para minha boca. Faço uma careta. Ele abre um sorriso convencido.

A voz de Gustavo penetra meu delírio e um calor escala meu pescoço.

— Tem mais uma pessoa que eu gostaria de apresentar. Ela é gerente de marketing no nosso escritório central...

Nááááo... Por favor, não diga meu nome... por favor, não diga meu nome...

Ele vai dizer meu nome.

— Henley Evans! Cadê você, Henley?

Meu estômago afunda como um caminhão de lixo de duas toneladas. Eu não quero que os outros hóspedes saibam que eu trabalho na agência de cruzeiros — perguntas demais, dor de cabeça demais. Lá se vai a chance de viajar anônima.

Colocando um sorriso no rosto, eu me levanto e ofereço um aceno desanimado aos hóspedes. Walsh pontua a rodada de aplausos com um *uhuuuuu* energético. Retomo meu lugar.

— Agora, em nosso navio, a segurança é o mais importante...

Espere aí. Ele não vai apresentar Graeme?

— Por que ele não te apresentou? — sibilo.

— Porque pedi para ele não me apresentar.

Seu sorriso arrogante me dá vontade de jogar a cerveja na cabeça dele. Deve ser isso que ele estava armando com Gustavo quando entraram no salão. Ele dá a si mesmo mais uma vantagem: se os hóspedes não sabem que ele trabalha na agência de cruzeiros, ele pode passar despercebido. Não terá que ser simpático o tempo todo. Eu, sim.

Ah, mas nem a pau. Se eu estou exposta, ele também vai estar.

Eu me lanço de pé como um brinquedo de mola.

— Espera, espera, Gustavo! Você se esqueceu de alguém.

Gustavo congela no meio de uma frase, o queixo caindo.

As sobrancelhas de Graeme se juntam num vinco. Puxando-o pelo braço, eu insisto em silêncio para que ele se levante, e caramba, o braço dele é *duro*. É como agarrar granito. Com um suspiro profundo, ele se coloca de pé.

Gustavo para, pisca duas vezes.

— Ah, sim. Como eu poderia esquecer? Henley não é a única integrante da equipe corporativa a bordo. Por favor, deem as boas-vindas a Graeme Crawford-Collins, o homem encarregado de todas as nossas redes sociais.

Graeme levanta a mão para o salão. Uma das idosas sentada nas proximidades cutuca a mulher a seu lado e ambas se viram para olhar para ele. A da direita finge lamber um dedo e, quando toca seus amplos quadris, faz um som imitando vapor subindo. Ai, Senhor.

— Ah, mais uma coisinha — contribuo, tirando os olhos das novas fãs de Graeme. — Só um rápido lembrete para que, quando vocês postarem fotos de suas aventuras essa semana, e prometo que vão tirar fotos fantásticas, certifiquem-se de nos marcar nas redes sociais: @Aventuras-S-Q, tudo junto, e Graeme aqui vai...

— Lembrar a todos para que entrem no concurso de fotografia da vida selvagem — desembucha ele.

Droga, ele adivinhou o que eu ia dizer — que ele retuitaria e daria likes nas postagens de todos. Um ponto para Graeme por ter escapado do trabalho extra que tentei colocar no prato dele.

— O vencedor do concurso ganhará, da Aventuras Seaquest, um cruzeiro para a Antártica com todas as despesas pagas — continua Graeme. — As inscrições podem ser feitas até primeiro de novembro. Procurem *Henley* para outros detalhes.

Ele lança em minha direção um sorriso que, visto de fora, pareceria nada além de cortesia profissional. Só que posso enxergar através dessa fachada como se fosse de celofane. É um sorriso desafiador. Um sorriso de tubarão.

Aplausos enchem o salão. Minhas narinas inflam quando nos sentamos. Percebo, tarde demais, que estamos mais próximos do que antes, apenas alguns centímetros de distância. A energia entre nós fica tão sobrecarregada que poderia derreter diamantes.

— Isso, o concurso. Obrigado, Graeme. Ficamos muito felizes em ter você e Henley a bordo — reconhece Gustavo. — Agora, se todos puderem voltar sua atenção para os monitores para um breve vídeo de segurança. A seguir, nos reuniremos em nossos pontos de alerta para um treinamento com botes salva-vidas.

Cruzando os braços, eu me inclino até minha boca ficar a centímetros do ouvido de Graeme.

— Bela tacada, fazendo de mim o contato para o concurso de fotografia. Agora todo hóspede com uma câmera chique vai me atormentar com perguntas.

Os lábios de Graeme se contorcem.

— Pensei que você gostasse de estar no comando.

Estreito meus olhos para ele. Sua expressão é plácida, mas não deixo passar o rubor em seu rosto e as gotículas de suor que se juntaram em seu colarinho. Ele está nervoso ou algo assim?

Balanço a cabeça. Não importa.

— Só para constar, eu farei qualquer coisa para conseguir essa promoção. Mesmo que tenha que papear com todos os hóspedes neste navio enquanto crio uma ideia de marketing de tirar o chapéu, vou provar que sou a melhor opção. Jogue quantos obstáculos quiser no meu caminho. Eu ainda vou sair por cima.

Endireitando-se, ele chega tão perto que seu ombro roça o meu e seu hálito quente acaricia minha orelha quando ele ri.

— Pois que se iniciem os jogos.

7

— Ainda não consigo acreditar que você vomitou naquele quiroprático russo e eu perdi — diz Walsh, os olhos encobertos por um par de óculos escuros modelo aviador.

A reunião de segurança terminou e estamos de volta à terra firme em San Cristóbal para uma breve excursão de exploração em Puerto Baquerizo Moreno antes que o navio parta para Ilha Española, a primeira parada em nossa viagem. O guarda-sol vermelho do café acima de nós lança uma sombra estreita, e a forte luz do sol esquenta minhas canelas à mostra. Do outro lado da rua, a água bate suavemente contra um píer de concreto que se projeta para dentro da baía.

— Isso é um recorde da empresa, gorfar nos primeiros quinze minutos de um cruzeiro? — pergunta Walsh.

Tomando seu guardanapo de papel da mesa, eu o rasgo em tirinhas, meus lábios fechados.

— Eu disse para não comer aquele sanduíche.

— Pode parar, tá?

Apoiando os pés na cadeira vazia do outro lado da mesa, Walsh toma ruidosamente seu milkshake de chocolate pelo canudinho.

Coloco meus óculos de sol exagerados sobre o nariz e tomo um gole de água de minha garrafa particular. Após o "incidente" mais cedo, nada de derivados de leite para mim, obrigada. Confiro o horário em meu telefone e surge uma notificação: há novas mensagens de Tory e Christina em nosso grupo.

Tory
> Olá, forasteira! Chegou bem ao navio?

Christina

> Tenho certeza de que sim, pode ficar calma, mamãe!

Tory

> Preciso garantir que nossa garota chegou lá em segurança 😊

Eu sorrio.

> Oi! Tô viva, chegamos, sim!

Christina

> Eu falei!

> Como estão as Galápagos?

> Tudo bem, tudo quente. Não vi muita coisa porque ainda estamos em San Cristóbal.

Tory

> Passe protetor solar e tire muitas fotos

Christina

> 1. Protetor solar é sempre uma boa ideia.

> 2. Você já viu o Graeme? Como ele é pessoalmente?

> Aff, já... e ele é exatamente como eu pensava.
> TERRÍVEL.

Meu pescoço começa a pinicar e olho automaticamente por cima do ombro, mas Graeme não está à vista. Também não vi muitos passageiros do cruzeiro nesta parte da cidade. Nós escolhemos esse café especificamente por causa do Wi-Fi grátis (fantástico), além de ser escondidinho: fica na outra ponta da rua principal, longe dos demais turistas. Se eu tiver sorte, Graeme não se aventurará para esse lado.

De fato, eu não o vejo desde a reunião de segurança. Muito que bem. Não quero vê-lo. Nem hoje, nem pelo resto da viagem. Desligo meu telefone e olho para os dois lados da rua mais uma vez. Ainda nada de Graeme. O que me lembra...

Cutuco Walsh com o pé.

— Ei, por que você estava flertando com Graeme mais cedo?

Walsh mal levanta os olhos de seu celular.

— Oi?

Estico o braço e cubro sua tela com a mão.

— Ei!

Fazendo uma careta, ela o puxa para longe.

Algo na rigidez de seus lábios me faz franzir o cenho.

— Qual é o problema?

Os ombros dela desmoronam.

— Lembra aquela entrevista que fiz no spa na rua de casa, antes de virmos?

— Lembro.

— Acabo de receber um e-mail da pessoa que me entrevistou. "Obrigada, hoje não". É a terceira reprovação esta semana.

Faço uma careta.

— Vai aparecer alguma coisa em breve, eu sei que vai.

— Espero que sim. Não posso me aproveitar de você para sempre — acrescenta ela num resmungo. Espremendo os lábios, ela martela o celular com os polegares. — Então, o que você ia dizendo sobre Graeme?

Eu deveria dizer alguma coisa para animá-la, algo para lhe dar esperança. Mas é inevitável concordar com ela — realmente, Walsh *não pode* se aproveitar de mim para sempre. Em algum ponto, ela precisará encontrar uma casa só dela, e definitivamente precisa de uma renda estável. E ainda há a questão da presença dela neste cruzeiro e por que ela está aqui...

— Apenas não flerte com ele, tá bem? Não é nada profissional. Você é a minha cliente secreta, lembra?

Ela funga.

— Sim, sim. Parece ótimo. Em que você quer minha opinião, para começar?

— Bem, o que você está achando da experiência até o momento?

Depositando seu celular na mesa, ela puxa os óculos para baixo e me espia por cima da armação.

— Eu acho que você estava escondendo o jogo de mim, pois seu colega de trabalho é um baita gato.

— Walsh, não. Mas de jeito nenhum. Ele é exatamente como Sean, e lembra como ele foi terrível? Como ele me tratou...

— Eu sei, eu sei. Graeme é o vilão. Mas sei apreciar a beleza física masculina, tá? — Ela levanta a cabeça. — Ah, olha só, lá está ele.

Eu me viro de súbito e, de fato, Graeme vem descendo a rua, uma mochila preta compacta encaixada nos ombros. Minhas entranhas se reviram. Ele está com um bastão de selfie e o celular preso na ponta — ou está fazendo um vídeo, ou está em videochamada com alguém, porque sua boca está se movendo.

— Graeme! Oi, Graeme! — chama Walsh.

A cabeça dele se move de supetão para tentar localizar quem gritou seu nome. Quando ele nos vê, Walsh gesticula para que ele se aproxime. Ele oferece um aceno hesitante antes de abaixar o bastão de selfie e o guardar na mochila.

— O que você está fazendo? — sibilo para Walsh.

— Como assim?

Os olhos arregalados dela brilham cheios de travessura. Ela o está chamando para me irritar de propósito, eu sei. Exatamente como fazia na adolescência, quando tocava Miley Cyrus a todo volume junto da parede entre nossos quartos sempre que eu tentava estudar. Eu acabava perdendo a paciência, ia até o quarto dela enfurecida, ela ria e soltava gritinhos enquanto eu tentava arrancar a caixinha Bluetooth das mãos dela.

Algumas coisas não mudam nunca.

As pernas compridas de Graeme devoram a calçada e alguns segundos depois ele está de pé ao lado de nossa mesa. Ele aponta para a cadeira à minha esquerda.

— Tem alguém sentado aqui?

— Sim — digo eu, ao mesmo tempo que Walsh diz "Não".

— Ótimo.

Mostrando os dentes para mim, ele larga a mochila no chão e se ajeita na cadeira vazia.

Graeme deve saber pela minha expressão glacial que eu quero que ele se vá, então por que decidiu sentar-se com a gente? Ah, claro, porque me irritar é um de seus passatempos preferidos. Parece que duas pessoas resolveram embarcar no trenzinho do Vamos Aborrecer a Henley.

Inclinando-se para a frente, Walsh remexe seu milkshake com o canudinho.

— O que você aprontou na cidade?

Graeme estica as pernas por baixo da mesa e cruza as mãos sobre a barriga como se não tivesse nenhuma preocupação em sua mente. Eu o encaro de expressão fechada, numa reprovação silenciosa.

— Vejamos... eu comprei algumas lembrancinhas. Tirei fotos. Entrevistei o dono de uma galeria de arte que descobri no outro dia. A família dele mora nas Galápagos há quatro gerações. Ele tinha histórias ótimas. Um material bom para o nosso blog.

Ele me lança um sorriso.

Empurrando os óculos de sol para o cabelo agitado pelo vento, ele olha para o milkshake de Walsh e nossos fones largados na mesa.

— O que vocês andaram fazendo? Estão fazendo um lanche?

— Trabalhando — rosno.

— Só trabalho sem diversão faz de Henley uma bobona.

— Ou faz dela sua chefe.

Ele arqueia uma sobrancelha. Inclino meu queixo em desafio.

Walsh pigarreia num esforço aparente para quebrar a tensão que inchou feito um balão.

— Graeme, você viu os leões-marinhos no passadiço? Tão fofinhos!

— Eu vi. Incrível como eles não têm medo das pessoas. O mergulho amanhã vai ser de matar. Vocês vão, né?

O telefone de Walsh assovia e ela o apanha depois de olhar para a tela.

— Eu vou. Henley provavelmente não. Ela odeia mergulhar em águas profundas.

— É mesmo?

Graeme levanta as sobrancelhas.

Eu faço uma careta tão feia para Walsh que tenho certeza de que estou prestes a emitir raios laser pelos olhos, mas ela não repara porque está muito absorta, respondendo às últimas mensagens de texto.

— É — diz ela, sem erguer o olhar. — Eu não a vejo nadar desde que éramos adolescentes. Desde que...

Tento dar um chute nela por baixo da mesa e erro.

— O quê? — pressiona Graeme, parecendo ansiosíssimo.

— Desde que ela quase se afogou — termina ela.

Quando Walsh finalmente olha para cima, se enrijece ante o olhar mortal que lanço na direção dela. *Valeu, obrigada por divulgar meu ponto fraco para a concorrência, Walsh.*

Graeme espreme os olhos para mim.

— Você sofreu um acidente enquanto nadava ou algo assim?

Eu desconverso com um gesto.

— Walsh está sendo dramática.

— Dramática? Você parou de respirar. Papai teve que fazer manobras de ressuscitação em você.

Graeme olha de uma para a outra, o cotovelo pousado na mesa, queixo na mão. Só falta a pipoca.

— O que houve?

— Nada. Apenas um pequeno incidente praticando esqui aquático.

— Pequeno... — zomba ela.

— Eu estava esquiando sem colete salva-vidas, fiquei com câimbras nas pernas e afundei — explico para Graeme, em meu melhor tom de "não foi nada de mais".

— Parece traumático.

Ele não faz ideia. Eu ainda me lembro vividamente das algas aprisionando meu pé. Da água em meus pulmões, a pressão da escuridão. O medo absoluto, o pânico. Só voltei a me aventurar em um grande corpo de água quase quatro anos depois, e mesmo agora eu me atenho à parte rasa de uma piscina ou à arrebentação do mar. Águas profundas? Não mesmo, obrigada.

— Nem tanto assim — minto. — Foi há muito tempo.

— E você arrumou emprego em uma companhia de cruzeiros... marítimos?

— Foi, todos nós ficamos chocados — diz Walsh.

Dou de ombros.

— Aceitei o emprego porque buscava uma mudança de carreira e queria vender algo que levasse alegria para as pessoas. E, olha, eu trabalho num escritório. Não estou nos navios todos os dias. Mas, como eu disse, já superei. Vou mergulhar amanhã e vai ser ótimo. Muito divertido.

Graeme me analisa.

— Você não precisa ir, sabe? Haverá passeios de barco com fundos de vidro para hóspedes que não queiram nadar.

— E perder os encontros bem de pertinho com toda aquela vida selvagem endêmica? Boa tentativa.

Mais de noventa por cento de nossos passageiros optam pelo mergulho, então não terei a plena sensação da experiência se eu também não mergulhar. Está na hora de encarar meus medos mesmo... E se isso me der ideias para ajudar a conquistar essa promoção, terá valido a pena.

Cruzando minhas pernas, jogo a trança por cima do ombro. Hora de virar essa lupa para o outro lado e ver como Graeme lida com o escrutínio.

— E então, por que você tem problemas para falar em público? Ou é da multidão que você não gosta?

Walsh se apruma em seu lugar.

Agarrando um braço da cadeira, Graeme se remexe. A cadeira metálica range em protesto.

— Vamos lá, não finja que não sabe do que estou falando. Você ficou todo vermelho e suado depois que Gustavo te apresentou na reunião de segurança. Não foi exatamente uma reação normal.

Agora é a vez de Graeme fingir casualidade.

— Funcionário remoto, lembra? Não há muitas oportunidades para falar em público na minha sala de estar. Estou sem prática, só isso.

Eu não acredito. A voz dele está tão tensa que daria para tocá-la feito uma corda de violão.

O som do liquidificador flutua pela porta aberta da cozinha do café. Graeme espia por cima de meu ombro, depois indica o milkshake de Walsh com o queixo enquanto toma outro gole.

— Não tome isso.

— Por quê? — dispara ela.

— Tem uma mulher lá dentro fazendo um milkshake e acabo de vê-la colocando gelo no liquidificador — Diante do olhar inquisidor de Walsh, ele prossegue. — O gelo é água da torneira congelada, e a água das Galápagos não é segura para tomar. Você pode estar ingerindo água contaminada.

Eu sabia que não devia beber a água daqui, mas gelo num milkshake nem me passou pela cabeça. Pelo visto, também não tinha passado pela cabeça de Walsh.

— Ah, relaxa — zombo. — Esta é a principal cidade de San Cristóbal, a capital política de Galápagos. Tenho certeza de que eles servem turistas o tempo todo e sabem que devem fazer gelo com água purificada.

— Está vendo algum turista aqui? Estamos fora da área mais frequentada. São todos moradores locais.

Realmente, todos os outros clientes neste café — e no café vizinho — são equatorianos. Não há um único turista à vista.

Walsh cautelosamente coloca seu milkshake na mesa como se lidasse com uma granada sem pino. Uma lama espumosa no fundo do copo é tudo o que resta, cintilando com o que eu agora reconheço ser, isso mesmo, lascas de gelo. Meu corpo todo se enrijece, uma carga de *ah, merda* se despejando em minha mente.

Os lábios dela se contraem e a cor se esvai de suas bochechas.

Vestindo uma máscara de bravata, chacoalho a cabeça.

— Sem problemas. Walsh tem um estômago de ferro. Melhor do que o meu, de qualquer forma — acrescento, resmungando. — Tenho certeza de que ela vai ficar bem.

8

Walsh não ficou bem.

Ela mal tocou o jantar ontem à noite e desapareceu para nossa cabine quando sua barriga começou a fazer uns ruídos que fizeram as mulheres sentadas perto de nós agarrarem seus colares em choque. Fui ver como ela estava algumas vezes ao longo da noite, mas ela insistiu para que eu caísse fora, então acabei respondendo a e-mails de trabalho no salão até bem depois da meia-noite, antes de finalmente criar coragem de ir para a cama. Não que eu culpasse Walsh por querer ficar sozinha. Ninguém gosta de alguém por perto quando está com problemas gastrointestinais.

Ouço a descarga da privada, que me desperta de meu sono, meio tonta. Poucos momentos depois, Walsh abre a porta do banheiro, fazendo com que um facho de luz fluorescente se derrame em nossa cabine sombria. Pisco contra a luminosidade súbita e me sento na cama. A cabeça lateja de exaustão. Que horas são?

Antes que eu possa pegar o celular, vejo o rosto de Walsh e quase engasgo.

— Ai, meu Deus, você tá bem?

— Parece que eu tô bem? — diz ela, rouca.

Rosto pálido, testa empapada de suor, ela desaba na cama de solteiro na frente da minha. Curvando-se em posição fetal, ela rola na direção da parede. Seu telefone vibra na mesa de cabeceira, mas ela não se move. Uau, ela deve estar se sentindo *realmente* muito mal para ignorar uma novamensagem de texto.

Eu me arrasto para fora da cama e abro as cortinas um pouquinho. A forte luz do sol transpõe a janela, me forçando a espremer os olhos. Minha nossa, já é de manhã!

— Você passou mal a noite toda?
— Aaaaargh.
Pensando agora, eu me lembro vagamente da porta do banheiro abrindo e fechando múltiplas vezes ao longo da noite. Não surpreende que eu esteja tão cansada.
— O que posso trazer para você? Remédios?
— Eu já tomei.
Toco no ombro dela.
— Ginger ale?
Ela geme em resposta e puxa as cobertas para cima da cabeça.
— Só me deixe em paz para *morrer*.
— Talvez você devesse ver o médico do navio. Posso ir com você.
Ela dobra o cobertor para longe do rosto.
— Não, não. Eu vou ficar bem. Não pode haver mais nada no meu estômago, não tem como. Eu só preciso dormir. Foi uma noite difícil.
O alto-falante na parede estala e a voz jovial de Gustavo penetra meus ouvidos.
— Bom dia, bom dia! Espero que todos tenham desfrutado de um desjejum reforçado e delicioso, porque o refeitório acaba de fechar.
Agarro meu telefone e vejo que horas são. Passa das nove. Como é que pode? Eu coloquei o despertador para as sete ontem à noite, para poder levantar cedo e trabalhar na minha proposta. Devo tê-lo desligado por acidente, e agora perdi o café da manhã, para completar. Caindo em minha cama com um gemido, esfrego as palmas das mãos no rosto.
— Se você planeja mergulhar hoje à tarde ou em qualquer momento ao longo da viagem — prossegue Gustavo —, esta é sua última chamada para apanhar o equipamento necessário. Lembre-se, por favor, de estar preparado para experimentar seu macacão de mergulho para garantir que ele sirva corretamente. Os hóspedes que queiram participar da trilha de três horas esta manhã devem desembarcar às nove e meia. Quem quiser fazer a caminhada de uma hora na praia desembarcará às onze. Daqui a trinta minutos sairemos para a trilha mais longa. Trinta minutos, trilha longa. Obrigado.
Bom, a trilha longa definitivamente está fora de cogitação. Preciso do tempo extra para começar minha proposta.

— Escuta, vou ver se consigo arranjar umas bolachinhas para você ou algo assim... — começo a dizer, mas então ouço a respiração pesada e lenta de Walsh vindo de sua cama. Ela já pegou no sono.

Rapidamente uso o banheiro e visto uma roupa de banho, camiseta, short e sandálias. Depois de tomar um Dramin, vou para o convés de observação para apanhar o equipamento de mergulho livre. Meus pulmões se apertam quando penso em nadar pelas profundezas sufocantes e turvas do oceano, mas terei que aguentar. Pelo menos o primeiro mergulho só ocorre hoje à tarde, o que me dá um descanso de algumas horas antes de ter que encarar o inevitável.

Subo as escadas até o convés de observação externo, onde a equipe está distribuindo o equipamento. Há uma onda de caos controlado. Uma fila de passageiros se estende por metade do convés superior, levando a fileiras de recipientes e macacões de mergulho pendurados em cabides. Outros dez hóspedes se espalham pelas bordas externas, enfiando-se atabalhoadamente nos macacões e experimentando pés de pato.

Colocando meus óculos escuros, entro na fila e tento não oscilar com o movimento do navio. Uma brisa vigorosa irrita meu nariz e o estômago ronca alto, me lembrando do tamanho de seu vazio. Eu rosno junto com ele.

— Bom dia — a voz rouca de Graeme soa, enquanto ele se posta ao meu lado.

Eu faço uma careta. É claro que ele me encontrou.

Veste uma camiseta branca e carrega uma mochila para o dia, enquanto seus olhos se escondem atrás de óculos escuros. Seu cabelo ondulado se levanta com o vento e a pele brilha com um bronzeado saudável. Meu olhar desce até seu short atlético preto e solto uma fungada.

— Isso no seu bolso é uma banana ou você só está feliz em me ver?

As palavras escapam de minha boca antes que eu possa contê-las. Henley privada de sono é uma Henley meio atordoada.

Os lábios de Graeme se contorcem e a covinha em seu queixo se aprofunda.

— Você tem sorte por eu não ter gravado isso. Os recursos humanos não aprovariam esse tipo de piadinha.

Meu peito se aperta por um instante antes que Graeme puxe uma banana amarelinha do bolso com uma piscada. Descascando-a, ele a leva até a boca, mas pausa antes de dar uma mordida.

— Eu não te vi no café da manhã.

— Porque eu não estava lá. Não ouvi o despertador tocar.

Após vários segundos, ele suspira.

— Aqui.

Ele estende a banana parcialmente descascada na minha direção.

— Não quero.

— Coma. Você precisa de energia para caminhar.

— Eu não vou fazer a trilha longa.

— Não, é?

— Não. Vou fazer a caminhada na praia às onze.

— Aquilo é para os idosos e para as pessoas que beberam demais, de modo que a ressaca as impede de sair do navio às 9h30. Você é qual dos dois?

Eu lanço meu olhar mais gélido para ele.

Ele me cutuca com o cotovelo.

— Vamos, não seja bunda-mole. Faça a trilha longa. Você só visita as Galápagos uma vez. Deveria aproveitar cada minuto.

— Eu não preciso fazer a trilha longa para ter um gostinho da experiência dos hóspedes. Além do mais, haverá trilhas todos os dias. Alguns de nós têm que trabalhar.

— Você é quem sabe. — Ele encolhe os ombros. — Tem certeza de que não quer essa banana?

Meu estômago escolhe este momento para roncar feito um elefante faminto. Ele lança um olhar para minha cintura. Eu bato com o dedão no convés de madeira.

— Tá bom, eu aceito.

Estendo a mão para a fruta, mas ele a puxa para trás. Suas sobrancelhas se levantam. As minhas se franzem. Ele oferece a banana de novo. Dessa vez, eu a tomo.

Nossos dedos roçam uns nos outros. Uma faísca de energia dispara entre nós como um circuito fechado. Minhas entranhas se aquecem e arrepios escalam meus braços. Tossindo, eu me afasto de súbito. Graeme coça o maxilar e olha para as ondas que quebram na ilha contornada de verde e branco mais além.

Nunca tive esse tipo de reação visceral a um mero contato de pele. Nem com meus dois ex-namorados, nem com o primeiro menino que eu beijei — com ninguém. Minha garganta se aperta e empurro para longe meus pensamentos do que isso poderia significar.

Nada. Não significa nada. É somente a manifestação física do desdém fulminante que desenvolvi por Graeme durante esse último ano. Ou talvez seja meu organismo vivenciando uma turbulência residual pelos problemas estomacais de ontem. Provavelmente é isso. Eu rapidamente dou uma mordida exagerada.

— Como vai Walsh? — pergunta Graeme.

Mastigo lentamente e engulo.

— Já esteve melhor.

— E como vai *você*? — Ele inclina o queixo de maneira sugestiva.

— Fantástica. Excelente.

— Nervosa com o mergulho desta tarde?

— De jeito nenhum. Eu já sei o que fazer.

Dou outra mordida para evitar dizer mais mentiras.

— Claro que sabe.

Enfiando as mãos nos bolsos, Graeme oscila onde está, sem mover as sandálias. Droga, até os *pés* dele são atraentes. Pés masculinos de modo geral não são — os dedos são sempre compridos, cabeludos e os cuidados com as unhas deixam a desejar. Mas Graeme tem pés bonitos, panturrilhas fortes e uma insinuação de coxas musculosas...

Pare de encarar.

Termino a banana em mais cinco mordidas e jogo fora a casca na lixeira do outro lado do convés.

Quando retorno a meu lugar na fila, o *paf-paf* de chinelos se aproximando capta minha atenção. Engulo um gemido. Nikolai veste um macacão de mergulho curto meio desbotado e com o zíper aberto até a cintura. Chega desfilando, encolhendo a barriga, os braços se movendo como se estivesse em *S.O.S. Malibu*. Sinto um lampejo de surpresa. Sua barriga pode estar mais para fofinha, mas os braços são relativamente esculpidos. Bom para ele.

— Vejo que está melhor hoje — diz Nikolai. — Não está mais...
Ele abre a boca e gesticula imitando vômito.
— Ainda não.
Não com o Dramin preventivo que venho tomando.
— Bom, fico contente. E você — ele chacoalha um dedo para Graeme —, você me enganou por um segundo. Você não é namorado dela. Vocês dois trabalham juntos.
Nikolai dá um soco de leve no braço de Graeme, cujo rosto se fecha numa carranca por um instante, mas ela logo desaparece.
— Talvez possamos nos conhecer melhor esta noite, durante o jantar? — Nikolai me pergunta, franzindo os lábios num sorriso meio em bico.
Sério mesmo? Pensei que, depois de ter vomitado nele, eu estivesse permanentemente dispensada. Pelo visto, não. Quero desesperadamente dizer para esse cara que desse mato não sai coelho, mas aí me lembro do segundo ponto da missão de nossa empresa: *priorizar a experiência do passageiro acima de tudo, exceto a segurança.* Nikolai é um hóspede. É necessária polidez.
Forço um sorriso débil.
— Hoje você não pode — interrompe Graeme. — Não se lembra? Temos aquele negócio do trabalho, aquela *reunião* — diz ele, cheio de insinuações.
— Ah, é! Isso. Precisamos discutir...
— A otimização do site — completa ele.
— Isso, otimização do site. Desculpe, eu tinha esquecido — digo a Nikolai, dando de ombros.
— Eu compreendo. Você é uma mulher focada na carreira. Gosto disso. Em outra ocasião, então.
Ele se vai para uma cadeira do outro lado do convés, a barriga se afrouxando.
Volto-me para encarar Graeme. Ele acaba mesmo de me salvar de atenção masculina indesejada? Isso *não combina* com o Graeme que conheço há um ano. Ele está sendo... *bacana.* E Graeme não é bacana. Graeme discute. Ele conspira. Ele não diz por favor nem obrigado, e ele não se empenha muito para ser prestativo.
Será que tudo isso é parte do fingimento? Algum truque para me fazer baixar a guarda?

— Isso foi muito atencioso de sua parte — digo, assim que Nikolai está fora do alcance da voz.

— Foi? — diz ele, lentamente. — Você sabe que agora teremos que jantar juntos, né? E, *aimeudeus,* teremos que conversar de verdade!

— A parte da conversa é discutível.

— Pare com isso. Você não acha que deveríamos nos conhecer pelo menos um pouquinho? Faz um ano que trabalhamos juntos e mal sei alguma coisa a seu respeito. Tirando o fato de que não parece ir muito com a minha cara. Por que isso, exatamente?

— Você sabe por quê.

— Não sei, não.

Estou preparada para bufar em zombaria. Para rir na cara dele e o chamar de mentiroso. Só que não vejo qualquer traço de mentira em sua expressão aberta. A boca é uma linha fina e seu maxilar poderia cortar vidro, mas há um traço de confusão real em seus olhos.

Eu o fito, boquiaberta. Ele está falando sério?

Vídeo viral, grosseria constante... Isso não te lembra alguma coisa?

Sou poupada de responder quando um membro da equipe me chama para receber meu macacão de mergulho. Graças a Deus. Se isso é um novo patamar de manipulação da parte de Graeme, eu não consigo lidar com ele neste momento.

— Como vai você? — pergunta a naturalista, cujo crachá diz se chamar Xiavera, com um sorriso radiante. Ela é uma jovem relativamente baixa, com cabelo castanho-escuro emoldurando um rosto anguloso. Como o restante da equipe e da tripulação a bordo, ela é equatoriana.

— Bem, obrigada.

— Empolgada para a trilha desta manhã?

— Eu vou fazer a caminhada para fotos, e estou, sim, acho que vai ser ótimo.

Ela me olha de cima a baixo.

— Mesmo? Por que não a trilha longa?

— Tenho que manter contato com o escritório. Coisas do trabalho.

— Que pena. A trilha passa por colônias magníficas de aves marinhas até chegar a uma falésia que dá para o mar. É uma das paisagens mais lindas das Galápagos. Você vai perder uma boa.

Estalando a língua, ela procura entre os macacões de mergulho pendurados e puxa um com contornos em rosa, tamanho médio. Depois de perguntar quanto eu calço, ela me entrega um par de pés de pato, um snorkel, uma máscara e uma bolsa comprida de redinha para guardar tudo. Eu peço um segundo kit para Walsh — ela pode estar derrubada hoje, mas sei que vai querer mergulhar em algum ponto durante a viagem, quando estiver se sentindo melhor.

A meu lado, outro naturalista equipa Graeme. É inevitável notar seu sorriso fácil com todo mundo que encontra. É tão destoante do colega de trabalho desagradável com quem venho lidando ao longo do ano... Qual é a dele?

— Tire um minuto para experimentar tudo e se certificar de que serve — diz Xiavera. — Você poderá trocar itens durante o almoço, mas...

— Com licença. *Com li-cen-ça!* — Um cotovelo me acerta a lateral do corpo e eu automaticamente saio da frente.

É uma passageira com o rosto vermelho. Ela parece ter por volta de sessenta anos e segura um par de pés de pato que joga, sem cerimônias, em cima da mesa.

— Não serviram. Igual ao último par, que também não coube. Eu disse tamanho 37, e esses aqui obviamente não são 37. São pequenos demais.

Reparo pela primeira vez no homem atrás dela. Ele tem mais ou menos a mesma idade e uma careca considerável — provavelmente, marido dela, se as alianças combinando e a expressão de derrota absoluta em seus olhos servem de indicação. Ele se insinua junto a ela com o dedo levantado.

— Donna, querida, tem certeza de que não cabem? Você...

— Tenho certeza, sim. Por que você não vai experimentar seu macacão de mergulho, Charles?

Charles assente, calado, e se afasta desanimado. Claramente, foi vencido após décadas com essa mulher.

Xiavera apanha um dos pés de pato que Donna largou e espreme os olhos para o número impresso em seu interior.

— São tamanho 37, como a senhora solicitou.

A mulher, que está usando uma longa saída de praia branca, toma ar até ficar parecida com um tufo raivoso de algodão.

Dou um passo adiante com um sorriso amistoso.

— Oi! — Depois de trabalhar no varejo durante toda a faculdade, minha fachada de atendimento ao cliente assume seu lugar com facilidade. — Não pude evitar ouvir. Sabe, li em algum lugar que os pés de pato não necessariamente acompanham o mesmo tamanho dos sapatos comuns. Então, apesar de normalmente usar 37, a senhora ficaria mais confortável com um par tamanho 38.

A mulher solta um riso gelado e súbito.

— Meus pés *não são* tamanho 38. Nunca foram e nunca serão. — Ela me mede de cima a baixo. — Você é aquela que trabalha no escritório central da Seaquest, não é? Como era o seu nome, mesmo... Hester? Diga-me, Hester, por que é tão difícil para a sua equipe me dar aquilo que pedi? Ou talvez eu devesse descobrir quem é o seu gerente e perguntar para ele.

Graeme está ao meu lado antes que eu possa inventar uma resposta em meio a meu choque gaguejante.

— Donna, prazer em vê-la. Graeme. Nós nos conhecemos ontem, no convés.

Ele segura a mão manicurada da mulher nas suas e a agracia com um sorriso que derreteria o mais forte dos cintos de castidade.

A mudança em Donna é gritante e imediata. Sua boca perde o franzido tenso, a testa se alisa e um sorriso radiante se espalha por seu rosto como se um anjo a tivesse abençoado com sua presença.

— Graeme! Sim, bom te ver. Talvez você possa me ajudar. Essas pessoas estão insistindo em dizer que não sei que número eu calço.

— Que tal isso: vou pegar alguns pés de pato para você experimentar e então vemos qual funciona melhor. Alguns provavelmente estão mais laceados que outros e podem ter um encaixe diferente. Tamanho 37, certo?

— Isso. Finalmente, alguém que entende o que eu preciso.

— Por que você não fica bem confortável naquele banco ali e levo as nadadeiras até lá?

Ela dá tapinhas no ombro dele antes de se afastar. Assim que ela sai do alcance de nossas vozes, o sorriso some dos lábios de Graeme e ele se debruça por cima da mesa para falar com Xiavera.

— Dois pares tamanho 38, por favor. E se você puder encontrar uns que estiverem com o número meio apagado, difícil de enxergar, melhor ainda.

Xiavera assente, simpática.

— Boa ideia.

Depois de revirar um pouco um recipiente atrás dela, ela entrega os pés de pato para ele.

Tudo o que posso fazer é piscar, boquiaberta.

— Sabe, para alguém que não gosta de gente, você é muito bom com as mulheres mais velhas.

Ele dá de ombros.

— Tenho bastante experiência.

O que raios isso quer dizer?

Com os pés de pato enfiados debaixo de um braço e seu próprio equipamento empilhado contra o peito, Graeme vai até o banco onde Donna se empoleirou, esperando ansiosamente com as mãos sobre os joelhos. Ao lado dela, Charles já está vestindo o macacão e com o nariz enfiado no que parece ser um guia.

Reunindo meu equipamento de mergulho, eu me afasto para um lugar desocupado no convés, em frente a Graeme e Donna, e largo tudo num banco baixo.

Acabo de conhecer Donna, mas conheço Donna. Porque em qualquer grupo sempre tem uma Donna — aquela pessoa decidida a reclamar de tudo. O caso é que as Donnas também adoram preencher os cartões de comentários e sugestões. Se você tiver a sorte de cair nas boas graças de uma Donna, ela vai te elogiar até a lua e além. E, neste caso, esse alguém será Graeme, que já está a meio caminho de conseguir um relatório brilhante que, sem dúvida, chegará às mãos de James.

Minhas entranhas se contraem. Nossas propostas de marketing são a coisa mais importante no que diz respeito à promoção, mas causar uma impressão positiva nos hóspedes não faz mal. Se é assim que Graeme vai jogar, eu preciso melhorar.

Esticando o braço, tiro minhas sandálias com o polegar, removo os óculos escuros e puxo a camiseta por cima da cabeça. Rebolando um pouco para sair dos shorts, apanho meu macacão e olho na direção de Graeme. Ele está ajoelhado na frente de Donna, ajudando-a a deslizar o pé para dentro de um pé de pato, ao estilo Príncipe Encantado.

Ela sorri largamente para ele, hipnotizada. Segurando no braço dele para se equilibrar, ela fica de pé e assente. Graeme também se levanta. Quando ele ergue a cabeça, nossos olhares se encontram. Ele desvia os olhos, depois volta, rapidinho.

Tudo o que estou vestindo é um biquíni. E Graeme não para de encarar. Engulo em seco com tanta dificuldade que minha garganta quase trava.

Meu Jesuzinho Cristinho, alguém me acuda.

9

𝒫or que, ó céus, por que eu fui trazer um biquíni em vez do maiô de senhora que ficou enfiado no fundo da cômoda em casa? Meu traje de banho é azul-petróleo com florezinhas vermelhas e um babadinho que acompanha o profundo decote em v da parte de cima, destacando a área do colo. Cada raio de sol, cada lambida de brisa sussurrando por minha pele me lembram de quanto dela está exposta.

Luto contra o impulso de me cobrir com o macacão de mergulho. Olho para o outro lado, depois de volta. Graeme se levanta devagar, ainda me fitando fixamente. Seus olhos percorrem meu corpo; estão arregalados, quase desfocados.

Uma estranha sensação de poder toma conta de mim. Está claro que ele gosta do que vê, o bastante para jogar para o alto as convenções da polidez. Meu corpo é realmente atraente assim?

Empurro os ombros um tiquinho para trás e empino o queixo.

Quando o olhar dele chega ao meu rosto e nossos olhares se encontram, a expressão dele se transforma no mais puro horror.

No flagra.

Ele dá um passo desajeitado para se virar depressa e dá uma topada na beirada do banco. Esfregando a canela, ele pula até a poltrona mais próxima. Solto um riso fungado. Não consigo evitar. Donna agita as mãos, cheia de preocupação maternal, mas Graeme a dispensa com um sorriso sofrido. Espiando por baixo dos cílios, ele me oferece uma careta de desculpas.

É, te peguei me secando. Apoiando uma das mãos no quadril, sussurro as palavras "recursos humanos".

Os lábios dele se retorcem e as sobrancelhas pulam para o alto. Em um movimento fácil ele se levanta, agarra a parte de trás da camiseta e a puxa por cima da cabeça. Minha boca seca, mas não desvio o olhar. Não consigo. Seu peito nu é forte, com uma leve cobertura de pelos castanhos e a quantidade perfeita de músculos, o tipo de peito que daria um excelente travesseiro. Sua cintura é estreita e o abdômen, esbelto e sutilmente definido, sem ser tão trincado a ponto de me deixar envergonhada por minha própria falta de definição. Engulo em seco.

Notando meu olhar, ele abre os braços.

— Recursos humanos — murmura ele.

Meus lábios ameaçam sorrir, então chacoalho a cabeça e desvio o olhar. Quando volto para ele, Graeme está vestindo seu macacão de mergulho. Faço o mesmo. Não perco a sombra de um sorriso no rosto dele.

Um calor borbulha em meu peito e minha respiração se acelera como se eu tivesse participado de uma corrida. Não sei bem o que aconteceu aqui, mas não foi nada profissional, veio do nada, e gostei. Gostei. Demais.

Mas este é Graham Cracker-Collins, não algum gostosão aleatório. *Chega de conferir o material. Hora de focar.*

Depois de ajustar o tecido de neoprene nos tornozelos, em torno dos joelhos e cotovelos, e confirmar que tudo serve mesmo, eu o tiro e visto de novo meus shorts e camiseta. O sol sumiu atrás de uma nuvem, então prendo os óculos escuros no topo da cabeça. Juntando os dois kits de equipamentos, vou arrastando os pés para a escada.

Graeme já está lá. Quando me vê, ele se move para bloquear o primeiro degrau. Tento dar a volta nele, mas ele se inclina tão para perto que sua respiração sopra sobre meu pescoço e eu paro. Ele indica Donna com o queixo, supervisionando naquele momento enquanto o marido guarda o equipamento de mergulho com uma carranca.

— Sempre tem alguém, né?

— Sempre.

A estranheza do momento me impressiona e minha barriga se revira como um rato numa armadilha. Aqui estou eu, tendo uma conversa sociável com Graeme em que nós de fato concordamos em algo — nem cinco minutos depois de ficarmos nos encarando enquanto estávamos praticamente despidos. Algo me puxa como um anzol preso em meu coração, e não gosto disso.

Pigarreio e dou meio passo para trás.

— Você não precisa esperar por mim, sabe? Não estamos, afinal de contas, viajando juntos. Você segue o seu caminho, eu sigo o meu.

O maxilar dele se retesa e ele não diz nada por vários segundos.

— É isso que você quer?

— É o melhor.

— Tá bom — diz ele.

— Ótimo.

— Muito bem.

Ele dá um passo para a escada ao mesmo tempo que eu. Nossos quadris se chocam e é como quicar contra uma parede. Pressiono meus lábios numa linha fina.

— Depois de você. — Ele faz um gesto polido.

Há tanta gentileza do Meio-Oeste no momento que eu tenho ganas de gritar.

— Divirta-se na trilha. — Jogo o ombro quando passo por ele.

— Divirta-se trabalhando.

Assinto bruscamente e desço três lances de escadas em ritmo acelerado. Graeme vem logo atrás. Entro à direita no salão de jantar. Graeme ainda está atrás de mim. Quando ele entra pelo corredor acarpetado que leva à minha cabine, lanço um olhar feio para ele.

— Está me seguindo?

— Por que eu te seguiria?

— Como parte de uma trama diabólica, sem dúvida.

— Por que você sempre presume que estou tramando algo?

— Experiência.

Eu caminho mais rápido. Ele acelera. Quando chego à minha cabine, dou meia-volta.

— Sério, o que você pensa que está fazendo?

— Vim buscar meu colete salva-vidas — diz ele lentamente, girando para apontar por cima de seu ombro a cabine 209. A cabine *bem ao lado da minha.* — Viu? Trama nenhuma.

Arqueando uma sobrancelha, ele desaparece lá dentro.

O departamento de reservas nos colocou em cabines adjacentes? Ah, alguém tem um senso de humor.

Respiro profundamente quando a porta se fecha. Não posso deixar que Graeme me distraia. Tenho que direcionar cem por cento de meu foco para acertar em cheio na minha proposta, começando agora mesmo.

Walsh ainda está dormindo, então, o mais silenciosamente possível, guardo nosso equipamento de mergulho no armário e tiro meu biquíni. Quando desligo meu notebook, que deixei carregando sobre a mesa, a inocente parede bege que eu mal registrara antes captura minha atenção.

Porque Graeme está diretamente do outro lado.

Ocuparmos cabines adjacentes parece... ilícito. Como se eu fosse uma adolescente num acampamento de férias que descobriu um jeito secreto de me esgueirar para o alojamento dos meninos sem ser pega pelos conselheiros. Eu poderia me esquivar pela porta ao lado quando quisesse... ou vice-versa...

Sacudo a cabeça com força. Tá bom! Só vou entrar escondida na cabine de Graeme se for para preparar uma armadilha por lá enquanto ele dorme.

Enfiando o notebook na bolsa, que já está lotada por causa da visita à praia da noite passada, eu parto para o salão. Confiro meu telefone no caminho para ver se há novas mensagens.

Há um recado de voz de meus pais (*Henley, é a mamãe. Você e a Walsh estão vivas? Liga pra mim.*), um Snapchat de Christina em seu último jogo de futebol recreativo (*Adivinhem quem marcou o gol do jogo, vadias!*) e duas mensagens de texto de Tory, uma das quais, uma foto granulada de ultrassom.

> Gênero é um construto social, mas biologicamente é uma menina!

Eu solto um gritinho.

> Parabéns!

> Como a Michelle está? Já escolheram algum nome? Saudades!

Disparo uma mensagem rápida para minha mãe garantindo que sim, estamos vivas, e nos esforçaremos ao máximo para fazer uma videochamada com ela e papai mais tarde, depois respondo ao Snap de Christina com um foguinho, um coração e um "bate aqui". Uma última chamada para a saída da trilha longa soa pelos alto-falantes do navio, mas eu a ignoro. Quando chego ao salão, ele está vazio, exceto por um casal de idosos bebericando chá e lendo Kindles combinando. Escolho um confortável sofá de canto para me estabelecer pela manhã.

Abrindo meu notebook, entro no e-mail de trabalho. Passo por várias mensagens não lidas, inclusive uma de Barbara compartilhando um calendário atualizado do departamento, para abrir um e-mail de Christina. Ela quer que eu revise um texto que ela escreveu para um guia de cruzeiros futuros. Eu disparo uma resposta avisando que darei uma olhada assim que puder.

O e-mail seguinte chama minha atenção e me faz aprumar em meu lugar. Vem de Ahmed, da contabilidade, um dos funcionários diretamente sob a responsabilidade de Tory — uma resposta a uma mensagem que mandei para ele ontem, pedindo uma relação dos resultados das propagandas digitais pagas que fizemos para nossos cruzeiros às ilhas havaianas no começo deste ano. Analiso a planilha e assinto lentamente. As novas propagandas funcionaram. Vimos taxas decentes de cliques e um aumento nas reservas para o Havaí após a campanha.

— Isso poderia funcionar.

Nossos cruzeiros para o Havaí apelam a um público similar ao das Galápagos — ambos são destinos tropicais que incluem mergulhos, passeios de caiaque e trilhas, e ocupam uma faixa de preço comparável. Se nossa nova abordagem de propaganda funcionou para o Havaí, faz sentido argumentar que propagandas semelhantes para as Galápagos também impulsionariam as vendas na região.

Clico no documento para minha proposta de marketing digital para as Galápagos e começo a escrever. Pode não ser a ideia mais inovadora ou extravagante, mas é sólida e lastreada por números reais. A dúvida começa a penetrar minhas entranhas, mas eu a espanto. Tudo de que preciso é fazer essa ideia saltar aos olhos...

— Srta. Evans! — A voz retumbante de Gustavo me faz dar um pulo. Ele se aproxima de mim a passos largos, a porta para a ponte se fechando com um baque atrás dele. Sua camiseta vermelha do uniforme da equipe dá a seu rosto um brilho rosado. — Por que ainda está no navio? O último Zodiac para a trilha longa está saindo agora.

— Eu não vou participar da trilha longa.

— Não, você tem que ir. Eu insisto. Seja lá o que estiver fazendo agora, isso pode esperar.

— Há...

— Você tem boa saúde, não? Pode sobreviver a uma caminhada de três horas?

— Posso...

Gustavo coloca a mão sobre o coração.

— Então, você tem que ir. Por favor. A caminhada na praia é muito bonita, sim, mas Suarez Point é inesquecível. Eu não poderia me olhar no espelho sabendo que você viajou essa distância toda, veio à minha casa e não vivenciou um de seus lugares mais mágicos.

Deus do céu, Gustavo, precisava jogar toda essa culpa? Eu forço um sorriso.

— Bem, falando desse jeito...

— *Bueno!* Você tem tudo de que precisa, não? Protetor solar, água, câmera...

— Tenho, sim.

Soltando um suspiro, salvo minha proposta e fecho o notebook.

— Muito bom. Vou guardar isso na sala dos funcionários até você voltar.

Ele apanha meu notebook e o guarda debaixo do braço.

— Corre, corre! Vá agora mesmo!

As palavras dele são como esporas e eu me vejo trotando pelo salão e descendo os degraus para o desembarque. Como fui convencida a participar da trilha longa? Talvez eu possa trabalhar em várias coisas ao mesmo tempo... tomar notas durante as pausas...

Estou ofegando quando chego ao vestíbulo e uma camada de suor cobre minha testa. Não há armações, já que o desembarque ocorre na parte traseira do navio. Um membro estressado da tripulação acena para que eu passe por uma porta que leva ao convés externo no nível do mar, onde um único Zodiac com três hóspedes mais velhos está à espera. Um naturalista de meia-idade me ajuda a subir no bote e um minuto depois estamos zunindo pelo spray de água salgada para as praias verdes da Ilha Española.

Agarrando a corda que corre pela lateral do Zodiac, aperto meus olhos contra o sol que arde baixo no céu. Pelo menos ainda é cedo — e apenas o começo de nosso cruzeiro de uma semana. Eu devo ter tempo de sobra para trabalhar em minha proposta. E se eu não tiver... Terei que arrumar tempo. Meu futuro depende disso.

10

— Henley, você conseguiu vir! — A voz afetuosa de Xiavera atravessa a praia rochosa.

Consegui, mas por pouco. Os demais participantes da trilha já partiram; sou uma das últimas passageiras a chegar. Levanto a mochila um pouco mais em meus ombros.

— Consegui.

— Você não vai se arrepender, prometo. Tudo bem, gente — ela chama todos os hóspedes. — Como os dois últimos grupos são pequenos, vou combiná-los num só. Os dez farão a trilha com Juan Luis, naturalista e especialista em pássaros.

Eu me viro para conferir quem são meus colegas de trilha e meu estômago cai aos meus pés.

Graeme está mais afastado, sob a sombra de uma árvore baixinha e raquítica. Quando me vê, os cantos de sua boca se contraem. Será que eu não posso ter nem cinco minutos para mim mesma nessa viagem sem ele aparecer?

Ajustando seu boné, ele se insinua para perto de mim.

— O que houve com aquele negócio de cada um para o seu lado? Deixe eu adivinhar: você não se cansa da minha personalidade efervescente.

— Estou aqui contra a vontade. Gustavo me encheu de culpa até me convencer.

— É, pobrezinha de você. Forçada a fazer uma trilha no paraíso.

Ele estende um braço, indicando a paisagem.

Tenho que admitir, é lindo *mesmo*. Das rochas vulcânicas cobertas de arbustos que abraçam a praia se eleva um farol amarelo e preto, emoldurado por um céu impossivelmente azul. Mais adiante, uma fêmea de leão-marinho amamenta um filhote barulhento e gaivotas circulam lá no alto. É transcendental. Natureza pura.

— Lembrem-se de permanecer juntos como um grupo, não desviem do caminho e se esforcem para manter no mínimo dois metros de distância de qualquer vida selvagem. Prontos? Sigam-me.

Juan Luis marcha por uma trilha pedregosa que serpenteia para o alto, afastando-se da praia. Fico para trás para deixar que os outros sigam na frente, inclusive Graeme. O sol está forte e estou suando, apesar de nosso ritmo ser lento para acomodar os passageiros mais velhos.

Arrasto os pés pela trilha cheia de pedriscos, fechando a fila. Com os ombros largos de Graeme e o restante dos participantes em minha visão periférica, apanho meu telefone e começo uma lista de argumentos contra e a favor para a ideia de propaganda que tive para minha proposta.

Pfffffffttt.

Gotículas de água salpicam minha canela e solto um grito. Recuando aos tropeços, deixo meu celular cair; ele aterrissa diretamente na frente de um lagarto preto enorme. Com quase um metro desde o focinho até a ponta do rabo, ele se empoleira numa pedra baixa perto da trilha. Lentamente, ele fecha os olhos, sua pele coriácea se enrugando conforme ele ajusta um pé terminado em garras. Eu o reconheço de nossos livretos de marketing: é uma iguana-marinha, uma das famosas espécies das Galápagos. E aquela iguana *espirrou em mim*.

Enxugando a umidade da perna aos tapas, estendo a mão para pegar o celular, mas ele não está onde havia caído. Viro a cabeça, procurando em volta.

— Mas que...

— Henley Rose.

Deslizando a língua pelos dentes superiores, eu me endireito e levanto. Graeme está de pé a menos de meio metro de mim, segurando meu telefone. Estendo a mão, mas ele não o devolve. Em vez disso, fica batendo com ele na palma da mão feito um professor austero.

Cruzo os braços.

— Pois não, Graham Cracker?

— Tire o nariz do celular e *olhe ao seu redor*. O trabalho pode esperar algumas horas. Você deveria aproveitar isso aqui. Quem sabe quando terá uma chance de vivenciar as Galápagos outra vez? Aprecie os arredores. Vá em frente, respire esse ar salgado.

Estendo a mão para o celular de novo. Ele o afasta de mim e convida com um gesto preguiçoso dos dedos.

— Vá em frente — murmura ele.

— Tá bom.

Escancarando os braços, inspiro exageradamente pelo nariz... e engasgo de imediato.

— Ai, Deus! — Tusso. — *O que é isso?* O cheiro me lembra o de uma lesma que escarrou em um cocô.

— Este é o sublime odor da iguana-marinha — diz Juan Luis.

Minhas bochechas ardem quando me dou conta de que todo mundo, isso mesmo, *todo mundo* no nosso grupo acabou de ouvir meu rompante. Todos os olhos estão travados em mim. Os lábios de Graeme estão espremidos, mas seus ombros tremem num riso silencioso.

Tomando meu celular de volta, eu pigarreio.

— Não sei se "sublime" é a palavra que eu usaria — resmungo.

Juan Luis ri.

— É, você tem razão. As iguanas-marinhas têm um perfume bem pungente, né? Como uma mistura de água salgada, peixe e estrume. Mas elas também são incrivelmente especiais. Elas são a única espécie de iguana no mundo que se alimenta debaixo d'água e são encontradas apenas aqui, nas Galápagos. Aaaah, olha só esse grandão aqui. — Ele caminha até a iguana-marinha que espirrou em mim. — Está fazendo uma pose tão bonita para nós!

Os outros participantes da trilha se reúnem ao redor para tirar fotos.

Uma das hóspedes mais jovens franze o nariz.

— Como é que uma iguana só pode *feder tanto?*

Os olhos castanhos de Juan Luis cintilam.

— Ele não é o único por aqui. Venham. Vocês vão ver.

Ele nos leva para além de uma curva e, a menos de vinte metros dali, a trilha se abre para uma enseada ampla ao longo do litoral. Há iguanas-marinhas *para todo lado*. Iguanas-marinhas sobre as rochas. Iguanas-marinhas em pilhas imensas, amontoadas na areia cheia de ossos. Iguanas-marinhas deslizando nas ondas espumantes, perto de leões-marinhos pesadões mais abaixo na praia.

O cheiro pode ser insuportável, mas a vista é incrível. Como algo saído de um documentário sobre a natureza.

— Apenas se lembrem de que a vida selvagem pode não ter medo de nós, mas, por favor, deixem pelo menos dois metros de espaço entre vocês para não perturbá-la. E tomem cuidado principalmente com as caudas — Juan Luis nos relembra, enquanto os hóspedes começam a vagar pela praia.

Pfffffffitt.

Outra iguana-marinha solta um espirro a menos de três metros do meu pé. Tomo um susto e quase deixo cair o telefone outra vez. Dessa vez, eu o enfio no bolso traseiro para ficar protegido.

— É o sal.

Uma passageira mais velha que está por perto indica a iguana-marinha com o queixo, as mãos fechadas em cima de sua bengala metálica.

— Elas ingerem muita água salgada quando mergulham para comer as algas, mas têm glândulas especiais para ajudá-las a expulsar o sal por meio de espirros quando voltam para a terra firme. Legal, né?

Em meio à tagarelice dos hóspedes, câmeras disparando, leões-marinhos rugindo e pássaros cantando, capto o som dos espirros periódicos por toda a enseada.

— Incrível. Como a senhora sabia disso?

Ela dá um sorriso bondoso.

— Eu era professora de biologia no ensino médio, agora estou aposentada. Dei aulas sobre seleção natural e as Galápagos por quase trinta anos. — Ela solta um suspiro contente. — Mal acredito que finalmente vim para cá.

Segurando sua bengala, ela se agacha, desajeitada, para tirar uma foto das iguanas-marinhas. Apesar de eu não poder ver seus olhos por trás dos óculos de sol, posso perceber pela forma como seus lábios tremem que ela está chorando de emoção.

— A senhora está viajando com alguém? — pergunto.

Ela se endireita.

— Não. Vim sozinha.

— Eu me chamo Henley, aliás.

Estendo a mão e ela a aperta brevemente.

— Oi, Henley Aliás. Meu nome é Sharon.

Seu tom é alegre e não consigo evitar um sorriso.

— Quer que eu tire algumas fotos suas com as iguanas-marinhas? — ofereço. — Meu smartphone tem uma câmera muito boa, e eu ficaria feliz em enviar as fotos para a senhora ou colocá-las num pen drive quando voltarmos ao navio.

— Ah! — ela exclama. — Eu não quero atrapalhar...

— Não atrapalha em nada, de verdade. Eu sei que pode ser difícil tirar fotos boas de si mesma quando se está sozinha. Minha irmã está no navio, então no momento também estou por minha conta.

Ela inclina o queixo para cima, me avaliando.

— Você é a funcionária da Aventuras Seaquest, certo?

Assinto.

— Você não está viajando com seu colega de trabalho? Aquele logo ali?

Ela aponta para Graeme, envolvido numa conversa com Juan Luis.

— Ah, bem, estou. Mas não somos chegados nem nada.

— É mesmo? Ele está sorrindo para você.

Dou outra olhadela por cima do ombro e, de fato, ele está olhando em minha direção e os cantos de sua boca estão levantados. Ele rapidamente retorna sua atenção para Juan Luis, que aponta para um pássaro preto com peito vermelho-vivo que passa voando por cima de nós: um fragata.

Graeme não estava olhando *para mim*. Provavelmente estava só admirando a natureza selvagem. Lambo meus lábios ressecados.

Empurrando a aba de seu chapéu de sol, Sharon estala a língua.

— Espero que não se incomode de eu dizer isso, mas aquele homem é um pão. Ou um petisco? Como é que a meninada diz hoje em dia mesmo?

— Delícia. Ele é uma delícia.

— Aham.

Em se tratando de aparência, ela tem razão. Graeme é, falando objetivamente, uma delícia mesmo. Uma pena que sua personalidade esteja mais para restos da semana passada. Embora eu não tenha visto de fato tanto desse lado ruim na viagem como esperava. Ele já foi irritante, claro. Mas, tirando isso, tem sido bem bacana.

Ainda assim, alguém que toma o crédito por um vídeo bem-sucedido que outra pessoa criou não é o tipo de pessoa cujo "bacana" merece confiança.

Pigarreio.

— Onde a senhora quer ficar para a foto? Talvez ali, assim o sol não fica às suas costas?

Gesticulo na direção da linha da água e vamos até lá, com cuidado para não pisar em nenhuma cauda. Acabo tirando dúzias de fotos de Sharon, que alegremente posa a poucos metros de um par de iguanas-marinhas e um leão-marinho adormecido.

Cerca de vinte minutos depois, deixamos a enseada para prosseguir a trilha.

Sharon e eu conversamos enquanto andamos, e duas irmãs de meia-idade viajando juntas se unem à nossa conversa. Fico sabendo que Sharon vem da Pensilvânia, se divorciou duas vezes, não tem filhos e guardou dinheiro para esta viagem por *anos*.

A culpa sobe por minha coluna. Aqui estou eu, chateada porque fui convencida a fazer a trilha longa num cruzeiro *gratuito* (obrigada, trabalho), e aqui está Sharon, grata por todos os segundos dessa viagem única (e cara) em sua vida. Eu não deveria me esquecer de que tenho uma sorte danada por estar aqui. Ainda tenho que me virar com o trabalho, mas posso fazer alguns ajustes para tirar vantagem da experiência plena das Galápagos — e ser grata por isso.

Depois de um tempo, a trilha se inclina e fica mais pedregosa. As conversas vão morrendo enquanto todos nos concentramos em não torcer um tornozelo no terreno acidentado. Meus músculos queimam e o suor escorre pelo pescoço conforme subimos.

É... gostoso. Quanto tempo faz desde que estive numa caminhada de verdade, não atravessando um parque urbano ou navegando uma calçada de concreto? Walsh e eu crescemos passando muito tempo ao ar livre. Construindo fortes no quintal. Acampando com nossos pais. Caminhando por trilhas nas sombras até que o sol se pusesse e insetos entoassem suas canções noturnas.

Deus, que saudade disso. Eu amo Seattle, mas faz tempo demais desde que estive na natureza assim. Pode ser que, assim que eu terminar meu programa de MBA e conseguir essa promoção, eu realmente tire um tempo de folga. Talvez escale o monte Rainier.

Talvez.

Ouvimos a colônia de aves marinhas antes de a vermos. Uma cacofonia de grasnados, assovios e gritos fica mais alta a cada passo. A maioria dos pássaros pintalgando as falésias são os atobás-de-nazca, de coloração alvinegra — e eles são, só para registrar, sinceramente ridículos. Têm olhinhos redondos, bicos compridos e expressão de palhaço. Eu faço questão de tirar mais fotos de Sharon, que fica definitivamente jubilosa quando Juan Luis avista um par de patolas-de-pés-azuis, os primos mais raros dos abundantes atobás.

Todos nos reunimos para assistir enquanto um macho levanta um pé muito azul, depois o outro, numa dança do acasalamento. Ele balança a cabeça, espalha as penas da cauda e dá voltas em torno da fêmea, que parece totalmente desinteressada nessa exibição romântica.

— Como a maioria dos machos, eles estão dispostos a fazer de tudo, até parecer muito tontos, para chamar a atenção de uma fêmea — diz Juan Luis.

E não é verdade? O grupo ri, animado.

No final, a fêmea é conquistada pelas investidas amorosas do macho e permite que ele a monte. Todos batem palmas para ele, o que é só um pouquinho esquisito. Olho para Graeme. Ele está de joelhos a vários metros dali, tirando fotos.

Vagamos pelas colônias de pássaros acompanhando as falésias. Além dos inúmeros atobás, Juan Luis aponta para gaivotas-do-rabo-de-andorinha, albatrozes-das-galápagos, lagartos-de-lava e até uma baleia ao longe. Um sopro de névoa clara paira no ar, marcando o local onde ela exalou antes de desaparecer sob as ondas.

Fazendo a ronda entre os outros hóspedes, eu me apresento e converso com todo mundo. Todo mundo, menos Graeme. Ele me observa à distância, sua expressão inescrutável.

Continuamos. Mais de uma hora depois, Juan Luis anuncia que chegamos ao ponto mais distante em nossa trilha. Perco o fôlego ao absorver o panorama. Despenhadeiros dramáticos e escarpados assomam-se sobre o oceano cerúleo. Diretamente à nossa frente, no fundo do despenhadeiro, um gêiser dispara água salgada em explosões ritmadas.

Nós nos espalhamos, cada um reclamando seu próprio espaço para absorver a paisagem. Eu me ajeito sobre uma rocha baixa de frente para a beira do penhasco. O sol brilhante aquece minhas bochechas e fecho os olhos, levantando o queixo para o céu. Um pássaro assovia baixinho. Outro responde.

Passos se aproximam e algo farfalha ao meu lado. Sei, pelo cheiro que inunda meu nariz — uma explosão cítrica com um traço de sal —, que é Graeme. Não abro os olhos.

— O que você quer?

Quando ele não responde de imediato, eu entreabro um olho.

— Foi gentil de sua parte. Com aquela hóspede, Sharon. Tirar fotos dela, já que ela está viajando sozinha.

Assinto, insegura.

Fitando o mar, ele respira fundo, lentamente.

— Me diga o que foi que eu fiz.

— Há?

— Para você me detestar tanto. Estou pensando nisso o dia todo e honestamente não sei. Seja lá o que for, eu quero corrigir.

Eu o encaro, boquiaberta.

Após longos segundos, ele finalmente me olha nos olhos.

— Por favor.

Minha respiração acelera e meu coração dispara, como se eu estivesse numa corrida.

— Foi o vídeo do macaco, tá?

— Foi... o quê?

— Aquele que eu fiz. Aquele que viralizou no ano passado, lembra?

— O que... como... — Ele balança a cabeça duas vezes. — Por que diabos *aquilo* me colocaria na sua lista de pessoas ruins?

— Porque você deixou que James lhe desse todo o crédito, quando *fui eu* que fiz todo o trabalho!

Uma onda de raiva dispara em meus músculos e me levanto rudemente.

Antes que eu possa dar um passo, Graeme fica de pé e segura meu punho. Girando, eu escapo de sua mão.

— Não. Você está enganada — diz ele. — Eu jamais faria algo assim.

11

— Como é que é?
— Eu disse que você está enganada. Eu nunca, *jamais* aceitaria o crédito pelo trabalho de outra pessoa. Isso seria algo muito calhorda de se fazer.
— É, mas você fez.
— Quando?
— Na reunião de marketing logo depois que o vídeo foi postado. James lhe deu os parabéns pelo vídeo e você disse *obrigado*. Ele até me deu uma bronca por não ter tido a ideia eu mesma, já que a Costa Rica é a minha região. E você não disse nada para corrigi-lo.

Arrancando seu boné de beisebol, Graeme passa a mão asperamente por seu cabelo.

— Eu não me lembro de nada disso. Foi logo que eu comecei?
— Foi. Por quê?

Ele solta uma expiração pesada.

— Foi meu celular.
— Você espera que eu acredite que você programou uma IA sofisticada no seu telefone para que ele respondesse por você, com a sua voz?

Meu tom é mais seco que a areia quente.

— Não. O primeiro telefone que a firma me mandou era uma bosta. Os alto-falantes estalavam e as ligações caíam toda hora. Provavelmente eu não cheguei a ouvir o que James falou e só respondi com "obrigado" pra disfarçar.

— Isso é... é... — Faço um ruído desgostoso no fundo da garganta.
— Então você fingia escutar e contribuía quando lhe convinha?

— Não foi um dos meus melhores momentos, tá? Eu deveria ter assumido e dito que não escutei, assim como não escutei metade da reunião graças à porcaria da conexão. Desculpe. Honestamente, eu não estava em um bom momento quando comecei neste emprego. Eu estava passando por maus bocados — acrescenta ele, baixinho.

Mas que monte de merda. Estou preparada para disparar uma resposta sarcástica, mas as palavras grudam na minha garganta. Uma lembrança da reunião se remexe no fundo de minha mente. Depois de James falar e antes de Graeme responder, houve estática no telefone e vários segundos de silêncio.

Será que ele pode estar dizendo a verdade?

As bochechas dele ruborizam.

— E por que *você* não falou nada? Você deveria ter dito a ele que fez o vídeo. Ou, se foi pega de surpresa, podia ter tocado no assunto depois. Em vez disso, você ficou em silêncio por *um ano* e deixou sua opinião a meu respeito desandar desse jeito.

— Não é tão simples assim.

— Dane-se o simples. Eu não sou o único que pisou na bola aqui, Henley. Você escolheu não me enfrentar, nem dizer a verdade a James. Você devia ter se defendido, mas não o fez. E isso é responsabilidade sua.

Minha boca se abre, mas não sai palavra alguma. Porque ele está certo.

Sacudindo a cabeça lentamente, ele se afasta. Depois de três passos, ele para.

— Eu não sou tão cuzão como você pensa.

Eu não sou tão cuzão como você pensa.

As últimas palavras de Graeme ricocheteiam pela minha cabeça feito uma bolinha de pinball durante todo o caminho de volta ao salão de jantar do navio, onde pego um pouco de comida para Walsh e eu almoçarmos. Estou tão distraída que quase despejo maionese em vez de molho ranch na minha salada. Equilibrando dois pratos de comida, abro caminho até nossa cabine e uso o cotovelo para abrir a porta.

Walsh está acordada. Ela levanta o olhar de onde está, sentada na beira da cama, o rosto enterrado entre as mãos. Seu telefone apita de algum lugar sob as cobertas.

Coloco os pratos na mesa.

— Como está se sentindo?

— Melhor.

— Tem certeza?

O rosto dela está pálido e ela ainda parece mais um zumbi do que uma humana.

Ela se levanta, trôpega, e vai até o armário aos trancos e barrancos.

— O que você tá fazendo?

— Me vestindo.

— Você precisa voltar para a cama. Não está nada bem.

— Estou ótima. O mergulho livre vem agora, não é? Você precisa de mim.

— Eu vou sobreviver.

Agarrando o ombro de Walsh, eu a guio com firmeza de volta para a cama e a empurro até que esteja sentada. Entrego-lhe o prato que enchi de alimentos inofensivos: bolachinhas, pão, pudim e uma banana.

Ela franze o nariz como se eu tivesse acabado de lhe entregar um prato de lesmas. Pega uma bolacha salgada e mordisca a borda.

— Você fez a caminhada na praia esta manhã?

— Gustavo me convenceu a fazer a trilha longa.

— Como foi?

— Foi bom. Bom mesmo.

— Graeme estava lá?

— Estava.

— Desculpe não estar lá para interferir.

Meneio a cabeça.

— Não é culpa sua.

Graeme. Minhas entranhas se reviram e escorrego para a cadeira, espetando minha salada com o garfo. Será que eu estava mesmo enganada sobre ele esse tempo todo? Desenterro meu celular do bolso e o coloco para carregar. Pulula uma notificação de e-mail, um lembrete de que as inscrições para as aulas de outono da faculdade de administração terminam daqui a uma semana, junto com minha lista de tarefas.

Tarefa #1: Derrotar Graeme Crawford-Collins.

Mordisco o lábio inferior. Pegando o celular, eu me conecto ao Wi-Fi e abro uma nova mensagem de texto para Christina.

> Oi! Posso te pedir um favor?

Enfio algumas garfadas de comida na boca enquanto espero que ela responda.

> Que foi?

> Você ainda é amiga da Miriam, do setor de TI?

> Sou, sim. Pq?

> Pode perguntar discretamente um negócio para ela? Pode ver se o TI substituiu o celular de trabalho do Graeme mais ou menos um ano atrás, pouco depois de ele começar a trabalhar com a gente?

> Posso, claro, mas... POR QUÊ?

> Tem alguma coisa cabeluda acontecendo? Conta pra mim!

> Quero só confirmar uma coisinha. Obrigada!!

Walsh geme atrás de mim. Hesitantemente, ela devolve a bolacha ao prato, rola para a cama e joga o braço por cima dos olhos.

— Tem certeza de que você está bem?

Ela arrota ruidosamente.

— Vou ficar bem. Só não estou pronta para comer ainda.

O relógio em meu celular relembra que não tenho muito tempo até a partida da excursão de mergulho para iniciantes. Terminando meu almoço rapidinho, pego minha roupa de praia e o macacão de mergulho e me dirijo ao banheiro para me trocar. Faço uma pausa com a mão na maçaneta.

— Ei, Walsh.

— Oi?

— Você já se enganou a respeito de alguém?

— O tempo todo.

— Digo, você já pensou o pior de alguém, mas no final a pessoa não era tão ruim assim?

Ela funga.

— Aí não. Geralmente as coisas seguem na via contrária para mim. Eu acho que alguém é ótimo, e então descubro que é um pau no cu. — Ela olha para mim por baixo do braço. — Isso é sobre o Graeme?

— Náááo... Tá, talvez seja.

Graeme pode não ser um ladrão de crédito, mas ainda tornou o trabalho imensamente difícil. Ele discute constantemente comigo e desafia minhas ideias, e seus e-mails monossilábicos são muito, muito rudes.

Walsh empina o queixo para mim.

— Vamos lá, Henley. O que está havendo?

— É só que... ele pode não ser tão totalmente horrível quanto eu pensava.

Ela assente devagar.

— E isso importa?

— Importa, sim! Ele é meu colega de trabalho e pode haver um problema de quem veio primeiro, o ovo ou a galinha, aqui. Na cadeia de xaropice, eu achava que ele tinha começado tudo. Mas agora, parece que talvez eu tenha sido a xarope inicial esse tempo todo.

— E você se importa se ele acha que você foi cuzona?

Alguns dias atrás, eu teria dito que não. Agora, porém...

— Acho que me importo.

O choque faísca por meu organismo quando as palavras ressoam verdadeiras.

— Mas e daí? Você gosta dele agora?

— Eu não iria tão longe assim.

Ela encolhe os ombros.

— Ele ainda é sua concorrência, certo?

Meus dedos se fecham em torno da maçaneta do banheiro. Sinto o metal frio na minha pele.

— Certo.

— Então, na realidade, para os propósitos desta viagem, não vem ao caso como você se sente a respeito dele nem se ele é o cuzão ou você é a cuzona. Você tem todo o tempo do mundo para ser simpática com ele quando ganhar essa promoção… se você quiser. Ele mora em Minnesota, né?

— Michigan — corrijo.

— Exatamente. Então, não é como se você fosse vê-lo todos os dias ou algo assim. A menos que ele fique com a promoção.

Meu estômago dá um pulinho.

— Você tem toda razão. Por que estou pensando nele, quando tenho o trabalho para me preocupar? — Entro no banheiro, mas coloco a cabeça para fora. — Quando foi que você ficou tão boa em dar conselhos?

Aninhando-se mais profundamente no travesseiro, Walsh apanha seu celular e analisa a tela.

— Bobinha, eu sou ótima em dar conselhos. Só que eu nem sempre os sigo.

— Verdade.

Rindo, eu fecho a porta.

Quando chego ao vestíbulo, vários minutos depois, macacão de mergulho no corpo e equipamento pendurado nas costas, Graeme já está lá, junto com pelo menos outros vinte passageiros aguardando para desembarcar. Seu macacão de mergulho se agarra a ele como uma segunda pele e engulo em seco.

O conselho de Walsh ecoa pelo meu cérebro — eu posso ignorá-lo. Eu *deveria* ignorá-lo, mas minha consciência não vai me permitir.

Endireitando-me, eu vou até onde ele espera no fundo da sala, perto do escritório da equipe. Graeme me dá uma longa olhada de cima a baixo quando eu me aproximo, o olhar demorando-se de leve em minhas curvas. Um arrepio percorre minha coluna.

— Oi — digo.

Ele olha ao redor.

— Ah, você está falando comigo?

— Estou. Você não é um cuzão. Na maior parte.

— Mas que beleza de elogio — diz ele, num tom sarcástico.

— Quero dizer, sua educação quando envia e-mails é horrenda e ainda é difícil trabalhar com você, mas desculpe se presumi o pior a seu respeito.

Graeme pisca.

— Então nós somos amigos agora?

— Opa opa, epa epa, vá com calma aí. Eu não disse nada sobre amizade. Nós somos... colegas de trabalho.

— Conhecidos.

— Conhecidos amistosos — corrijo.

— Disputando a mesma vaga.

— Que vença o melhor.

Assentindo com firmeza, estendo minha mão. Ele a aperta vigorosamente. Sua mão se demora... dois, três segundos... ele não me solta. Eu também não solto. Uma quentura inunda minhas bochechas e o coração entra em marcha acelerada. As narinas de Graeme se inflam e juro que ele se inclina um tiquinho para perto.

— Temos mais algum iniciante? — pergunta Gustavo da frente do vestíbulo. — Última chamada para iniciantes. Aqueles que farão o mergulho em águas profundas, preparem-se. O desembarque vai começar em cinco minutos.

Soltando minha mão da mão de Graeme, eu pigarreio.

— Iniciante, aqui.

Ele dá um sorriso acanhado.

— Eu também.

Isso é bom. Graeme e eu podemos passar um tempo na companhia um do outro e agir como adultos civilizados, sem problemas. Apertos de mão demorados à parte, não temos que ser amiguinhos do peito. Hoje posso me concentrar em, sabe como é, *não me afogar* e ele pode se concentrar em... seja lá no que for que Graeme se concentre.

Avançamos aos poucos para a frente da sala e entramos na fila para o desembarque. Acabamos embarcando no mesmo Zodiac, mas nos acomodamos em lados opostos. Olho para ele por trás dos óculos de sol, mas ele não parece notar; está conferindo as configurações de sua câmera.

Motor rugindo, seguimos de volta para a Ilha Española, dessa vez para a baía Gardner. A cada onda que atravessamos meu estômago fica mais tenso. O fato de que estarei nadando — mergulhando — no oceano daqui a poucos minutos faz meu almoço revirar na barriga como concreto numa betoneira.

Após sairmos do Zodiac e vencermos a arrebentação para chegar à praia, encontro um lugar na areia para largar minha toalha e o equipamento. Com uma pequena saudação, Graeme ocupa um ponto no lado mais distante dos passageiros, me dando espaço de sobra. Um naturalista nos separa em vários grupos para uma lição básica de como usar os snorkels e, depois de mais ou menos dez minutos, somos mandados à água para praticar.

É isso. Chegou a hora de encarar meu medo. Minha boca fica seca e a pulsação dispara num galope enquanto me sento para vestir os pés de pato na beirada da arrebentação. O mar é de um turquesa pitoresco e transparente — muito diferente das águas marrom-azuladas dos lagos lá de casa.

Um borrão de penas passa voando por minha visão. Solto um gritinho. Algo pequeno e marrom aterrissa ao meu lado — um tordo da Española, um dos residentes reconhecidamente amistosos da ilha. Ele pula mais para perto, ficando a meros três centímetros de meus dedos abertos na areia.

— Oi, camaradinha.

Ele inclina a cabeça, seu bico longo e recurvado se contraindo para lá e para cá enquanto examina o anel prateado em meu dedo médio.

— Você acha que eu consigo? — murmuro.

Com uma chacoalhada nas penas, ele belisca meu anel antes de ir embora voando. Vou tomar isso como um sim.

Graeme se aproxima, chutando a areia fina e branca. Ele fica ali por um instante, fitando o oceano.

— Você não precisa fazer o mergulho, sabe? Ainda pode mudar de ideia.

— Eu tô bem. Vou conseguir.

— Tudo bem, então.

Dando de ombros, ele coloca a máscara sobre os olhos e entra na água.

Meus nervos estalam e a minha pele coça, parecendo esticada demais, enquanto me coloco de pé e me aproximo centímetro a centímetro da água. As ondas azul-esverdeadas e espumosas lambem meus tornozelos enquanto entro no mar de costas para não tropeçar nos pés de pato. *Jesus,* que frio. Não foi à toa que nos deram macacões de mergulho. Eu me concentro em meus dentes batendo enquanto perambulo sem jeito pela água até ela chegar à cintura.

Certo. Não está tão ruim. Eu consigo.

Alguns dos passageiros surgem na parte rasa perto de mim. Muitos já estão flutuando na água, virando as mãos ou batendo os pés. Uma senhora mais velha abaixa a cabeça, hesitante, e depois a levanta, respirando ruidosamente pelo snorkel. Mais adiante, Graeme nada com elegância, rosto para baixo, perpendicular à praia. Exibido.

Se ele pode, eu também posso. Ajustando minha máscara, ponho o bocal emborrachado do snorkel na boca. Lentamente, me agacho. A água está turva devido a toda a areia que foi agitada e abaixo a cabeça, mais um pouco, mais um pouco...

A água entra nos meus ouvidos e meu rosto está submerso. O passado se mistura com o presente e *ai, meu Deus, meu rosto está submerso, eu não consigo respirar NÃO CONSIGO RESPIRAR!!*

Eu me levanto num tranco e me atrapalho, espirrando água para todo lado. Cuspindo meu snorkel, encho meus pulmões de oxigênio puro e fresco. Pressiono a mão contra o peito dolorido e forço meu pânico a baixar. Não é real esse sufocamento esmagador. Eu tenho um tubo para respirar. Estou de pé, na parte rasa. Estou bem. Não estou me afogando.

Fecho os olhos e busco meu centro — o carvão em brasa dentro de mim que alimenta cada grama de ambição, motivação e anseio que tenho. Não vou deixar meu medo me dominar. *Não vou.*

Recolocando o snorkel, tento outra vez. Outra vez, o pânico me invade e me levanto. Tento de novo, de novo e de novo. E mais uma vez.

Olho ao redor; todos os outros iniciantes estão usando os snorkels agora, batendo os pés na parte rasa, respirando com facilidade por seus tubos. Por que não consigo fazer isso? Não é razoável nem racional essa reação automática. Eu posso respirar pelo meu snorkel. Não estou me afogando. Então, qual é o problema?

— Você precisa relaxar — diz Graeme, de algum ponto ao lado do meu ombro direito.

— Pra você, é fácil falar.

Eu recoloco meu snorkel e ponho o queixo dentro da água, experimentando. Talvez se eu submergir aos poucos...

Uma onda se choca contra mim e tira meu equilíbrio. Água passa sobre minha cabeça, entra em meu snorkel e luto para ficar de pé, tossindo e cuspindo, o coração martelando contra as costelas.

Graeme está a meu lado num instante, a máscara empurrada para cima da testa e a mão ancorada com firmeza no meio das minhas costas. A água alisa seus cabelos, enquanto gotinhas brilham em seu rosto.

Outra onda bate contra minhas coxas e me agarro a ele para me estabilizar. Meus dedos se curvam em volta da carne fria de seu antebraço. Aquela energia vibrante ganha vida entre nós. Eu tiro minha mão com uma careta.

Cerrando as mandíbulas, enfio o snorkel na boca e mordo com força. Sinto o gosto de sal.

— Espere um segundo — diz ele, colocando a mão no meu ombro. Seu aperto é gentil, mas firme.

Arranco minha máscara e lanço para ele uma expressão de *tá, o que você quer?*, com uma dose extra de veneno.

— Você não pode forçar.

Eu posso forçar qualquer coisa. Ainda não encontrei um problema que não pudesse resolver com determinação obstinada e muito esforço.

— Venha comigo — diz Graeme.

12

A contragosto, sigo Graeme até a praia. Assisto enquanto ele dá uma corridinha para falar com um dos naturalistas. Vários segundos depois ele retorna, segurando o que parece ser um cinto amarelo-vivo feito de espuma grossa e fofa.

— Vamos — diz ele.
— Vamos aonde?
— Encontrar nosso próprio trecho de mar.

Sem olhar para trás, ele dispara pela praia a passo acelerado, pés de pato debaixo de um braço, o cinto preso em torno do antebraço.

Devo segui-lo? Ele pode não ser o calhorda ladrão de créditos que eu julgava ser, mas ainda não tenho certeza se posso confiar nele — estamos competindo pela mesma promoção, afinal.

Por outro lado, preciso aprender a usar o snorkel, e Graeme parece saber se virar. Se ele faz alguma ideia de como superar esse obstáculo mental, vale o risco, não?

— Sabe, se você tentar me afogar, haverá testemunhas — grito, enquanto ele segue trotando.

— Vou manter isso em mente — ele grita por cima do ombro.

Tirando os pés de pato, eu corro para alcançá-lo. Quando consigo, ele desacelera e nós caminhamos pela arrebentação em silêncio, a areia molhada se esprimindo entre os dedos de nossos pés. Quando estamos a uma distância razoável dos outros hóspedes, visíveis, mas fora do alcance da voz, paramos. A água é mais clara aqui e mais para azul do que turquesa.

Largando os pés de pato na areia, Graeme abre a fivela do cinto amarelo.

— Isso vai te ajudar a boiar e ganhar confiança.

Olho para o rosto dele e seus olhos faíscam como a luz do sol se refletindo nas ondas. Ele engole em seco quando se aproxima e seu pomo de adão aparece em cima do colarinho do macacão. Quando ele estende o cinto para mim, os nós de seus dedos roçam minha cintura. Meu coração bate num *staccato* errático. Pego o cinto com dedos agitados.

— Passe isso para cá.

Ele assente e dá meio passo para trás enquanto coloco a boia, garantindo que a parte espessa e acolchoada esteja aninhada na parte de trás da minha cintura antes de prender a fivela na frente. Ele examina meu trabalho com as sobrancelhas franzidas. Estendendo a mão para a parte que sobra do cinto, Graeme dá um bom puxão, apertando o cinto mais um pouco. Minha respiração escapa num sopro.

— Muito bom — diz ele, o snorkel preto e liso balançando junto de seu maxilar barbado. — Preparada?

Eu posiciono a máscara sobre meus olhos.

— Como uma estrela do rock.

Os lábios dele se contorcem. Calçando os pés de pato, entro no mar e ele me leva mais para longe da praia. Paramos quando as ondas batem no meu peito, respingando água salgada nos lábios. O cinto definitivamente proporciona mais leveza; agora posso levantar os pés e boiar sentada com a cabeça acima da água. O pânico antigo sacode as grades de sua jaula, mas não escapa.

— O truque para mergulhar com snorkel, pelo que entendi, é relaxar e respirar — diz Graeme. — Não pense em mais nada, tá?

Eu posso fazer isso. Concordo.

— Certo. Primeiro, quero que você feche os olhos e elimine toda a tensão.

Franzindo o nariz, fecho os olhos, mas torno a abri-los prontamente.

— Isso é realmente necessário?

— Como você estava se saindo sozinha lá atrás?

— Entendi.

— Feche os olhos. Eu prometo que não vou olhar para você nem fazer nada de estranho.

Ele agita os dedos e faz uma careta como um vilão de filme de terror, e um riso grasnado me escapa antes que eu consiga suprimi-lo. O sorriso tímido dele se abre ainda mais.

Comprimindo meus lábios com rigidez, forço as pálpebras a se fecharem. Oscilo de leve conforme as ondas vêm e vão. Vêm e vão. Como pulmões. Como uma pulsação. Sinto a minha desacelerar e meus músculos se soltarem.

— Muito bom. Agora coloque o snorkel na boca e respire.

Eu arrumo meu snorkel e meus lábios se fecham em torno do bocal. Minha respiração faz um barulho parecido com o vento passando por um túnel, mas estou respirando. Inspirando fundo, expirando fundo. Balanço nas ondas gentis. O sol esquenta meu rosto.

— Eu vou te ajudar a flutuar agora, tá bem?

Hesito antes de concordar. Isso está funcionando. Eu deveria continuar.

A mão de Graeme se fecha na minha coxa direita. Mesmo por cima do macacão de mergulho, seu toque é elétrico. Eu me reteso, mas forço minha respiração a continuar estável enquanto ele empurra apenas o suficiente para que eu deslize adiante. A outra mão dele está plantada com firmeza no meu ombro, me guiando.

Ofego no instante em que meu rosto submerge. Meus músculos se contraem.

— Continue respirando tranquila, devagar.

As palavras dele soam abafadas, distantes.

Puxo o ar num movimento profundo e trepidante, exalando pelo snorkel. O cinto em torno da cintura me mantém suspensa na superfície sem nenhum esforço.

Eu pisco e abro os olhos. Meu rosto está debaixo d'água. Posso ver a areia aveludada sob os pés de pato de Graeme. Estou respirando.

— Eu consegui! — meu grito sai como um ruído gorgolejante pelo snorkel e tiro a cabeça da água.

— Acha que consegue fazer de novo?

Recolocando o snorkel, respiro fundo três vezes. Na terceira, me projeto adiante para flutuar. Quando a água entra em meus ouvidos, a respiração fica presa, mas consigo me manter calma dessa vez. De fato, estou mais calma do que jamais me senti na água. Posso ver o que há sob a superfície e consigo respirar bem. Levanto um polegar acima de mim.

A parte difícil terminou. Agora, o que há por aqui para ver?

Bato as pernas num movimento forte e elegante e disparo para a frente. Meu cinto cria um arrasto, mas os pés de pato me propelem com facilidade. Graeme está do meu lado agora, espiando pela máscara. O fundo do mar se estende sob nós num declive sutil.

É gloriosamente silencioso. Tirando o chiado da minha própria respiração e o gorgolejo e agitação da água nos meus ouvidos, tudo é silêncio sob as ondas. O mar é de um azul profundo e salgado, passando para um branco ofuscante quando eu me afundo e miro sua superfície brilhante e reflexiva.

Vejo meu primeiro peixe tropical.

É enorme, do tamanho do meu antebraço, com escamas em um laranja iridescente. Não faço ideia de que tipo de peixe é, mas solto um gritinho por dentro, cutuco Graeme e aponto para ele. O bichinho vaga preguiçosamente, passeando pelo fundo arenoso do oceano.

Prosseguimos. O fundo do mar passa a rochoso e a Reserva Marinha das Galápagos se desdobra, revelando seus tesouros num espetáculo aquático vivamente colorido. Estrelas-do-mar que parecem cobertas de gotas de chocolate e outras maiores, num mosaico rosa, azul e roxo, se esparramam por bolsões de areia. Mais peixes passam debaixo de nós — pretos e brancos, cor-de-rosa, cinza como nuvens de chuva, e então um cardume de azul bem escuro e reluzente com nadadeiras alaranjadas e uma faixa branca. Eles dardejam e costuram em uníssono, e fico mesmerizada pela maneira como seus inúmeros corpos ondulam como um só.

Depois do que me pareceram ser horas, Graeme procura minha mão e a puxa. Meu abdômen se retesa. Ele me guia, apontando para uma sombra se aproximando em meio à água turva. Meu coração se acelera. Agito os braços loucamente, propelindo-me para trás. Ele roça meu antebraço com as pontas dos dedos e gesticula de modo enfático para que eu olhe outra vez.

A sombra se aproxima. Uma silhueta fica à vista. Uma cabeça lisa e marrom. Um corpo escorregadio e aerodinâmico. Ele vem com tudo na nossa direção, então desvia no último segundo, girando pela água como um torpedo gracioso: um leão-marinho.

Não, um leão-marinho *bebê*. Solto um gritinho de êxtase, meu peito explodindo com a sobrecarga de fofura.

Conforme rodopia mais para perto, seus olhos pretos, grandes e vidrados nos analisam curiosamente, enquanto seus longos bigodes se arrastam pela água. Graeme levanta uma câmera de vídeo à prova d'água que está presa em volta de seu pulso. É difícil ter certeza por causa do snorkel em sua boca, mas acho que ele está sorrindo. Sem nenhum aviso, o leão-marinho dispara para mim. Eu me encolho por reflexo antes que uma cascata de bolhas engolfe minha máscara. O bichinho se afasta saltitando, corcoveando e dando cambalhotas.

O leão-marinho está brincando com a gente! Agitando as nadadeiras, ele lança bolhas em Graeme logo em seguida. Uma corrente nos pega e, antes que eu me dê conta, um paredão de rochas se assoma mais adiante. Ao lado de suas bordas irregulares e pintalgadas de corais, dois outros filhotes de leão-marinho mergulham e saltitam numa dança animada. A corrente me empurra adiante, e agito os braços contra o empuxo das ondas.

O sol cintila lá no alto e a natureza rodopia à minha volta. O tempo desacelera e estou perdida na vida selvagem e nas ondas — com Graeme.

Tão subitamente quanto surgiram, os leões-marinhos se espalham. Viro a cabeça, tentando ver para onde eles foram. Olho para baixo. E paro de respirar.

Estou em águas profundas. E debaixo de nós há um tubarão.

Eu grito e me debato enquanto Graeme luta para alcançar meu ombro. Mas ele não está nadando para longe.

Ele *é doido?* Tem um tubarão ali embaixo! E posso muito bem virar comida de tubarão!

Minha respiração acelera, o pânico começando a escapar de sua jaula.

Eu chuto, mas ele segura firme. Olho para baixo.

O tubarão não vem em nossa direção; está se afastando, seu corpo cinza poderoso ondulando bem abaixo de nós, as pontas brancas de sua nadadeira dorsal e sua cauda brilhando sob a luz reduzida, difusa. Puxo o ar ruidosamente pelo snorkel. Na verdade... é lindo. Assustador pra cacete, mas lindo. Eu nado atrás dele, cheia de cautela. Nunca imaginei que veria um tubarão na natureza, quanto mais dessa perspectiva. Como um gavião voando acima de um pardal. Só que, apesar de estar na posição mais acima, eu me sinto como o pardal.

Minha alma reconhece o que senti esse dia inteiro. Primeiro na trilha e agora, nadando com Graeme. É algo que não experimento há muito, muito tempo.

Deslumbramento.

Mal ousando respirar, observo o tubarão atravessar a água e sumir de vista. Meu coração palpita contra as costelas e tenho vontade de gritar de felicidade e chorar e dar socos no ar, tudo ao mesmo tempo.

Minha máscara começa a ficar embaçada. Fazendo um giro de 180 graus, nado até sair da correnteza, ergo a cabeça acima das ondas e empurro a máscara para a testa.

Puta merda, como estamos longe da praia! Nadamos diretamente para uma formação rochosa distante pelo menos dois campos de futebol da praia. Um dos Zodiacs flutua a vários metros de distância, o naturalista a bordo de olhos atentos em nós. Eu estava tão fascinada que nem reparei o quanto tínhamos nos afastado. Ou a que profundidade tínhamos chegado. *Olha só.*

Graeme emerge perto de mim e tira o snorkel.

— Aquilo foi incrível!

— Ai, meu Deus! Aqueles filhotes de leão-marinho!

— E o tubarão de recife!

— Não acredito que a gente viu um tubarão!

— Você não ficou com medo de ele...

Algo arranha a lateral do meu joelho — os dedos dele. Eu grito e me afasto chutando, jogando água sem querer no rosto dele.

Ele espreme os olhos para tirar a água.

— Ah, você quer brincar disso, é?

Seu sorriso dança, matreiro.

— Você quer dizer essa brincadeira aqui?

Jogo água nele outra vez, agora de propósito. Tenho meio segundo para me preparar antes que ele revide.

Meu coração se acende com uma delícia juvenil, enquanto a água escorre por minhas bochechas. Rindo e gritando, eu arremesso o quanto consigo de água nele, o tempo todo virando o rosto e espremendo os olhos para evitar o pior de seu ataque aquático. Sua risada grave e estrondosa se junta à minha e a palma de minha mão se conecta com algo firme — o peito dele.

Piscando e abrindo meus olhos, curvo os dedos automaticamente contra o neoprene escorregadio do macacão dele. Graeme parou de jogar água em mim. O semblante de divertimento vai se apagando do seu rosto até sumir. Estamos próximos; a correnteza gerada por suas pernas rodopia em torno das minhas enquanto ele bate os pés com elegância para se manter flutuando.

Um calor inunda minhas veias, expulsando o frio. As narinas de Graeme inflam e seus olhos cintilam enquanto buscam em meu rosto a resposta para uma pergunta implícita...

Você está sentindo o mesmo que eu?

Ai, Deus, não sei o que estou sentindo. Graeme sempre foi uma presença extravagante, tomando um espaço incomum em minha mente. Agora, porém, sua imagem mudou. Em vez de me repelir, ela me convida a me aproximar.

Experimente, só um pouquinho.

Eu sou Eva e ele é a maçã — uma promessa atraente e brilhante, recheada com a alegria do delicioso conhecimento... e a ameaça do remorso.

E eu quero devorá-lo todinho.

Meus dedos se desdobram, mas, em vez de me afastar, eu pressiono a palma da mão com mais firmeza no peito dele, bem acima do coração. Ele perde o ar, como se um tecido espesso se rasgasse, e sua mão encontra meu quadril na água azul e transparente. Meus lábios se entreabrem numa inspiração.

— Henley? — murmura ele.

Seus dedos apertam, me trazendo mais para perto...

Um apito ruidoso perfura o ar e me afasto apressada. O naturalista a bordo do Zodiac mais próximo acena para nós antes de estender o braço e levar o punho para o topo de sua cabeça. Graeme repete o gesto — o sinal de "Estou bem, sem problemas por aqui" que aprendemos mais cedo.

Qual é o gesto para "Estou ficando maluca, por favor, venha me salvar de mim mesma"?

Deslizo para trás na água, o momento se foi. Reclino a cabeça para molhar o cabelo e tirar as mechas grudadas em minhas têmporas.

— Devíamos voltar para a praia.

Pelo menos minha voz demonstra firmeza. Meu coração está tudo, menos firme.

O que está havendo comigo? Tá, Graeme é, sem dúvida, atraente, mas preciso me controlar antes que essa libido descontrolada leve minhas perspectivas de carreira para o buraco. Era de se imaginar que, com meu histórico ruim de envolvimentos românticos no trabalho, eu tivesse aprendido a lição a essa altura. Pelo visto, não aprendi.

Ponho a máscara de volta antes de me dar conta de que ela está embaçada.

— Droga — resmungo, puxando-a sobre meu rabo de cavalo ensopado.

— Eu conheço um truque para isso. Cuspa na máscara.

— Como é que é?

— Cuspa na parte interna da máscara e esfregue a saliva pela área com o dedo. — Diante de meu olhar incrédulo, ele acrescenta: — Isso impede que ela embace.

— Ah... — Quando estou prestes a fazer o que ele sugeriu, uma suspeita brota dentro de mim. — Espere aí, você já tinha feito mergulho livre antes?

Ele vacila.

— Já faz muito tempo.

— Mas você tem experiência.

A água redemoinha em torno dos seus braços enquanto ele continua boiando.

— Eu não diria isso. Já usei snorkels algumas vezes, mas prefiro o mergulho com cilindro. Mas, de novo, já faz um tempo.

Ele é praticante de mergulho? Isso vai muito além de *usei snorkels algumas vezes e preciso de um lembrete* para *sou um especialista em recreação marinha, caramba*. A irritação e o embaraço explodem feito rojões no fundo de meu estômago. Ponho a máscara e saio nadando para a praia — o embaçamento que se dane. Uma praga dita em voz baixa seguida pelo chapinhado de água me avisa que Graeme está atrás de mim.

Logo meus pés de pato tocam o fundo do mar e dez metros depois eu estou de pé.

— Por que você veio nessa excursão para iniciantes? — exijo saber por cima do ombro, respirando com dificuldade. — Tem um grupo agora mesmo no litoral em algum lugar, provavelmente vendo coisas muito mais legais.

Graeme respinga água ao meu lado.

— O que é mais legal do que nadar com leões-marinhos e tubarões?

Tiro os pés de pato e os ponho debaixo do braço conforme caminho pela água na altura da cintura.

— Você não respondeu à minha pergunta.

— Porque eu estava preocupado com você, tá bom?

Minhas bochechas ardem.

— Não preciso da sua preocupação. Você deveria se preocupar consigo mesmo.

— Ainda estou esperando um obrigado.

— Por quê? Por me ensinar a boiar e respirar por um tubo ao mesmo tempo? Como se eu não fosse conseguir dar conta disso sozinha.

— Sabe, eu não te entendo. Eu só estava tentando ser gentil.

Eu me enfio na correnteza restante e ataco a praia como se fosse a Normandia. Minha pele está gelada, e meus pulmões, agitados em partes iguais pelo cansaço e pela irritação. Jogo meu equipamento num aclive de areia branca fininha e me viro para ele. Sei que meu comportamento é irracional, mas não estou mais nem aí.

A irritação — comigo mesma, por não manter uma expressão de indiferença, e com Graeme, por me subestimar — sufoca qualquer gratidão que eu pudesse sentir.

— Você não está sendo gentil. Você está trazendo a defesa para o centro do campo.

— Como é que é? — gagueja ele, postando-se com os pés plantados na arrebentação, a água escorrendo de cada centímetro de seu corpo imponente.

— Como nas aulas de educação física.

Ele se aproxima, o equipamento enfiado debaixo de um braço, até estarmos cara a cara.

— Explique.

— Quando você era pequeno, jogou softball nas aulas de educação física? — Ele assente. — Não sei como era na sua escola, mas, na minha, sempre que uma menina ia rebater, um dos meninos dava um sorrisinho sacana e dizia: "Pode mandar ver". Então, todos os outros meninos nas posições de defesa se aproximavam do centro do campo. Sabe por quê?

— Porque meninos são umas pragas?

— Porque eles presumiam que as meninas não conseguiriam rebater. E, mesmo que uma conseguisse, eles não achavam que haveria muita potência na batida. — Dou um passo adiante até que meros centímetros nos separem. — Eu. Consigo. Rebater. — Pontuo cada palavra com uma cutucada forte no peito dele. — Não preciso da sua ajuda, então pare de me tratar feito uma menininha se preparando para rebater.

— Eu não... não foi... — Graeme passa a mão pelos cabelos. Gotinhas de água esvoaçam em todas as direções. — Não era essa a minha intenção.

Raramente é a intenção dos homens, especialmente dos decentes. Ainda assim, é frequente demais que seus atos incomodem. Quantas vezes eu compareci a reuniões só para ser subestimada? Para falarem por cima de mim? Para ser esnobada por meus colegas do sexo masculino, enquanto eles conversavam exclusivamente entre si e ignoravam as mulheres na sala? Muitas. E estou *de saco cheio disso.*

— Segundo suas estimativas, quais são suas chances de conseguir essa promoção? Noventa para dez? Oitenta para vinte? Dê-me um número. — A mandíbula dele parece afrouxar-se, mas seus lábios continuam fechados. — Você pode se dar ao luxo de ser gentil porque não me vê como uma ameaça.

Se eu tivesse um grama da astúcia de Walsh, deixaria que ele me subestimasse e usaria isso em meu benefício, mas parece que não consigo manter a boca fechada.

— Você não faz ideia de como eu te vejo. — A voz dele é como um martelo ressoando contra aço e um tremor desce por minha coluna. — Você está tão envolvida nas suas ideias preconcebidas sobre meus motivos que nunca parou para considerar que talvez eu seja diferente. Você não tem como saber o que eu penso, porque você não me conhece. — Ele dá um passo mais para perto. Eu mantenho minha posição e empino o queixo. — E sabe do que mais? Eu acho que você está zangada porque, apesar de todo o seu esforço, na verdade você gosta de mim. E isso torna sua abordagem implacável a essa promoção algo mais difícil do que você pensava.

— O quê? — gaguejo. — Eu não gosto de você!

— Gosta, sim. Pelo menos um pouquinho. Admita.

— Isto é... isto é...

Uma vozinha dentro de mim ecoa em meu ouvido. *Ele tem razão.* Soltando uma fungada de desgosto, eu apanho meu equipamento na areia e saio pela praia pisando duro.

— Pode mentir para si mesma o quanto quiser, Henley, mas você se divertiu comigo esta manhã. Então, por que se empenhar tanto para me odiar? — grita ele para minhas costas.

Meus pés hesitam, mas continuo andando.

Junto o restante das minhas coisas e me dirijo para um dos Zodiacs que aguardam ao longo da praia. Para mim, basta de snorkels por hoje. Subindo no barco, avisto Graeme na praia. Ele ainda está de pé onde o deixei, me observando.

Mesmo a esta distância posso ver que ele está balançando a cabeça. Quando me vê olhando, ele aponta diretamente para mim, desenha um coração enorme no ar com os indicadores, depois aponta para o próprio peito.

E não é nem um pouco fofo, porcaria!

Levantando o nariz, dou as costas para Graeme. Mas posso sentir seus olhos sobre mim até o Zodiac se afastar na direção do navio e a praia tornar-se nada além de um borrão à distância.

13

Eu quase não me sento com Graeme durante o jantar. Quase.
    Mas aí flagro Nikolai me encarando do bufê de sobremesas e me forço a costurar pela sala de jantar até encontrar Graeme sentado sozinho numa mesa para dois, junto a uma das janelas dianteiras. Lá fora, o pôr do sol laranja e abrasador sobe e desce com o movimento do navio.
    Finalmente estou aquecida depois de uma ducha, mas o ar-condicionado resfria minha pele úmida e puxo meu suéter mais para junto do corpo. Meu telefone vibra no bolso e o retiro, encontrando uma mensagem nova de Christina.

> Miriam disse que Graeme pegou um telefone novo em agosto, depois que o primeiro deu tilt.
>
> AGORA DESEMBUCHE, QUE INTRIGA É ESSA???

Eu exalo num sopro trêmulo. Ele *estava mesmo* dizendo a verdade. Nunca pretendeu tomar o crédito pelo meu vídeo.
    Do outro lado do salão de jantar, Graeme leva um bocado de comida à boca e fita a paisagem em movimento da Española enquanto o navio flutua ancorado. Os músculos de suas mandíbulas trabalham enquanto ele mastiga.
    Aperto o prato de comida que estou segurando e engulo em seco.
    Fui injusta.
    Graeme está certo: eu não o conheço bem. Presumi muita coisa a seu respeito com base em interações num único cenário: o trabalho. E nem eram interações diárias no escritório, mas interações digitais, principalmente.

Talvez ele seja mesmo um cara bacana. Minhas canelas coçam para fugir, mas dou mais um passo. Preciso começar com um pedido de desculpas e um pouco de gratidão sincera, já que não dá para negar que ele me prestou um favorzão hoje. Nunca gostei de usar as sandálias da humildade, mas vou ter que engolir o orgulho e fazê-lo.

Percebendo que Nikolai me observa com interesse óbvio, eu coloco meus músculos em ação e cruzo a distância final até Graeme. Quando ele levanta a cabeça, sua expressão dura me faz parar de súbito. Paro a uma certa distância da mesa.

Injetando um pouco de aço em minha coluna, empino o queixo.

— Desculpe-me — digo, antes de perder a coragem. — Eu deveria ter falado com você sobre o vídeo viral no ano passado, em vez de tirar conclusões. E me desculpe por estourar com você na praia hoje. Aquilo foi desnecessário. Obrigada por me ensinar a usar o snorkel, aliás. E obrigada por não ser insuportável sobre aquele negócio todo do vômito.

Não recebi nenhum e-mail de James bronqueando, então presumo que Graeme não contou a ele o que houve. E, apesar de todas as ameaças de procurar os recursos humanos, também não recebi nenhum contato deles.

Graeme apenas me olha, maxilar cerrado. Inclinando a cabeça para o lado, ele batuca com os dedos no braço da cadeira num padrão lento e ritmado.

Eu transfiro o peso para o outro pé.

— Olha, eu não te tratei muito bem neste cruzeiro. Eu estava desconfiada e amarga e você não foi nada além de bacana comigo. De novo, me desculpe.

Bem quando me viro para ir embora, ele coloca a mão em concha atrás do ouvido.

— Pode falar no meu ouvido bom, por favor? Repita o que você acabou de dizer, só a última parte.

— Desculpe — repito, num grito exagerado.

Os lábios carnudos dele se curvam num sorriso.

— Palavras que eu nunca pensei que ouviria você dizer.

Ele indica a cadeira à sua frente num convite silencioso. Deslizando para o assento vago, aceito.

Um garçom se aproxima para encher meu copo de água e perguntar se eu gostaria do coquetel da noite, um mojito. Eu gostaria, sim. Graeme também pede um.

— Você também não é exatamente uma fonte de gratidão — digo para Graeme quando o garçom se vai.

Ele vinca as sobrancelhas.

— Como assim?

— Você nunca diz muito obrigado em e-mails. Isso deixaria suas mensagens com três palavras, em vez de uma. Praticamente um livro para você.

Graeme leva uma garfada de vegetais à boca.

— Sou ocupado demais para escrever e-mails longos — diz ele, intenso.

— Quanto tempo mais levaria para escrever algo razoavelmente atencioso?

— Tempo demais.

— Tá bom.

— Você sabe quantos e-mails recebo por dia? *Centenas,* sem brincadeira. De grupos externos querendo colaborar com a gente. Notificações de nossas plataformas nas redes sociais. Gerentes de marketing me atormentando para postar o conteúdo deles. — Ele me lança um olhar cheio de insinuações. — Se eu respondesse todos os e-mails como você responde, com frases completas e explicações detalhadas, não dormiria nunca.

Dou uma mordida no mahimahi fresquinho para disfarçar minha diversão e seus sabores delicados de laranja e gengibre enchem minha boca. Eu nunca considerei que talvez houvesse uma razão legítima para os e-mails bruscos. Será que isso é mais prova de que eu estava enganada sobre Graeme? Minhas entranhas se reviram e meu pé balança sob a mesa.

— Então, o que te trouxe para a Seaquest, para começar? — pergunto, ignorando uma nova pontada de culpa.

— Eu estava cansado de trabalhar num escritório convencional. E queria um emprego com horário flexível.

— O que você fazia antes?

— Eu era gerente de marketing na Ford.

Minhas sobrancelhas se erguem.

— Você era gerente de marketing?

Ele faz um estalo com a língua enquanto dá uma piscadinha.

— Na equipe digital deles.

Minha barriga se contrai. Graeme era gerente de marketing, e numa equipe dedicada apenas ao marketing digital. Ele tem muito mais experiência do que eu pensava.

— Então, por que pegar um emprego para cuidar de redes sociais? Foi um retrocesso na sua carreira.

— Não se isso me proporcionasse estar em uma empresa ótima, numa cidade em que eu quero morar.

Ele *quer* se mudar para Seattle?

— Então, trabalhar na Aventuras Seaquest é o emprego dos seus sonhos?

— Ser diretor de marketing digital na Seaquest é o emprego dos meus sonhos.

Estamos entrando em terreno perigoso agora. Minhas coxas se retesam contra a cadeira acolchoada.

— E se for o emprego dos meus sonhos também? — desafio, curvando a mão num punho debaixo da mesa.

Ele inclina a cabeça para o lado.

— O que, exatamente, você ama em marketing digital?

— Eu... — Chacoalho a cabeça e endireito minha postura. — Eu gosto de trabalhar na vanguarda da tecnologia. De encontrar novos jeitos de fazer contato e engajar as pessoas. Eu gosto de trabalhar num campo em crescimento e...

— Soa como o resultado de uma busca no Google para "o que é tão bom em marketing digital".

— Não soa, não!

Soa, sim. Porque pesquisei no Google exatamente essa frase duas semanas atrás, quando preparava meus argumentos para James.

— Mas *por que* você gosta da área? O que ela tem que faz você querer acordar e devotar sua energia profissional a ela, todos os dias?

Para falar a verdade... Eu não tinha um grande amor pelo marketing digital. Mas garantir uma vaga de diretora seria o degrau exato de que eu precisava para chegar aonde eu queria mesmo estar um dia: a diretoria executiva. Além disso, eu com certeza acharia útil o aumento salarial para ajudar a pagar meus empréstimos estudantis. Entretanto, Graeme não precisa saber disso.

— Porque sou boa nisso, tá? Eu sou boa em analisar números, testar novas ferramentas de marketing e descobrir como alcançar resultados. E quanto mais eu subir na hierarquia, mais oportunidades terei de implementar minha visão. Agora, por que *você* gosta tanto da área? Você nem está nas redes sociais!

— Aaah, alguém andou me stalkeando de leve!

Droga.

— Stalkeando, não. Reunindo informações. *Conheça seu inimigo. A arte da guerra,* Sun Tzu, e tudo o mais.

— Você acha que eu sou seu inimigo?

Reviro os olhos.

— Você sabe o que eu quero dizer.

O garçom retorna com nossos mojitos e tomo vários goles da bebida refrescante e mentolada.

— Então, por que você não está nas redes? É um daqueles doidos por privacidade, do tipo "o governo está querendo nos pegar"?

— Não. Eu estava nas redes, mas deletei todas as minhas contas há pouco mais de um ano.

— Por quê?

Não que eu mesma seja muito ativa nas redes sociais. Claro, tenho Instagram e mando Snaps para amigos da faculdade de vez em quando, mas em geral estou ocupada demais para me manter atualizada. Porém, é estranho para alguém da nossa idade não ter nenhuma presença nas redes, especialmente alguém que ganha a vida com elas.

Graeme ergue e abaixa um ombro musculoso.

— Eu não gosto de expor detalhes da minha vida na internet. Não é real aquilo que as pessoas postam. São melhores momentos cuidadosamente cultivados. Todo mundo está vendendo sua marca pessoal, conscientemente ou não, e prefiro guardar minha vida pessoal para mim mesmo em vez de tentar vender uma versão falsificada dela on-line. E abrir a sua vida para os outros significa que as pessoas poderão comentar a respeito dela — acrescenta ele, tão baixinho que eu mal escuto.

— Parece um jeito solitário de se viver.

— Não para mim.

A voz dele tem um traço áspero.

Jogando-me para trás na cadeira, cruzo os braços.

— Será que podemos ter uma conversa sem discutir?

Os lábios dele se curvam.

— Eu gosto de discutir com você.

— Gosta?

— É divertido. Eu gosto de um desafio, e você não se deixa intimidar.

— Você não faz ideia.

Em vez de soar irreverente, minha voz sai quase num ronronado.

As pálpebras de Graeme baixam de leve.

— Talvez não... *por enquanto.*

Minhas terminações nervosas cantam, minha pulsação salta. Graeme me mantém presa a seu olhar reluzente, dotado de uma energia bruta. A sensação tira meu equilíbrio e eu tomo um gole de água, tremendo. O retinido pesado da âncora sendo levantada reverbera pelo salão.

Como seria *ficar* com Graeme?

Seria ele a pura polidez do Meio-Oeste, doce feito torta de maçã, segurando a porta para eu passar e me deixando ir na frente, por assim dizer? Ou seria o Graeme dominador que eu conheço do trabalho — impondo o ritmo, ditando o fluxo, assumindo a liderança? Espremo as coxas uma contra a outra.

— Eu daria qualquer coisa para ler seus pensamentos agora — comenta ele.

Eu respiro fundo e me concentro para controlar meus pensamentos aleatórios. Hora de mudar de assunto.

— Tenho certeza que daria. Conte-me algo sobre você — arrisco. — Você disse que não te conheço, e tem razão. Vamos nos conhecer.

A "reunião" saiu dos trilhos e segue para um território que eu não sei muito bem se estou pronta para explorar. Mas não quero que ela termine.

Graeme inclina o queixo e uma mecha úmida de cabelo cai sobre sua testa. Combato o impulso de estender a mão e empurrá-la para trás.

— O que você quer saber? — pergunta ele, a voz grave e acetinada.

Eu reviro a cabeça atrás de um tópico.

— O que você faz para se divertir em Michigan? Além de caminhar com seu cachorro por cemitérios à noite.

O maxilar dele se tensiona.

— Ah, sabe como é. Como milho. Assisto a futebol. Derrubo vacas.

— Parece muito com o que a gente fazia para se divertir em Idaho. Pelo menos é o que as pessoas pensam.

— Você é de Idaho?

— Da região norte, bem no cabo. E não, não cresci numa plantação de batata.

Graeme dá de ombros.

— Eu cresci numa plantação de milho.

— Mesmo?

O rosto dele se parte num sorriso, mostrando uma fileira de dentes retos e brancos.

— Não.

Solto uma risada. Um calor redemoinha em minha barriga, espalhando-se como tentáculos por meus membros.

— Nasci e fui criado em Ann Arbor. Minha mãe era professora-assistente na universidade, então a maioria dos finais de semana eu passava em palestras, na biblioteca ou no parque local. Eu gosto de viajar, mas não tenho viajado muito ultimamente. Jogo hóquei quando posso.

Eu posso tranquilamente acreditar que ele joga hóquei. Com certeza tem o físico musculoso de um jogador.

— E o seu pai?

— Ausente desde que eu era pequeno.

— Lamento muito ouvir isso.

Ser criado por uma mãe solo deve ter sido difícil. Mas *explicaria* por que ele parece ter uma conexão intuitiva com mulheres de meia-idade.

— É como as coisas são. E você? — Apoiando um cotovelo na mesa, ele pousa o queixo no punho.

O jeito como ele olha para mim — como se estivesse num museu e eu fosse uma escultura particularmente cativante — faz minhas entranhas se revirarem. Escorrego a língua pelos dentes depois de engolir meu último bocado de salada. Rogo a Deus que não tenha ficado nada preso entre eles.

— O que tem eu?

— O que Henley Rose faz para se divertir?

— Diversão... diversão? — Franzindo as sobrancelhas, cutuco meu queixo e espremo os olhos para o teto. — Acho que já ouvi falar disso.

Com um risinho, ele faz um sinal com as mãos, me pedindo para continuar.

Meus olhos passeiam pela sala de jantar — está quase vazia agora, restando apenas uma dúzia de hóspedes papeando por cima de pratos afastados e xícaras de café.

— Eu também praticava esportes quando era pequena, principalmente futebol, mas ultimamente nem tanto. Christina tem me implorado para jogar no time adulto dela, mas ainda não consegui encaixar na minha agenda. Muito tempo atrás, eu gostava de acampar.

— Acampar? Sério?

— Eu cresci nos arredores de uma floresta nacional. Praticamente morava ao ar livre quando era criança. — Inclino um pouco a cabeça. — Você está surpreso?

— É que você é tão... — Ele espana os próprios ombros e endireita uma gravata-borboleta imaginária. — E em nossas videoconferências semanais, você usa aqueles vestidos... *muito* profissionais. Mas bonitos também. Coloridos.

O calor inunda minhas bochechas.

— Ah, há...

Ele ri.

— Estou dizendo que gosto deles. Seu estilo é como você: uma porrada que pega as pessoas desprevenidas.

Meus lábios se abrem, mas não sai nada.

Fazendo uma careta, Graeme esfrega a mão em sua nuca. Seu tríceps ressai sob a manga da camiseta.

— E agora eu te assustei.

— Só um pouquinho. Um sustinho leve. Tipo, do tamanho de um gremlin.

Para falar a verdade, a ideia de Graeme me observando durante nossas reuniões de equipe semanais, reparando no que estou vestindo, *apreciando* minha aparência, me envaidece.

E ser comparada a uma porrada? Melhor. Elogio. Da. Vida.

— Bem, isso tudo foi uma forma muito desastrada de dizer que eu acho muito difícil visualizar você acampando — acrescenta ele, um rubor se arrastando pelas maçãs de seu rosto. — Mas por que "muito tempo atrás"? Você não acampa mais?

— Já faz alguns anos.

— Isso é uma lástima.

— É a vida, né? Você fica ocupado, a carreira vem em primeiro lugar. Outras coisas acabam ficando de lado.

— A menos que você reserve tempo para essas outras coisas.

— Falar é fácil, fazer...

— Verdade. Mas a vida é o que você fizer dela. É um teste de equilíbrio. Se vocês apenas trabalhar, vai acordar um dia... daqui a dez, vinte, cinquenta anos... totalmente exaurida. E aí estará morta.

Bem, esse era um pensamento deprimente.

— E você está por aí, vivendo ao máximo?

— Eu e minha garota, a Winnie. Todo os dias, o dia inteiro.

Meu peito se contrai e me esparramo na cadeira, casualmente botando um braço no encosto dela.

— E Winnie é sua irmã...? Sua namorada...?

Odeio como minha voz subiu uma oitava.

Os lábios dele se abrem num sorriso amplo.

— Sutil. Não, eu não tenho namorada.

A tigresa dentro de mim ronrona de contentamento e me encolho de imediato. Desde quando eu ligo se Graeme tem uma namorada?

— Nem irmã, aliás. Sou filho único. Winnie é minha cachorra — explica ele.

— Winnie, como o ursinho Pooh?

— É um diminutivo de Winston.

— Você botou o nome na sua cachorra em homenagem a Winston... Churchill?

Com um suspiro, Graeme pega o telefone no bolso. Depois de alguns cliques, ele mostra a tela para mim.

— É o queixo.

Meu queixo cai. Pego o celular dele e o seguro perto do rosto.

A cachorra é branca com manchas marrons e não tem pelos, exceto por alguns tufinhos leves saindo de sua testa como uma daquelas bonecas troll, e ela é vesga, tem o queixo mole e um prognatismo severo. Definitivamente não é um cão de raça pura, como eu presumira. Parece uma mistura de uma daquelas raças sem pelo e um buldogue inglês.

— Talvez seja a cachorra mais feia que já vi — ofego.

Os lábios franzidos, Graeme coça a sobrancelha.

— Não é? Ninguém mais a queria, apesar de ela ser supermeiga. Ela estava no abrigo há muito tempo e seria sacrificada, então eu dei um lar para ela.

Igualzinho ao meu Miojo.

Algo dentro de mim se racha e estala como um iceberg. Afasto meu olhar do telefone para fitar Graeme. Seu queixo recoberto de barba por fazer, seus lábios macios e seus olhos. Seus olhos transparentes, *bondosos*. Agora vejo a ternura, a preocupação honesta pelos outros.

Ele não é nada do que eu pensava.

— Ela é perfeita — murmuro.

— Eu também acho — diz ele, baixinho.

Mas ele não está olhando para a foto de sua cachorra. Está olhando para mim.

Mordendo minha bochecha por dentro, eu devolvo o telefone para ele e nossos dedos se tocam. Todas as terminações nervosas se acendem como fogos de artifício. Dessa vez, não me afasto. Graeme roça o polegar pelos nós de meus dedos — acidentalmente? De propósito? Ele se inclina para a frente, os olhos cintilando.

— Aí estão meus dois amigos do escritório! — retumba uma voz, e eu quase caio da cadeira.

Deixo o telefone cair e ele aterrissa na mesa entre nós com um baque. Graeme o pega e guarda.

— Oi, Gustavo! Não tinha te visto. Como vai? — digo, tentando acalmar meu coração desembestado.

— Excelente, excelente — diz o líder do cruzeiro, batendo a mão no encosto de minha cadeira. — Como foi a trilha hoje cedo?

— Incrível. Fico contente que você tenha me convencido a ir.

— Fico satisfeito em ouvir isso. Vou avisar ao James.

Minha garganta se fecha e tenho que pigarrear duas vezes para conseguir falar.

— Você... você está em contato com James?

— *Sí*, ele me mandou um e-mail ontem. Pediu para ficarmos de olho em vocês dois enquanto estiverem a bordo. Especialmente você.

Rindo, ele agarra meus ombros e me chacoalha de um jeito amistoso, mas meu sangue gela.

James pediu ao líder do cruzeiro que nos vigiasse. Eu não tenho dúvida de que ele está buscando alguma desculpa, *qualquer desculpa*, para acabar com minha candidatura e promover Graeme, o garoto de ouro, diretamente. Um hóspede que se ofenda sem querer, um momento de distração a mais pode ser o fim de meus sonhos profissionais.

E *Graeme*? Gustavo acaba de nos flagrar... fazendo o quê? Fitando os olhos um do outro, ardentemente? *Flertando*? Duvido que ele vá relatar isso a James, mas se passarmos disso...

Eu estaria me enganando se achasse que ter um casinho a bordo do navio traria as mesmas consequências para mim e Graeme, caso James descobrisse. Já posso imaginar James, os olhos aguados se estreitando, a testa vincando, fitando-me de cima a baixo em reprovação. Mas Graeme... ele provavelmente o chamaria à sua sala para trocarem um "bate aqui", seguido por um aumento só por ter comparecido.

— Vocês vão participar da trilha de amanhã cedinho? — pergunta Gustavo.

— Vou — diz Graeme, coçando o nariz. — Você vai? — ele me pergunta.

— Aham — resmungo.

— Maravilha, maravilha! Vocês deveriam ir com o grupo de Xiavera. Ela é uma bióloga especializada, e pedi a ela para ser... como é a palavra mesmo... seu contato enquanto vocês estiverem a bordo. Se precisarem de qualquer coisa, fiquem à vontade para pedir a ela. Xiavera também me manterá informado se vocês estão se comportando bem. — Colocando uma carranca exagerada no rosto, ele balança um dedo para mim antes que suas feições juvenis se abram num sorriso e ele gargalhe, simpático. — Estou brincando!

Eu forço uma risadinha débil.

— Ou será que não?

Sério de novo, ele se vira e caminha para a porta. Sua risada ecoa, seguindo-o para fora do salão.

Meu jantar caiu como uma rocha na barriga. Gustavo parece ser bastante agradável — certamente, não é alguém com más intenções —, mas foi obrigado a ser os olhos e ouvidos de James a bordo. Não posso culpá-lo. Quando um executivo da empresa te pede para pular, você responde "para que planeta?". Se eu não me cuidar nesse cruzeiro, o menor equívoco pode resultar na minha perdição. Cerro os punhos e empurro a cadeira para longe da mesa, para longe de Graeme. O ar entre nós tornou-se como leite azedo.

— Tenho que ir. Preciso ver como Walsh está.

Graeme se recosta, a camiseta branca se esticando sobre o peito vasto. A confusão é óbvia em suas feições.

— Tudo bem.

— Obrigada por jantar comigo, eu... — Por um segundo, encaro seus olhos azuis vívidos. — Obrigada.

Graeme se levanta.

— Henley...

— Não. Deixa para lá.

Girando sobre os calcanhares, eu rapidamente faço um prato para Walsh no bufê e fujo para minha cabine.

Não olho para trás.

Walsh está tomando banho quando chego com seu jantar, por isso coloco o prato em sua mesa de cabeceira. A cabine está opressivamente quente e abafada. Preciso de ar fresco. Preciso pensar.

Arrancando o suéter, pego meu telefone, o notebook e a mochila e vou para a ponte, a sala de vidro no convés superior onde o capitão e os oficiais manejam o navio. Eu não quero trombar acidentalmente com Graeme, e embora a ponte geralmente permaneça aberta aos passageiros, ela não é exatamente um reduto animado — não como o salão. Passando pelos corredores e subindo três lances de escadas, chego à porta marcada com os dizeres PONTE: ABERTA e bato suavemente.

— Pode entrar — responde uma voz grave.

Hesitante, eu entro. A sala é estreita, com um painel de controle imenso, que inclui o timão do navio, forrando uma das paredes. Acima dos controles, uma fileira de janelas dá para a proa. Está uma escuridão total e eu sinto, mais do que vejo, a frente do navio mergulhar e subir quando atravessamos as ondas.

Agarro-me à parede para me estabilizar.

— Oi. Eu tenho permissão para ficar aqui, certo?

— Tem, claro. Bem-vinda à ponte — diz um cavalheiro equatoriano mais velho, com cabelos grisalhos e um uniforme branco muito bem passado. Pelo seu ar geral de comando e as quatro faixas douradas nas dragonas em seus ombros, suponho que ele seja o capitão. — Em que posso ajudá-la?

— Em nada, não quero incomodar. Estou só procurando um lugar tranquilo para ficar.

Ele oferece um sorriso gentil.

— Você não incomoda em nada. Fique pelo tempo que desejar.

Há dois outros oficiais na sala, ambos mais jovens do que o capitão. Eles me dão boas-vindas. Não demora muito e os três estão mergulhados numa conversa murmurada.

Eu vou arrastando os pés até uma mesa redonda no canto e me sento numa das quatro poltronas acolchoadas. Depositando ali meu notebook e a bolsa, desbloqueio meu celular. Hora de descobrir com quem estou lidando. Digito o nome de Graeme na barra de busca de um navegador de internet. Joguei o nome dele no Google após nossa reunião com James duas semanas atrás, mas não fui além da primeira página de resultados. Tenho certeza de que há muito mais informação disponível.

Para minha surpresa, um perfil no LinkedIn é um dos primeiros resultados. *Olha só.* Isso não tinha aparecido antes. Ele deve ter entrado lá recentemente ou alterado as configurações de privacidade em sua conta desde a última vez que olhei. Mordendo o lábio inferior, clico no link. O perfil de Graeme se abre — é ele mesmo, completo, com a mesma foto que ele usa em seu e-mail de trabalho. Bingo. Leio seu currículo.

Ele é bacharel em comunicações e marketing pela Universidade do Michigan, mas frequentou a Cornell por três anos antes disso. Franzo a testa. Eu nunca ouvi falar de alguém que pede transferência para outra faculdade no último ano. Isso é simplesmente... esquisito. Será que ele reprovou? Largou?

Desço a página para a seção de experiência. Seu emprego na Ford está listado perto do topo. Meus olhos quase caem da cara. Ele trabalhou na equipe de marketing digital da Ford por *quatro anos* antes de passar dois anos como especialista em redes sociais. Antes disso, ele foi estagiário de marketing numa empresa de rafting em corredeiras fluviais no interior do Estado de Nova York.

Ainda não entendo por que ele aceitou um emprego na Seaquest — com horário flexível e podendo trabalhar de casa ou não. Foi um retrocesso tão grande para ele, no sentido profissional, que é de confundir a mente. Espremo os olhos para ler as datas anexas aos cargos. Ele deixou a Ford seis meses antes de conseguir o emprego na Seaquest. Por que será que ele tem esse período em branco?

Mas uma coisa fica clara. Com base na experiência dele, Graeme definitivamente tem qualificação para ser um diretor de marketing digital — é possível até que seja mais qualificado que eu. Trabalho na Seaquest há mais tempo e tenho mais de um ano de aulas de pós-graduação em Administração a meu favor, mas não possuo a mesma experiência digital que ele.

O pavor preenche meu estômago. Minha proposta terá que deixar a de Graeme na poeira se eu quiser ter alguma chance de conseguir essa promoção. Um esquema de propaganda para a Galápagos baseado em algo que já fizemos no Havaí não vai bastar.

Preciso de aconselhamento.

Enfiando os fones nos ouvidos, procuro o contato de Christina e inicio uma videochamada. Deslizo para fora de meu assento e passo pela porta mais próxima. Ela me leva para um convés externo. O vento levanta meu cabelo e me agarro à amurada em busca de apoio.

Ela responde no quinto toque.

— Oi, moça! Como vai o hemisfério sul? — grita ela.

A imagem está granulada, graças ao Wi-Fi de satélite, mas posso ver que suas bochechas estão vermelhas como maçãs do amor e ela está respirando acelerado.

— Oi, Christina! É bom ver o seu rosto.

Ela espreme os olhos para mim.

— Onde você está? Dentro de um tornado?

— No convés do navio.

Eu caminho um pouco mais até ficar debaixo de uma luz ambiente que vem das janelas amplas da ponte. Um rock martela por meus fones de ouvido e reparo que Christina está vestindo uma regata. Quase bato na minha própria testa.

— É domingo! Você está no meio do bootcamp, não é?

Ela dispensa minha preocupação com um aceno.

— Nada de mais. Você está ligando das Galápagos. Eu tinha que atender. Preciso saber das fofocas mais recentes. E o mais importante: por que você queria saber sobre o telefone do Graeme? Conte-me tudo!

— Ei! — uma voz masculina surge de algum ponto do lado dela. — Isso são horas de falar ao celular ou estamos no meio do treinamento?

— Me dá só um segundinho — ela grita por cima do ombro. Christina revira os olhos para mim. — O instrutor de hoje é um pouco exigente.

— Eu não vou te segurar por muito tempo. Posso só pedir seu conselho numa coisa?

— Claro.

— O que você faria se...

Estou prestes a expor toda a situação com Graeme, mas a voz ao fundo ressoa outra vez, me interrompendo.

— Está na hora das flexões e você está atrapalhando! Mexa-se!

— Calma, cara! — Christina ruge de volta. — Deus do céu, *eu* estou pagando a *você* para estar aqui. Inacreditável. — Ela chacoalha a cabeça. — O que você dizia?

Abro a boca para falar, mas hesito. Eu definitivamente preciso de uma conversa longa e em pessoa com Christina para analisar tudo o que está acontecendo neste cruzeiro. De preferência, com bebidas.

— Nada, deixa pra lá. Nós nos falamos em breve, tá?

— Espera, como vai a proposta?

Solto um suspiro.

— Nenhuma ideia brilhante ainda. Alguma sugestão?

Ela assente, pensativa.

— Eu voltaria ao básico. Pense no que torna nossa experiência nas Galápagos especial ou diferente, e construa uma ideia a partir daí. Você sabe que Tory e eu estamos à disposição para ajudar; é só dizer.

— Obrigada, Christina. Você é a melhor.

— Eu sei. — Ela me manda um beijo. — Conversamos em breve. Nossa, por que vocês estão todos de pé? Nós vamos fazer flexões ou não? — grita ela, antes de desligar.

Com um sorriso vacilante, eu volto para dentro. Os três oficiais mal levantam a cabeça quando entro.

Retomo meu lugar na mesa e empurro meus sentimentos sobre Graeme para escanteio. Eles são complicados demais. Posso examiná-los depois. Puxando o caderno da bolsa, abro numa página em branco.

Voltar ao básico. Considero as palavras de Christina por longos minutos, e então me ocorre. Quem conhece essa região melhor do que as pessoas que trabalham nos navios?

— Com licença, capitão.

— ¿*Sí?*

— O senhor já esteve nas Galápagos antes, certo?

Ele ri.

— Mas é claro. Muitas vezes. Sou de Quito e a família da minha esposa é de Santa Cruz.

— O capitão Garcia é um dos capitães de navio de cruzeiro mais experientes no Equador — acrescenta um dos oficiais juniores.

Perfeito.

— Então, o que o senhor ama nas Galápagos?

— Humm... — Ele dispara um sorriso enorme para mim. — Quanto tempo você planeja passar na ponte?

Pressionando a caneta na mesa para abrir a ponta, eu a coloco acima da página em branco.

— O tempo que for preciso — digo, sorrindo.

14

Seis da manhã não cai bem em ninguém — exceto em Walsh. Mesmo logo após 24 horas sofrendo com um caso de intoxicação alimentar, ela ainda reluz como uma estrela cadente sob a luz baixa anterior à aurora. A cor voltara às suas bochechas e todos os traços do fiasco do milkshake desapareceram.

— Não é empolgante? — cantarola Walsh, saltitando nas pontas dos pés.

Puxo o boné mais para baixo para esconder as olheiras escuras sob os olhos. Tinha ficado acordada até muito tarde papeando com o capitão Garcia e os outros oficiais.

Apoiando-me em uma rocha ampla e achatada, tiro minhas sandálias e as bato uma na outra. Nosso desembarque do Zodiac na Ilha Floreana esta manhã foi molhado, e a areia úmida ainda se agarra aos dedos dos meus pés. Esfrego um pé no outro, tirando o máximo de areia possível antes de tornar a calçar os sapatos e apertar as correias à prova d'água. Mais adiante na praia, alguns leões marinhos brincam e se jogam na arrebentação. Walsh bate palmas, deliciada, enquanto os observa.

— Você está de bom humor.

— E não era para estar? Estou me sentindo melhor, o dia está lindo e estou num cruzeiro com minha irmã. Vamos nos divertir!

— Estarei pronta para me divertir depois do café e de comer alguma coisa. — Abro um bocejo tão grande que minha mandíbula estala. É bom que valha a pena acordar de madrugada para ver o sol nascer. — E desde quando você é madrugadora?

— Desde que dormi catorze horas ontem. Ei, olha só, lá está o sr. Vozeirão Sexy. Graeme! — ela chama, saltitando na direção dele.

Franzo o cenho. Graeme está ajudando Donna a sair do Zodiac na praia. Quando ela escapa das ondas, dá uns tapinhas simpáticos no rosto dele. Solto um grunhido. Pelo menos Donna se junta a um grupo diferente, assim não estará conosco nesta excursão. Menos oportunidades para Graeme cair nas graças dela.

Quando Walsh o alcança, ele está agachado junto de sua mochila aberta, prendendo o celular ao bastão de selfie e com uma câmera Nikon enorme pendurada em torno do pescoço. Ele fica de pé, erguendo a mochila. Passando o braço pelo dele, Walsh o leva até onde estou sentada com os cotovelos pousados sobre os joelhos.

Então Graeme é assim logo cedinho — amassado, olhos injetados e ainda ridiculamente lindo. Sua bermuda verde-oliva pende dos quadris estreitos e a camiseta preta de manga longa abraça seus bíceps, insinuando o nó de músculos por baixo. Seu cabelo está uma bagunça. Mechas castanhas se espetam para todo lado. Eu fecho e abro as mãos junto da coxa.

— Oi, sumida — ele diz para mim. Sua voz está mais rouca do que de hábito.

— Oi.

— Sumida? — repete Walsh. — Vocês não fizeram a trilha juntos ontem? E o mergulho?

— Fizemos, mas daí a Henley sumiu depois do jantar. Você perdeu um entretenimento classe A no salão, inclusive. Gustavo tocou violão e os coquetéis fluíram com fartura.

Um sorriso irônico preenche a boca de Graeme.

Eu me levanto.

— Eu tinha que fazer umas coisas do trabalho.

E evitar Graeme e qualquer lembrete de que ele e eu não operamos em igualdade de condições.

— Uau, que câmera imensa — diz Walsh, mexendo na DSLR em torno do pescoço dele. — Conseguiu alguma foto boa ontem?

— Impossível não conseguir, com os patolas-de-pés-azuis e as iguanas-marinhas por todos os lados.

— Parece incrível. Me odeio por ter perdido. — Ela faz beicinho. — Talvez você pudesse me mostrar umas fotos depois...

Meu maxilar se enrijece e os olhos se arregalam quando Walsh desliza o indicador pelo antebraço de Graeme. Que parte de "não flerte com Graeme" ela não entendeu?

Um apito alto e penetrante interrompe a conversa.

— Meu grupo, por favor, junte-se aqui — Xiavera chama da entrada de uma trilha levando para longe da praia.

Graeme ergue seu bastão de selfie.

— Eu encontro vocês por lá.

— Não demore muito — Walsh diz por cima do ombro enquanto caminha na direção de nosso grupo, os quadris ondulando em sua calça capri azul-ardósia. Coloco minha mochila com as coisas do dia no ombro e a sigo. Virando-me para espiar Graeme, observo enquanto ele dá uma corridinha até os leões-marinhos, levanta o bastão de selfie e gira num círculo estreito como se estivesse gravando um vídeo em 360º. Estreito os olhos. O que ele está planejando fazer com toda essa filmagem, afinal?

Com uma fungada, eu me uno ao grupo de mais ou menos dez hóspedes amontoados em volta de Xiavera. *É claro* que Nikolai é um deles. Ele abre um sorriso amplo e cheio de dentes para mim antes de empinar o peito como um fragata. A meu lado, Walsh toma um longo gole de sua garrafa d'água.

Eu deveria pegá-la pelo cotovelo, arrastá-la para trás de um arbusto e lhe dizer, em termos bem claros, que Graeme é proibido. Ponto-final. Mas isso poderia atrair um pouquinho de atenção demais. Terá que esperar.

— Todos podem me ouvir? — Xiavera pergunta. Sua voz é suave, mas tem um tom de comando. — *Bueno*. Agora, a trilha de hoje será bem mais curta que a de ontem, apenas cerca de quarenta e cinco minutos. Mas as regras são as mesmas: mantenham-se na trilha até chegarmos à praia e não se aproximem da vida selvagem. Hoje vamos procurar os flamingos. Há uma população pequena nas Galápagos, e eles gostam de visitar as lagoas da Floreana nessas primeiras horas da manhã...

Ela se cala, esticando o pescoço. De algum ponto no grupo, ouve-se um som de lábios estalando após um ruído alto de mastigação.

— Ah, não. Não, não.

Ela irrompe em meio ao grupo até ficar na frente de Nikolai. Ele está segurando uma maçã vermelha e brilhosa, da qual já falta uma mordida. Ela toma a maçã da mão dele e a levanta para todos verem.

— Vocês não devem trazer comida nunca. É estritamente proibido nas ilhas.

O rosto de Nikolai empalidece enquanto ele engole o pedaço de maçã que havia mordido.

— Desculpe.

— Por que não se permite trazer comida? — pergunto, legitimamente curiosa.

— Boa pergunta — murmura Graeme, diretamente atrás de mim.

Sinto sua presença como um fio desencapado. Arrepios percorrem meus braços e uma faísca de energia escorrega por minha coluna. Mas não me viro.

Xiavera pega sua mochila, tira de dentro dela um saquinho plástico e enfia a maçã ali.

— O ecossistema das Galápagos é muito delicado. Estamos em ilhas situadas a centenas de quilômetros do continente, com muitas plantas endêmicas e espécies animais que evoluíram para algo completamente único e não estão equipadas para lidar com invasores. Vocês aprenderão mais sobre os efeitos de espécies invasoras quando visitarem a estação de pesquisa em Puerto Ayora daqui a alguns dias.

Eu levanto a mão, com meia dúzia de perguntas na ponta da língua. Não sou a única com a mão no ar. Dou uma olhada pelo grupo — passageiros murmuram uns com os outros e alguns observam Xiavera, inclinando-se para a frente com expressões curiosas.

Atrás de nós, outro Zodiac cheio de passageiros encosta na praia. Xiavera levanta o polegar para o naturalista a bordo.

— Precisamos nos mover; não queremos ser o grupo mais lento. Não se preocupem, não vamos condenar ninguém à força pela maçã. Não dessa vez — ela diz para Nikolai. Ele ri junto com os outros hóspedes. — Apenas se lembrem da regra: sem comida nas ilhas, ok? Todo mundo pronto para ir em busca daquela luz dourada? ¡Vámonos!

Ela parte pela trilha arenosa e os hóspedes a seguem em fila. Pescando meu celular na bolsa, abro o bloco de anotações no aplicativo de tarefas e começo a digitar furiosamente.

Uma vaga ideia começa a tomar forma. Só não tenho muita certeza de como será a cara dela. Enquanto digito as perguntas que quero fazer para Xiavera mais tarde, meu dedão do pé se choca com uma pedra.

Tropeço, mas uma mão forte me segura pelo antebraço e sou puxada para trás contra um corpo forte — o de Graeme. O movimento arremessa a mochila para longe de meu ombro e ela fica pendurada na curva do cotovelo. Meu corpo está colado ao dele, o traseiro aninhado nos quadris dele, as costas com seu peito.

Ele prende a respiração. O sangue martela em meus ouvidos. Após vários segundos, eu me afasto. Os dedos dele são a última coisa a se desconectar, deslizando lentamente de meu braço.

Eu pigarreio.

— Desculpe — resmungo, apressando-me para alcançar o resto do grupo.

Roubando uma olhadela por cima do ombro, vejo Graeme me observando intensamente, os olhos semicerrados. Forço-me a virar para a frente.

As lagoas acabam não dando em nada.

— Os flamingos estiveram aqui mais cedo, mas devem ter ido para outra parte da ilha — explica Xiavera. — Má sorte.

Ela nos leva mais adiante na mesma trilha, para longe dos lagos salgados e pungentes, e pausa a cada dez metros, mais ou menos, para apontar uma espécie de planta ou pássaro canoro interessante. Eu alterno entre tirar fotos e fazer anotações, meus dedos raramente descansando no telefone.

Walsh aproximou-se de Graeme outra vez. Ela está dizendo algo, um sorriso brilhante emplastrado na cara. A câmera dele está levantada, bloqueando sua expressão. Meus ombros se retesam de maneira automática, mas forço os músculos a relaxarem.

Logo subimos numa crista e uma praia intocada e vazia se esparrama diante do sol nascente. Faço uma pausa no topo da duna e minha respiração me escapa num sopro. A praia é emoldurada por arbustos verdes que levam a colinas marrons pintalgadas de árvores brancas e esqueléticas. O azul do mar espelha o céu lá no alto, enquanto a luz dança na água cintilante como uma passagem para o paraíso. Na minha frente, hóspedes soltam *oooohs* admirados e câmeras clicam e zunem como insetos.

Mais adiante, Xiavera acena.

— Rastros de tartarugas-marinhas — anuncia ela.

A maioria dos hóspedes vai atrás dela, mas alguns se espalham para absorver a beleza do momento.

Defronte a mim, Walsh solta sua mochilinha na areia e, pegando a barra de sua blusinha magenta, puxa-a por cima da cabeça e a despe por completo. Eu tusso, incrédula. Por baixo, ela veste um top esportivo que parece mais um sutiã — ele tem um decote alto e faixas intrincadas se entrecruzando nas costas. Porém, é justo e mostra muita pele.

— O que você está fazendo? — exijo saber, chutando areia enquanto corro até onde ela está.

— Ioga.

— Por quê?

— Porque não faço há dias e preciso muito me alongar.

Tirando suas sandálias, ela corre até a areia molhada e compacta na beira da água. Orientando-se para se postar paralelamente à praia, ela inicia uma sequência vinyasa. Ereta e com os pés unidos, ela estende os braços para o céu, se dobra na cintura num mergulho, levanta-se no meio do caminho e então abaixa com tudo. Os dedos ancorados na areia, ela passa para uma prancha e então empurra o peito para fora, na pose cobra, e de volta para a postura do cão. Ela mantém essa pose por vários segundos, bumbum no ar.

Os outros hóspedes estão olhando agora. Um homem de meia-idade ergue sua câmera. Sua esposa a abaixa com um dedo. A boca de Nikolai se escancara como uma truta enquanto ele olha fixamente. Graeme está caminhando na direção de Xiavera quando para abruptamente... e olha de novo para Walsh. Seus olhos se arregalam — posso ver mesmo a essa distância.

O temor desce por minha garganta e se acumula nas entranhas.

Depois de respirar fundo, Walsh oscila para a ponta dos pés e chuta, tirando os pés do chão, lentamente erguendo as pernas, ficando de cabeça para baixo de maneira perfeitamente controlada. É tão lindo — e *poderoso* — que meu queixo cai. É como se eu assistisse a uma postagem viral de Instagram acontecendo em tempo real: o pano de fundo perfeito, uma mulher perfeitamente linda fazendo a pose perfeita na praia perfeita coberta pela luz perfeita.

Um borrão de movimento chama meu olhar.

Graeme se aproxima dela em linha reta, feito um peixe no anzol. Ele cai sobre um joelho na areia na frente de Walsh ao mesmo tempo que ergue a câmera DSLR. Quando ela faz uma tesoura com as pernas, mantendo os joelhos dobrados em ângulos de noventa graus, os dedos do pé apontam para o sol nascendo. Atrás dela, o mar brilha como poeira de estrelas. Os cliques da câmera de Graeme são ritmados como batidas em um tambor.

Todo mundo está assistindo agora — até Xiavera. Um calor explode em minhas bochechas e meus músculos se retesam quase ao ponto de eu ter câimbras.

Um chapinhar de água atrás de Walsh e a multidão ofega. A cabeça de um leão-marinho irrompe pelas ondas quando ele se arrasta para a praia a menos de um metro e meio dela.

Isso parece romper o feitiço. Ainda de cabeça para baixo, Walsh olha de relance para o leão-marinho, depois para Graeme, com a câmera apontada para ela. Com muito menos elegância do que antes, ela sai de sua posição e recua vários passos. Ela procura algo em meio ao grupo. Quando me encontra, suas sobrancelhas se franzem momentaneamente.

Vários hóspedes aplaudem. Graeme a aborda. Ele sorri. O ciúme queima dentro de mim como uma bola de fogo.

Duas senhoras de meia-idade se juntam a eles, e logo Walsh está guiando as mulheres num conjunto improvisado de saudações ao sol. Ajeitando-se na areia, Graeme assiste. Sua câmera nunca para de clicar.

O restante da manhã é um borrão de vida selvagem, pessoas e atividade quase sem nenhum tempo de repouso. O café da manhã foi um negócio apressado, já que nosso grupo se atrasou para voltar ao navio, seguido por um mergulho com snorkels e um rápido bufê de almoço. E agora está na hora de passear de caiaque ou de Zodiac.

Enquanto tudo isso acontecia, eu não consegui olhar para Walsh, muito menos falar com ela. Porque tenho tanta coisa para dizer que estou sufocando nas palavras. E isso significa que também não falei com Graeme, porque, se Walsh ficasse mais colada nele, estaria tatuada permanentemente em seu braço.

Faço um ruído de desgosto na garganta. Walsh diz que vai passear de caiaque, o que significa que eu vou no Zodiac. Já vi o bastante dela se jogando para cima de Graeme.

Sua risadinha aguda ecoa do outro lado do vestíbulo, atravessando a conversa de duas dúzias de hóspedes à espera de sua vez de desembarcar para explorar a Ilha Floreana uma segunda vez hoje. Graeme transfere seu peso ao lado dela. Ranjo os molares com tanta força que um tique nervoso se instala em minha mandíbula.

Quer saber? Tanto faz. Eles são adultos. Não é como se eu tivesse "visto Graeme primeiro". Eu até disse a Walsh que *não o queria*. Enfiando o boné na cabeça, puxo meu rabo de cavalo pelo vão atrás. Sério, ela está me fazendo um favor. Com Graeme distraído, posso me concentrar na proposta. Eu já peguei essa estrada da atração com um colega de trabalho antes, e ela levou meu emprego para o precipício. Talvez este seja o alerta de que eu precisava. Talvez eu devesse *agradecer* a Walsh.

A três pessoas de onde estou, Nikolai fala alto.

— Dwight, você não pode andar de caiaque. Não é bom para suas articulações. Sou seu quiroprático, não? Então, me escute. Faça o passeio no Zodiac, eu vou no caiaque. A gente se encontra depois.

— Tudo bem, se você insiste — diz Dwight, dando de ombros. — Eu só não queria deixar você na mão, camarada.

Quando Nikolai bate no ombro do amigo, ele me vê. Franzindo os lábios, ele abaixa o queixo, coloca um pé num banco próximo e se debruça num alongamento exagerado. Do jeito que ele está arremetendo com os quadris, poderia muito bem botar uma placa luminosa apontando para a virilha com os dizeres "dá só uma conferida no material, mulher!". Dwight revira os olhos.

Minhas bochechas ardem. Automaticamente, olho ao redor. Graeme está me observando. Seu olhar dardeja entre mim e Nikolai, a expressão ficando mais sombria. Ele se move como se fosse caminhar na minha direção, mas a mão de Walsh aterrissa em seu ombro. Ficando na ponta dos pés, ela se inclina até que seus lábios estejam a dois centímetros da orelha dele. Ela sussurra algo. Ele toma um susto e olha para ela, piscando.

Meus pés me carregam até Graeme por conta própria.

Enquanto atravesso o vestíbulo lotado, a voz de Gustavo reverbera pelos alto-falantes.

— Boa tarde, boa tarde! Todos os caiaques individuais estão lotados, mas ainda há vários caiaques duplos disponíveis. Quem quiser passear de caiaque, por favor, encontre um parceiro e vá até o vestíbulo. Para aqueles que prefiram participar do passeio num Zodiac, o desembarque começará daqui a quinze minutos.

Walsh se vira para Graeme.

— Parceiros?

Graeme hesita, os olhos faiscando quando recaem nos meus.

Um vinco passa pela testa dela quando olha entre nós.

— Não se preocupe, a Henley não precisa de parceiro. Você disse que ia no Zodiac, né, Hen? E aí, o que você me diz? — ela pergunta para ele.

— Com licença — diz uma voz familiar com sotaque russo. Nikolai se esgueira até se postar ao meu lado. — Você não estaria precisando de um parceiro, não?

Walsh estava correta: eu não planejava passear de caiaque. Mas agora...

Graeme inclina a cabeça para o lado e cruza os braços. Uma única sobrancelha se levanta. *O que você vai fazer?*

É um desafio. Não faço ideia de quais sejam as regras. Meu coração bate acelerado e Graeme me observa atentamente.

Eu pigarreio e abro um sorriso. Dois podem jogar esse jogo.

— Estou, sim — digo para Nikolai.

— Ah, bom, podemos ser parceiras, então... — começa Walsh, mas eu a interrompo.

— Não, tudo bem. Vá você com Graeme e eu vou com Nikolai. Pronto e pronto.

Dando meio passo para perto de Nikolai, passo meu braço pelo dele. Ele toma um susto e me encara como se eu tivesse começado a dançar sapateado do nada.

O modo como Graeme desvia o olhar e seus ombros se enrijecem faz minha barriga se dobrar feito um origami.

Porque, de alguma maneira, apesar de eu não saber muito bem qual era o teste, não consigo evitar a sensação irritante de que falhei.

15

— *I*sso é melhor ainda do que um encontro no jantar. Estamos aqui, na bela natureza. Exercitando nossos corpos juntos, trabalhando duro, suando...

Isso foi uma péssima ideia.

Nossos remos golpeiam as ondas gentis e não importa o quanto eu reme, não posso escapar da tagarelice incessante de Nikolai.

Porque ele está bem atrás de mim. No mesmo caiaque.

— Vamos por aqui — digo, virando o remo para a esquerda e nos direcionando para onde o caiaque de Graeme e Walsh desliza paralelamente à praia. Eles remam juntos em sincronia perfeita, passando por dúzias de caranguejos muito vermelhos que correm por um monte de rochas vulcânicas escuras.

Nikolai mergulha seu remo do lado errado do barco e começamos a vagar para a direita.

— Não, temos que trabalhar juntos. Olhe para mim... esquerda... direita... esquerda... direita — entoo.

Ganhamos velocidade. Meus ombros e os músculos da parte superior das costas queimam, mas mantenho o ritmo excruciante.

— Uuufa — grunhe Nikolai. — Você é animal. Gosto do seu esforço.

Passamos por três outros caiaques enquanto nos aproximamos de Graeme e Walsh. O suor escorre por minha nuca, fazendo a penugem leve de fios que se soltaram do rabo de cavalo se curvarem e colarem em minha pele.

— Isso! — grita Nikolai, como se estivéssemos disputando uma regata.

Pelo menos uma coisa devo dizer a favor de Nikolai: ele é competitivo. Respeito isso.

Finalmente alcançamos Walsh e Graeme. Walsh ainda está com o top cor-de-rosa, sentada na parte de trás do caiaque. Na frente dela, as mangas de Graeme estão puxadas para cima dos antebraços musculosos.

Ao deslizarmos por eles, ele me oferece uma saudação com dois dedos. Jogo a cabeça em resposta.

Ele rema com mais força.

Faço o mesmo.

Ele sorri para mim, a testa reluzindo.

Atrás de mim, Nikolai para de remar.

Como assim? Virando-me de súbito, eu olho feio para ele, que não percebe. Está fotografando um patola-de-pés-azuis que mergulha na água, do lado oposto ao nosso caiaque.

Graeme e Walsh nos ultrapassam. Solto um grunhido irritado, mas não digo nada.

Nikolai é um hóspede. Ele pode tirar quantas fotos quiser.

Mais adiante, um naturalista num caiaque individual rema para o grupo que se aproxima. Ele acena com o braço. Cabeças se voltam para ele de todas as direções.

— Flamingos — anuncia, num grito rouco. — Na praia, logo ali. Mas tenham cuidado para não espantá-los; eles são pássaros migratórios, não endêmicos das Galápagos, então têm receio de seres humanos. Raramente os vemos nas praias. Venham, é um presente especial.

Remando em círculo, ele parte na direção indicada.

Conforme damos a volta numa saliência do litoral, os flamingos ficam à vista — um bando de mais ou menos quinze deles, todos do rosa mais vivo que já vi. Meia dúzia de outros caiaques boiam em intervalos variados pela praia, junto com dois Zodiacs cheios de hóspedes. Remamos para a frente devagar.

— Emily adoraria isso.

A voz de Nikolai é tão baixa que quase não escuto.

Virando-me, eu o encaro.

Seu sorriso malicioso se foi. Assim como o brilho matreiro nos olhos. Seu semblante revela puro desânimo, desde as sobrancelhas até a barriga. Dando uma fungada pelo nariz, ele se apruma.

— Minha ex-noiva. A cor preferida dela é rosa — explica ele.

Isso com certeza não soa como algo dito por um homem aliviado por ter largado os grilhões de um casamento condenado, e sim como um sujeito que tem apenas um rolo de fita adesiva para manter todos os seus pedaços juntos.

Sacudindo-se como se para voltar a si, ele franze os lábios e recupera seu sorrisinho habitual.

— Ela não está aqui. Mas fico contente por você estar.

Forçando meus lábios num sorriso tenso, volto a remar.

Estamos perto dos flamingos agora — talvez a dez metros. Suas perninhas de caniço pisam na água rasa, os longos pescoços arqueados enquanto os bicos curvos de ponta preta pairam sobre a superfície.

Um pouco mais adiante, o caiaque de Walsh e Graeme flutua por perto. A voz de Walsh viaja na brisa.

— Você pensou mais um pouco na minha oferta?

Eu giro a cabeça tão rápido que meu pescoço dói. Empoleirada na borda de seu lugar, Walsh está tão próxima de Graeme que praticamente se esparrama nas costas dele.

Inclinando-se para longe, ele estende o bastão de selfie na direção dos flamingos.

— Oi? — diz ele, franzindo o nariz.

Com um braço curvado sobre o ombro dele, ela murmura algo em seu ouvido. Com cuidado, eu me debruço na lateral do caiaque, me empenhando ao máximo para escutar.

— O que você está fazendo? — pergunta Nikolai.

— Há... tentando uma visão melhor.

Enfiando meu remo na água, tento girá-lo de forma a vagarmos mais para perto de Graeme e Walsh... mas sem chance. Cada batida da correnteza nos leva mais para longe. Coloco o remo por cima do caiaque, diante dos meus joelhos.

Graeme se vira para dizer algo a Walsh. Seus olhos estão tão escuros quanto uma fossa oceânica.

Porcaria, eu *preciso* ouvir o que eles estão dizendo. Tirando o celular de dentro do meu top, enxugo a tela suada na regata — graças aos céus pela capa à prova d'água —, inclino-me para o lado e estendo o telefone para tirar fotos dos flamingos sem muita atenção. A água bate mais alto contra nosso caiaque, mas não viramos.

— Talvez você não devesse se debruçar tão para lá... — diz Nikolai.

— Xiiiu. Não espante os pássaros — cochicho.

Mas, na verdade, estou me esforçando para ouvir o que está rolando no caiaque de Graeme.

Dobrando as pernas por baixo do corpo, eu me estico por cima da lateral até metade do corpo estar suspenso acima da água, o braço totalmente estendido. O abdômen grita e os dedos doem de segurar na beirada, mas mantenho minha expressão neutra e meu foco na natureza, assim ninguém desconfia que estou ouvindo escondido. Lambendo os lábios, dardejo um olhar de esguelha para Graeme. Ele está carrancudo.

Atrás dele, os lábios de Walsh se curvam num sorriso calculista.

— A Henley nunca ficaria sabendo.

Então ela se inclina e desliza a *língua* pelo lóbulo da orelha dele.

Meus músculos se afrouxam. A palma da mão escorrega. Uma parte grande demais do meu peso está para lá da lateral do caiaque. Eu viro... a água corre na minha direção... *ai, Deus...*

— Aaaaahhh!

Chuááá!

A água é um choque frígido. No momento em que submerjo, meu colete salva-vidas se desdobra ao redor do pescoço como um travesseiro inflável amarelo e eu boio para a superfície, cuspindo e tossindo. Com uma agitação de guinchos e penas, os flamingos levantam voo como uma coisa só. Suas pernas compridas se penduram atrás deles, a parte interna preta das asas faiscando em contraste com os corpos rosados. Agarro o celular junto ao corpo, os dentes batendo enquanto flutuo.

— Henley! — grita Graeme. — Você está bem?

— Ai, meu Deus, Henley! — grita Walsh.

Obscenidades dançam pelo meu cérebro feito gnomos enquanto encaro os flamingos, agora voando para longe dos passageiros inevitavelmente decepcionados.

— É — digo, derrotada.

Quem imaginaria que pássaros grandes assim podiam voar?

— Eu vou te salvar, senhorita Evans! — berra Nikolai.

— Não, não, *não!* — grito.

Porém, com um urro de guerra digno de um viking, Nikolai salta de nosso caiaque, todo vestido, e se joga feito uma bola de canhão na água ao meu lado.

— Você viu como ele pulou na água atrás dela?
— Que romântico!

Abro um sorriso tenso para as duas senhoras murmurando uma com a outra. Por toda a nossa volta, mais de uma dúzia de pares de olhos fitam as duas únicas pessoas ensopadas e vestindo coletes salva-vidas inflados no Zodiac.

A água escorre de minha roupa e forma uma poça em torno de nossos remos, caídos no meio do assoalho de borracha rígida. Tento não tremer. Nikolai se aproxima mais, um sorrisinho satisfeito colado na cara. Pelo menos nossos coletes salva-vidas inflados oferecem alguma barreira, impedindo-o de se aproximar o bastante para me afagar como um filhote. Esfregando meus braços gelados, solto uma exalação tempestuosa.

— Está com frio? Aqui, eu te esquento...

Ele estende um braço como se fosse passá-lo em volta de meus ombros. Nossos coletes salva-vidas guincham juntos. Com gentileza, mas também firmeza, guio o braço dele de volta para seu espaço pessoal com um tapinha.

— Estou bem, obrigada. Você já fez muito.

Como, por exemplo, deixar uma situação ruim ainda pior. Como ele saltou de nosso caiaque, um dos Zodiacs teve que vir nos resgatar da água e depois rebocar nosso caiaque de volta ao navio. Talvez estivesse raso o bastante para voltarmos para o caiaque, mas o mergulho inesperado na água fria impediu a continuação do passeio para nós.

— Mais uma vez, lamento muito por tudo isso, gente — digo para os hóspedes.

— Lamenta? — estronda o homem atarracado de meia-idade na minha frente. — Eu acabei de tirar as fotos mais incríveis da viagem toda, graças a você. Com que frequência você vê flamingos *voando*?

Estendendo a câmera DSLR, ele me mostra as imagens. Ali está um close de um dos flamingos levantando voo — uma imagem linda e detalhada de penas e movimento e um olho redondinho amarelo que qualquer fotógrafo mataria para conseguir captar.

— É isso aí — mais alguns ecoam.

A mulher de cabelos grisalhos sentada a meu lado dá tapinhas em meu joelho.

— Só ficamos felizes que vocês dois estejam bem.

Murmuro um agradecimento e lanço uma olhadinha para Xiavera, sentada bem na frente do Zodiac.

Ela não está sorrindo. Em vez disso, murmura palavras em espanhol num walkie-talkie. A voz de Gustavo soa de volta. Minha garganta se aperta.

O piloto encosta o Zodiac no navio e dois membros da tripulação desamarram o caiaque para poderem guiá-lo por um corredor até uma área com rede na lateral. Nikolai e eu saímos do bote para a plataforma de metal e subimos um curto lance de escadas até o vestíbulo forrado de cubículos.

Lá dentro, Gustavo nos recepciona. O vinco profundo em seu rosto geralmente agradável faz a ansiedade deslizar e se aninhar feito uma cobra em meu estômago.

— Vocês estão bem? — pergunta ele, nos observando.

— Estamos, obrigado — diz Nikolai.

— O que houve?

Eu abro a boca para falar, mas Nikolai se interpõe.

— A senhorita Evans estava se esforçando muito para captar a foto perfeita dos pássaros. Ela caiu. Eu a salvei.

Ele enche o peito.

Me salvou. Reprimo uma fungada.

— Ela teve sorte de o senhor estar lá — diz Gustavo.

E ela está bem aqui. Abrindo o colete salva-vidas, deixo-o cair no chão com um baque úmido e um estalar das fivelas.

— Lamento muito, Gustavo. Foi um acidente.

Ele estreita os olhos brevemente para mim antes de se voltar para Nikolai.

— O que o senhor acha de se aquecer, trocar a roupa e se preparar para a excursão à Baía da Estação do Correio, que parte daqui a uma hora, hein?

Nikolai inclina o queixo e, antes que eu possa evitar, toma minha mão e beija os nós dos dedos úmidos.

— Vejo você mais tarde.

Com uma pequena mesura, ele vai até as escadas com os sapatos fazendo barulho e desaparece.

Os olhos de Gustavo se arregalam.

— Não é o que parece — digo, rapidamente.

Ele aperta a raiz do nariz.

— Espero que não. Existem regras sobre a equipe confraternizando com os hóspedes.

Atrás de nós, passos ecoam pelos degraus metálicos que levam para a plataforma de desembarque. Walsh salta para dentro do vestíbulo, seguida de perto por Graeme. Ambos estão com o rosto vermelho, suados e respirando como se tivessem corrido uma maratona. Ou como se tivessem remado seu caiaque de volta para o navio a toda velocidade.

Walsh se lança sobre mim.

— Henley, você está bem?

Eu me reteso quando ela passa os braços em torno de mim.

— Tô ótima.

Graeme fica para trás, perto dos armários, mas me observa atentamente. Gustavo se adianta.

— O problema, srta. Evans, é que a sua negligência perturbou uma excursão de nossos hóspedes hoje. Sem mencionar que assustou a vida selvagem. — Ele balança a cabeça, triste. — Terei que avisar James Wilcox sobre esses eventos.

— O quê?! Por quê? — exijo saber.

— Porque ele me pediu para relatar qualquer coisa digna de nota.

Começo a discutir, mas Gustavo levanta as mãos.

— Desculpe, mas minhas mãos estão atadas. E tente ser mais cuidadosa no futuro. Como parte da equipe, você serve de exemplo para o restante dos hóspedes. Se desrespeitar nossas regras, eles farão o mesmo.

Graeme dá um passo à frente, mas hesita. Seu peito sobe e desce duas vezes antes que ele se pronuncie.

— Ela não desrespeitou as regras. Foi um acidente.

Gustavo pisca para ele antes de dar de ombros.

— O resultado é o mesmo. Agora, se me dão licença, tenho um e-mail para enviar.

Franzindo o cenho, ele sai marchando do vestíbulo em direção ao escritório da equipe.

Minha respiração se acelera e o coração martela nos ouvidos. Gustavo vai contar para James o que aconteceu. E gente que quebra as regras não é promovida.

Eu deixei essa oportunidade escorrer por entre meus dedos, e tudo porque não pude me manter focada no que importa. Porque estava ocupada demais com a obsessão por um cara.

Walsh me aborda com cautela.

— Não se preocupe, nós vamos...

— Eu não deveria ter trazido você — sibilo baixinho. — Você estraga tudo. Como sempre.

Ela recua como se eu a tivesse esbofeteado.

— Do que você...

— Você sabe do que estou falando.

Disparo um olhar disfarçado para Graeme. A expressão dele é indecifrável, mas um fogo arde em seus olhos.

Eu mal consigo chegar à minha cabine antes que as lágrimas comecem a cair.

16

Assim que viro o registro para fechar o chuveiro, alguém bate na porta de nossa cabine.

Empurrando a estreita cortina para o lado, apanho uma toalha no gancho da parede e a enrolo em torno de mim. Mesmo a ducha mais quente que aguentei não bastou para eliminar a friagem de meu mergulho na água mais cedo.

A batida reverbera de novo.

— Um segundo — grito.

Seria Gustavo com notícias de James? Mas já? Talvez ele esteja repassando uma retirada oficial de minha candidatura para a promoção. Ou tenha vindo dar um sermão de duas páginas. Ou talvez um bilhetinho com instruções para que eu nade para a ilha mais próxima e, de lá, pegue uma carona para casa.

Minhas entranhas se fecham como um punho.

Saio do banheiro azulejado com as pernas instáveis, atravesso o quarto e visto um dos robes enormes pendurados nos armários. Ele chega até meus tornozelos e as mangas caem para lá dos pulsos, mas é macio e quente. Amarrando o cinto em volta da cintura, escancaro a porta da cabine.

Graeme está lá, o punho erguido. Seu cabelo está úmido e ele veste uma camisa polo limpa e bermuda, mas está estranhamente amarrotado, como se tivesse se vestido às pressas. O sabonete se mistura a seu cheiro usual de cedro e nuanças cítricas. Abaixando o braço, seus olhos se arregalam quando ele absorve cada centímetro meu, desde o cabelo empapado até o robe branco e fofo, passando pelos dedos dos pés descalços se curvando contra o carpete bege. De súbito, tomo consciência de que, por baixo dessa única camada de tecido, estou nua.

— Posso entrar? — pergunta ele, a voz grave e urgente.

Amarro o cinto com mais força.

— Por quê?

— Achei que você gostaria de ser informada da conversa que acabo de ter com Gustavo.

Engolindo o nó em minha garganta, aponto com o queixo por cima do ombro num convite silencioso. Ele me segue para dentro. Quando a porta se fecha após sua passagem, a trava automática ecoa como o retinido de um sino.

Graeme está na minha cabine. Estamos aqui juntos. Sozinhos. E subitamente, o quarto, já aconchegante, parece ainda menor. Como se a presença dele tomasse muito espaço, preenchendo-o até o limite. Eu me movo para o outro lado do quarto, postando-me no único lugar que posso sem ficar praticamente em cima dele: entre as duas camas.

Graeme se aproxima com cautela, as solas de seus sapatos de lona soando baixinho. Ele olha para os sapatos espalhados marcando a metade de Walsh na cabine e as roupas empilhadas em cima da cama desfeita dela.

— Sua irmã ainda está no bar?

Recostando um quadril contra a mesinha ancorada na parede ao pé da minha cama, ele cruza os tornozelos.

— Não sei.

— Presumo que não tenha falado com ela desde...

— Você ia me contar algo sobre o Gustavo?

Eu apoio as mãos nos quadris.

— Certo. — Ele assente. — Falei com ele. Gustavo não vai contar ao James o que aconteceu.

Meus joelhos cedem e afundo na minha cama arrumada. O leve balanço do navio parece se intensificar e eu agarro o edredom nas laterais das minhas coxas.

— Como... — grasno.

— Os hóspedes não ficaram chateados, tenho vídeos que comprovam isso. — Ele saca seu celular para me mostrar. — E falei a Gustavo que James, o *diretor-executivo de marketing*, não gosta de ser incomodado com assuntos triviais.

Meus nervos formigam e o coração troveja. Eu me levanto, caminho pelo espaço reduzido, esfrego as têmporas.

— Você fez de novo.

— O quê?

— Você me ajudou quando tinha uma vantagem. Você quer mesmo essa promoção?

— Mais do que você imagina.

— Então, por que não deixar Gustavo contar a James? Você sabe que isso provavelmente teria me tirado da disputa.

— E é exatamente por isso que não permiti que acontecesse. Você merece uma chance justa. E do jeito que James te trata... — Ele se interrompe e pigarreia. — Mas, enfim, eu estava te devendo.

— Como assim? Você não me deve nada.

Os olhos dele faíscam.

— O que aconteceu de verdade no caiaque hoje? — pergunta ele, tão baixo que mal escuto.

— Eu... eu... tomei um susto e caí.

— Achei que você tivesse perdido o equilíbrio.

— E perdi.

— Mas algo te assustou antes?

Assinto.

Ele vem em minha direção, mas não há para onde fugir. Estou presa entre as camas. Abaixando o queixo, ele analisa meu rosto.

— O que foi, Henley?

Devo mentir?

— Eu ouvi uma coisa — disfarço.

— Sua irmã me convidando a dispensar a excursão seguinte para me encontrar com ela na sua cabine?

Dou um passo apressado para trás e minhas canelas se chocam com a cama.

— Há... oi?

— Ah. Então você não ouviu isso...

— Não! Digo, eu sabia que ela estava dando em cima de você. Ela *lambeu a sua orelha.*

Faço uma careta.

Empinando o queixo, o rosto de Graeme se abre num sorriso radiante.

— Eu sabia! Você *está* com ciúmes.

— Ciúmes, eu? — Um calor se acumula na base do meu pescoço e agarro as lapelas do robe. — Caia na real.

— Você está com o cenho franzido.

— Você é irritante.

— Eu te devo um pedido de desculpas.

— Eu aceito.

— Não por isso. — Ele gesticula entre nós. — Desculpe por não deixar claro de imediato para sua irmã que eu não estava interessado. Eu deveria ter dito a verdade para ela, mas queria ver como você reagiria. E, rapaz, reagiu mesmo.

Minhas bochechas queimam.

— Não reagi, não.

— Então, você está me dizendo que *queria* passear de caiaque com aquele... aquele... quiroprático? E que isso não teve absolutamente nada, nadinha a ver comigo?

— Nem tudo gira em torno de você, sabia?

As narinas de Graeme inflam.

— Você não está cansada desse joguinho? Não pode me dizer que não estava com ciúmes. Eu vi a sua cara na praia hoje cedo. Como se pudesse acender rojões com a mente.

A conversa está se aproximando de águas perigosas. Minhas pernas coçam para fugir, mas estou presa entre as camas sem ter para onde ir.

— Você fica com uma dobrinha bem aqui quando está zangada. — Ele bate na minha testa, bem entre os olhos. — Eu sei. Já vi isso em muitas reuniões. E toda vez que a sua irmã olhava para mim hoje, tentando se exibir para mim, essa dobrinha podia muito bem estar tatuada aqui.

Respirando fundo, Graeme se aproxima ainda mais até ficar a menos de um braço de distância. Ele é maior do que eu, e seu corpo assoma sobre o meu no espaço exíguo, mas há uma hesitação em sua postura. Uma vulnerabilidade que eu não tinha visto antes. Ele engole em seco.

— Você me deu esperança de que talvez, só talvez, sinta por mim o mesmo que sinto por você.

— O que você sente por mim? — murmuro.

— Geralmente, irritação e uma vontade extrema de enfiar uma torta de chantili na sua cara. Mas também desespero. Desejo. E, *caralho,* como eu quero te beijar.

Graeme Crawford-Collins quer me beijar.

Estou tonta com essa informação. O rosto dele rodopia em minha visão.

Como seria a sensação da sua barba por fazer contra minha bochecha? Um roçar áspero ou uma carícia terna? Qual seria o sabor dos lábios dele — alguma fruta exótica e proibida, cheia de especiarias e mel, ou uma explosão de menta tão vigorosa e súbita quanto uma nevasca de primavera? E como o sabor dele combinaria com seu perfume inebriante e masculino?

Imagino inalar profundamente na curva de seu pescoço antes de provar de seus lábios. *Olha só, senhor sommelier, você tinha razão. Cedro com notas de toranja, um belo bocado, com um final forte e redondo.*

Oscilo e agarro o tecido da camisa dele — uma âncora nesse quadro desnorteante. Os nós de meus dedos se curvam contra os músculos firmes de seu peito. A palma de sua mão serpenteia em minha nuca, os dedos se enfiando em meu cabelo.

— Posso? — ele sussurra. Seus lábios roçam nos meus, apenas a sugestão de um espaço entre nós.

Recuando por um instante, ele para.

Está esperando por uma resposta.

Há calor e anseio, curiosidade e desejo, e pelo menos desta vez não quero dizer não. Meus olhos se fecham.

Sim.

Aí a porta da cabine se abre com um estrondo e eu me jogo para longe de Graeme como se tivesse pisado numa caixa de ratoeiras. A parte de trás dos meus joelhos se chocam contra minha cama e eu caio no colchão, agitando os membros para todo lado.

Walsh está de pé na porta.

Ela nos olha, imóvel, antes de dar meia-volta e praticamente sair correndo do quarto.

17

— Walsh, espera!
Estou fora da cabine antes que possa pensar duas vezes. O cinto em volta da minha cintura está perigosamente frouxo e a gola do robe abriu, expondo mais colo do que eu fico confortável de mostrar ao público em geral. Fechando o robe com um puxão e apertando o cinto, corro atrás dela.

Atrás de mim, uma porta se abre e fecha, seguida por outra — Graeme deve estar voltando para sua própria cabine. O calor enche minhas bochechas enquanto a decepção me percorre como uma enxurrada súbita.

Não consigo pensar nisso agora.

Walsh anda flertando com Graeme desde que embarcamos no navio e eu quase *o beijei*. Pego Walsh pelo braço bem quando ela alcança as escadas.

Ela dá meia-volta.

— O que você tá fazendo? — ela quer saber, se soltando de minha mão.

— Walsh, eu…

— Volte lá agora mesmo e beije aquele homem!

— *O quê?*

— Você me ouviu. Eu sei o que vocês estavam prestes a fazer. Porcaria, Henley, por que você não me contou que gostava dele?

Ela me dá um soco no ombro.

— Ai! — Esfrego o local.

— Vá lá, agarre o seu homem!

Ela se vira para subir as escadas e eu a agarro de novo. Dessa vez, não solto.

— Precisamos conversar. Agora.

Segurando-a pelo cotovelo, eu a guio para dentro de nossa cabine.

— Por que você não... — ela começa quando a porta se fecha atrás de nós, mas eu a interrompo.

— O que está havendo com você? Primeiro você se joga para cima do Graeme e agora está toda "beije aquele homem"!

— Olha, não é o que você está pensando.

— Bem, e o que é, então?

Walsh respira fundo, como se estivesse se preparando.

— Eu estava tentando te fazer um favor. Você quer essa promoção mais do que qualquer coisa que eu já vi você querer na vida. Então, pensei, talvez eu possa distrair a concorrência. Se Graeme estiver comigo, não vai pensar em trabalho ou nessa proposta que vocês têm que fazer.

Meu queixo cai feito uma porta sem dobradiça.

— Eu estava tentando ajudar. Em troca de você ter me deixado ficar quando eu precisava de um lugar.

— Sendo minha jezebel?

Ela dá de ombros.

— Ele é gato. Eu já peguei piores. Somos ambos adultos. Pensei: qual seria o problema?

Walsh já fez algumas loucuras na vida, mas essa leva o troféu.

— O *problema* é que isso é inescrupuloso. Você está tentando abrir caminho para mim dormindo com alguém. Isso é errado demais.

— Eu sei, eu sei. Pareceu uma ideia tão boa... e daí estraguei tudo, como sempre.

Sua expressão sofrida dispara uma nova onda de culpa.

— Eu não devia ter dito isso, Walsh. Desculpe.

Empoleirando-se na beira da cama, ela passa os dedos por seu cabelo solto.

— Mas é verdade. Não consigo manter um emprego. Fracassei em todo relacionamento que já tive. E agora você está encrencada com seu chefe e é tudo culpa minha.

Eu atravesso o quarto marchando e me sento ao lado dela.

— Isso não é verdade. Você não é um fracasso. Você é incrivelmente leal. Você teve mais aventuras do que eu. E sua prática de ioga está fantástica. Eu não conseguiria ficar de cabeça para baixo como você fez hoje, com certeza cairia de cara. E relacionamentos...

— Fracassam.

— Não, você é esperta. Sabe quando sair. Como fez com Keith, certo? Digo, você disse que ele acabou se revelando um cuzão. Então, essa foi uma decisão boa.

A pele em torno de sua boca se retesa antes que ela solte o ar, agitada.

— E o seu chefe? Você vai ser demitida?

— Gustavo não vai contar ao James o que houve.

— Ah, graças a Deus. Eu estava tão preocupada! Sei o quanto esse trabalho significa para você e... espera. Por que ele não vai contar ao James?

— Graeme conversou com ele.

— Conversou?

— E explicou que os outros passageiros não ficaram zangados, o que é o mais importante mesmo.

— Foi?

— Foi.

Levantando-se, ela cruza o quarto para se apoiar no closet.

— Então, você está me dizendo que a sua concorrência, seu adversário, se prontificou a defendê-la?

Eu reviro o cinto do robe em torno do punho.

— Bom... foi.

— Meniiiina, ele está *caidinho*.

— Não está, não.

As palavras não soam críveis nem aos meus próprios ouvidos.

— Ah, ele está, sim.

— Então, por que ele tirou todas aquelas fotos de você na praia?

Estou me apegando a qualquer coisa e sei disso.

— Aaaaah. Aquilo.

Ela faz uma careta enquanto puxa seu telefone. Alguns cliques depois, ela o mostra para mim. É o feed do Instagram da Aventuras Seaquest.

O rosto de Graeme me encara na última postagem. Eu clico nela para olhar mais de perto. É o vídeo em 360º que ele registrou mais hoje cedo na Ilha Floreana, mostrando o sol nascendo e os leões-marinhos brincando na arrebentação, e já tem mais de mil visualizações. Arrepios viajam pelos meus braços. Rolo pelos comentários.

Amitakagata Onde é que eu me inscrevo?

Br3nda1972 Bela praia, belo homem 😊

Martinique_OP Lindo

travelmumsnet Meu destino preferido no mundo todo. Mágico!

Jenniferous1 Tá solteiro?

Kittykatzn 😍

Estalo a língua enquanto leio. A proporção de comentários femininos para masculinos deve ser de cinco para um, a maioria comentando sobre a beleza inacreditável de Graeme. O penúltimo comentário chama minha atenção.

Ryan_Collins206 Bom te ver de volta ao mundo, G.

Minhas sobrancelhas se levantam. É de alguém que conhece Graeme pessoalmente. E, a julgar pelo sobrenome, deve ser da família. Clico no perfil de Ryan Collins. Está listado como "privado", mas 206 é um código da área de Seattle. *Interessante*.

Walsh cutuca meu cotovelo.

— Dá uma olhada nos stories.

Certo, estou me distraindo aqui. Volto e clico no logotipo da Seaquest para ver os stories.

Minhas panturrilhas se retesam. É uma foto de Walsh fazendo sua pose de cabeça para baixo na praia. E droga, se não é de tirar o fôlego. Na parte de baixo, há algo escrito: *Arraste para a direita para encontrar bem-estar na natureza das Ilhas Galápagos*. Arrastar para a direita me leva para a página de reservas das Galápagos no site da nossa empresa.

Será este o plano de Graeme para sua proposta, usar storytelling digital para vender cruzeiros? Quantos arrastos o story obteve? Em quantas reservas resultou?

E o que eu tenho para minha própria proposta? Só algumas perguntas e uma vaga ideia. Fechando os olhos, bato o celular de Walsh contra minha testa.

— Porcaria — resmungo.

Ela faz uma careta.

— Desculpe, eu não estava fazendo pose para ele. A naturalista disse "rastros de tartaruga-marinha" e pensei *aah, isso parece legal, talvez eu possa distraí-lo de tirar fotos.* Por isso a pose. Eu não sabia que ele postaria minha foto no Instagram da sua empresa.

Ofereço um sorriso conciliador, mas a sensação é de um esgar.

— Não estou brava com você. É Graeme. Se ele está fazendo o que eu acho que está para sua proposta, ela vai ser boa.

— E eu não melhorei as coisas, né? — geme ela, derrotada.

— Você estava *tentando* ajudar, e é o que importa.

O telefone de Walsh apita duas vezes; ainda estou com ele na mão. Olho automaticamente para as duas mensagens de texto que surgem na tela. Ambas são de um contato salvo como Ursinhos das Más Notícias.

> Vamos, não me deixe esperando

> Preciso de uma resposta. Agora.

Alvoroçada, Walsh arranca o telefone de mim e encara a tela. Os nós de seus dedos ficam brancos enquanto ela segura o celular antes de desligar a tela.

— Quem é esse?

— Ninguém. Não se preocupe com isso.

— Se você está conversando com alguém que chamou de Ursinho das Más Notícias, será que não deveria, sei lá, *parar* de conversar com essa pessoa?

Os alto-falantes na parede estalam.

— Boa tarde, boa tarde! Nossa última excursão para a Baía da Estação do Correio partirá daqui a quinze minutos. Lembramos aos passageiros que poderão participar do mais antigo sistema de entrega de correspondências nesta parte do mundo. Há cartões-postais em suas cabines, então certifiquem-se de preenchê-los, seja para um membro da família, um amigo ou até para si mesmo. O desembarque começa em quinze minutos.

— Tudo bem entre a gente? Você não está aborrecida comigo? — pergunta Walsh.

— Não estou, não. — Indo para o outro lado do quarto, eu a abraço rapidamente, antes de recuar e segurá-la pelos ombros. — Mas você vai me contar o que são essas mensagens.

— Só um draminha bobo. Supertedioso. Nada de mais.

— Walsh.

— Poxa, você viu que horas são? — Ela bate no punho vazio. — Tenho que tomar banho, é melhor correr.

Com o telefone enfiado na cintura da calça, ela dardeja para dentro do banheiro e fecha a porta.

— Pirralha — grito.

— Intrometida — retruca ela.

Não consigo evitar um sorriso enquanto as faixas em torno do meu coração se afrouxam e uma sensação quentinha se espalha pelo peito. Odeio brigar com Walsh. E odeio ainda mais quando sou eu que estou errada.

O fato é que agi como uma lunática hoje, e tudo porque não consegui manter a mente no trabalho. Mordendo o lábio, esfrego o ponto em meu pescoço onde os dedos de Graeme brincaram com minha pele. Ainda posso sentir o toque dele, quente como a areia ao meio-dia.

Na porta ao lado, passos ecoam de leve. Parece que Graeme está andando de um lado para o outro em sua cabine.

Encaro a parede que nos separa. Eu poderia dar dois passos no corredor e me esgueirar para dentro da cabine dele sem que ninguém notasse. Depois poderíamos retomar de onde paramos...

Mas sou mais esperta do que isso.

Não posso relaxar. Eu já tive um quase desastre neste cruzeiro; não preciso de outro. Se quero uma chance de conseguir essa promoção, preciso estar no modo trabalho plenamente, não no modo gata-no-cio. Além do mais, sei, por experiência própria, o que pode acontecer quando um romance no trabalho azeda, e não vale o risco. Melhor manter Graeme firmemente na zona da amizade.

Vou até o closet e apanho um novo conjunto de roupas. Visto um short e uma camiseta de manga longa, penteio o cabelo para me livrar dos nós do tamanho de lagostas, passo um spray de sais e o amasso até formar ondas úmidas — não tenho tempo para secá-lo. Depois de passar um batom líquido do tipo lip stain e rímel, deslizo para a cadeira da escrivaninha e pego um dos cartões-postais da estante estreita chumbada na parede. Ele tem uma tartaruga gigante na parte da frente. Desenterrando uma caneta da primeira gaveta, aperto para abrir a ponta e a seguro sobre o cartão.

Para quem eu deveria escrever? Christina? Ela já esteve nas Galápagos. Mamãe e papai?

Bato com a caneta na mesa e o celular rouba minha atenção. Ainda tenho alguns minutos...

Digito a senha do Wi-Fi e uma cascata de notificações pisca na tela. Perdi mensagens de Tory, Christina e de meus pais. Algumas novas mensagens de Snapchat e likes no Instagram. Ignoro todas elas. Entretanto, noto um novo e-mail em minha conta pessoal que não posso ignorar.

Meu peito se aperta quando vejo o aviso aparentemente oficial sobre meus empréstimos estudantis. Minhas parcelas mensais vão sofrer um aumento no mês que vem.

— Caraaaaaalho.

Como se eu precisasse de mais pressão para conseguir essa promoção. Meu celular vibra com uma mensagem nova. É de Graeme.

> Podemos conversar?

Minha pulsação vacila e um calor gostoso enche minhas veias. Não é a reação de que eu precisava agora. Hesito com os polegares em posição sobre a tela.

Os alto-falantes estalam antes de mais um anúncio.

— Boa noite, boa noite. Para quem quiser visitar a histórica Baía da Estação do Correio, o desembarque começa em quinze minutos. Baía da Estação do Correio, quinze minutos. Por favor, dirijam-se ao vestíbulo e não se esqueçam de seus cartões-postais. Obrigado.

Lambo os lábios e digito uma resposta.

> Você vai participar da excursão para a Estação do Correio?

> Vou

> A gente conversa lá

> Combinado

18

Walsh leva um tempão no chuveiro, então acabamos no último Zodiac indo para a praia. Graeme deve ter pegado um mais cedo, porque não o vejo no vestíbulo. Nosso barco pula sobre a superfície da água, o motor roncando, e seguro o cabelo por cima de um ombro para impedir que o vento o chicoteie na minha cara.

Quando nos aproximamos da ilha, consigo ver Graeme. Ele está caminhando pela praia, a cabeça baixa, mãos enfiadas nos bolsos, calças de linho dobradas até o meio da canela. É sexy pra cacete.

Cerro os dentes para combater a onda de atração que me invade. Estou fazendo o certo ao dizer para ele que precisamos manter as coisas na zona da amizade; estou, sim. Definitivamente. Sem dúvida alguma.

O piloto conduz o Zodiac para a praia e nós descemos.

— Quer que eu te acompanhe? — pergunta Walsh, desafivelando o colete salva-vidas e jogando-o em cima dos outros empilhados num cesto de lona.

Livrando-me do meu colete salva-vidas, chacoalho a cabeça.

— Não, obrigada, eu me viro.

— O histórico barril postal fica a uma caminhada curta, por aqui — um jovem naturalista diz ao nosso grupinho.

Walsh me dá um sinal de joinha antes de seguir o grupo por uma trilha arenosa entre árvores raquíticas. Pressionando os ombros para trás, parto na direção de Graeme. Minha barriga treme, não com borboletas — essas coisinhas delicadas e fracas —, mas porcos-espinhos. Porcos-espinhos zangados e pontudos travando uma batalha nas minhas entranhas. Graeme levanta a cabeça quando me aproximo. A luz do sol desvanecendo recai sobre o rosto dele e os porcos-espinhos esmurram minhas costelas.

O sorriso mais genuíno, mais comovente se forma e todo o aspecto dele se ilumina quando seus olhos encontram os meus.

Meus passos vacilam. Ninguém nunca olhou para mim desse jeito antes — como se eu fosse o alvorecer depois de uma longa noite de inverno. Ou o primeiro presente na manhã de Natal. É um olhar que você vê em filmes e, vindo de Graeme, é devastador.

A dúvida rasteja por minha espinha dorsal, mas eu a sufoco. O suspiro baixo das ondas rolando para a terra e se afastando de volta ecoa em meus ouvidos quando recomeço a andar. Graeme estende suas passadas e nos encontramos no meio do caminho.

— Oi — digo, deslizando as mãos nos bolsos traseiros do short.

— Oi.

Um silêncio embaraçoso recai sobre nós.

Ele abre a boca, mas então balança sobre os calcanhares como se tivesse mudado de ideia sobre o que ia dizer.

— Como está Walsh?

— Oi?

— Ela pareceu surpresa quando nos pegou mais cedo, e a julgar pelo modo como vinha agindo em relação a mim o dia todo...

Ele faz um gesto vago, claramente acanhado.

— Ah. *Ah!* Você está preocupado se ela ficou chateada por nos pegar... juntos?

Ele assente. Eu cerro os molares. Hora da verdade.

— Ela está bem. Nós conversamos. E, na verdade, ela não gosta de você desse jeito.

Graeme meneia a cabeça, surpreso.

— Bem... que bom. Isso é uma boa notícia. Mas, então, por que todo o...

— Flerte? — completo. — Isso vai parecer maluquice, mas ela estava tentando te distrair. Para me ajudar, acho. Ela imaginou que, se você estivesse concentrado nela, não estaria concentrado na promoção. — Revirando as mãos uma na outra, eu faço uma careta. — Desculpe. Eu não sabia o que ela estava fazendo.

Graeme passa a mão pelo cabelo.

— Bem, eu estava tentando te deixar com ciúmes, então vamos dizer que estamos quites.

Os cantos dos lábios dele se contraem e ele começa a vagar pela praia. Eu acompanho o ritmo a seu lado. Uma conversa baixa e indistinta vibra pelas árvores; estamos sozinhos, mas os hóspedes não estão muito longe.

— Você trouxe um cartão-postal? — pergunto.

Não é o assunto mais instigante, mas ao menos é seguro.

Ele confirma.

— Para quem você vai enviar o seu?

— Ainda não decidi.

— Pais?

Dou risada.

— Eles provavelmente nunca o receberiam. Ninguém vai para Careywood, Idaho. Estou pensando na Christina.

Como Gustavo explicou, o barril postal da Ilha Floreana funciona assim: você deixa o seu cartão-postal lá dentro e futuros viajantes servem de carteiros não oficiais. Eles procuram entre os cartões e pegam aqueles que tenham um endereço próximo de seu destino final para entregar em pessoa — sem precisar de selos. Aparentemente, é uma tradição que começou com os primeiros marinheiros a chegar nas Galápagos.

O detalhe: é impossível saber quando alguém que possa ir ao endereço do seu cartão aparecerá, então podem se passar semanas, meses ou anos até que o cartão-postal seja entregue. E o meio do nada em Idaho fica bem longe de praticamente tudo.

— E você? — pergunto. — Mamãe vai receber uma cartinha de seu filho preferido?

A boca de Graeme se retesa e os músculos do maxilar se contraem.

— Minha mãe faleceu faz um ano e meio. — Sua voz sai baixa e firme, mas ainda reverbera pelo ar morno como um gongo.

Meu estômago desaba e a boca fica mais seca do que a areia entre os dedos dos meus pés.

As peças começam a se encaixar. Quando fiz a videochamada com ele na outra semana, ele estava caminhando num cemitério. *Provavelmente o cemitério onde sua mãe está enterrada.* Seu desejo de se mudar para um lugar novo e deixar a vida antiga para trás de súbito faz todo o sentido. Até seu comentário descuidado sobre não estar em plena capacidade quando começou na Seaquest deve ter a ver com seu luto.

Puxo o ar pela boca. Ai, Deus, a quantidade de vezes que eu fiz piada com mãe. Sinto vontade de vomitar.

Paro de andar. Ele para também.

— Sinto muito — digo, tocando seu braço.

Depois de um longo instante, ele abaixa o queixo em agradecimento.

— Do que...

— ELA.

Ah, Deus, Esclerose Lateral Amiotrófica é *brutal*. Que jeito trágico de morrer — e uma condição trágica para a família testemunhar. Perder sua mãe para uma doença degenerativa assim... Não é de se espantar que ele tenha dado um passo para trás na carreira depois de um intervalo. Ele provavelmente não precisava de mais estresse.

Abro a boca, mas que palavras seriam adequadas nesse cenário? Levanto meu olhar para o dele, deixando que veja minha sinceridade.

— Eu lamento muito mesmo.

Inspirando fundo, ele começa a andar outra vez.

— Na verdade, eu tive sorte. Ela foi diagnosticada no verão anterior ao meu último ano na faculdade e passamos mais sete anos juntos. A maioria dos pacientes não chega a viver mais do que cinco anos.

Isso explica a transferência de faculdade no último ano — ele foi para casa para cuidar da mãe. Num impulso, pego sua mão. A palma quente e pesada se aninha na minha e ele para de andar.

Encaro seus olhos azuis como aço. Por trás da aceitação, o luto ainda pende sobre ele como uma sombra fantasmagórica. Aperto sua mão, depositando cada grama de compaixão que consigo reunir nesse gesto.

— O fato de você estar aqui agora, trabalhando, prosperando... você é a pessoa mais forte que conheço.

Os olhos dele se arregalam e seu maxilar relaxa, mas ele aperta minha mão num agradecimento silencioso antes de me soltar. Passando a palma grosseiramente pela nuca, ele retoma seu passo lento e sem rumo.

— Escrevi para meu primo Ryan. Ele mora em Seattle. Não nos falamos há um tempo, então ele ficará surpreso — diz Graeme, batendo no bolso da calça, onde posso ver o contorno de um cartão-postal. Ryan deve ser aquele do Instagram. — Não sei por que toquei no assunto da minha mãe. Eu normalmente não gosto de falar sobre ela.

— Doloroso demais?

Ele balança a cabeça devagar.

— Eu não suporto a piedade. Foi por isso que larguei as redes sociais.

— As pessoas oferecem compaixão porque se importam — digo, baixinho.

Os cantos dos lábios dele se contraem de novo.

— Sempre olhando o lado bom. Você é uma pessoa boa, Henley.

Belisco a alça da bolsa atravessada sobre o peito e espremo os olhos para o reflexo do sol se pondo sobre a água.

— Não sou, não.

— É, sim. Você é sempre a primeira a defender um colega de trabalho quando James começa a atacar. Você organizou aquele revezamento de refeições para Barbara quando ela saiu para fazer quimio no ano passado. Você pergunta para as pessoas sobre elas e oferece uma palavra gentil se parecem estar mal. Você é atenciosa. Já vi isso em inúmeras videoconferências e aqui nas Galápagos também. E também no jeito como você cuida de Walsh.

Um calor inunda meu rosto. Não acredito que ele reparou em tudo isso.

— Esqueci o aniversário da minha avó este ano — resmungo.

Ele solta uma risada gostosa.

— Você venceu. Podre, você é podre até os ossos.

O som do riso dele dança por meu corpo até se aninhar em meus pulmões.

Estamos próximos, mas não próximos o bastante. Cada célula do meu corpo insiste para que eu elimine essa distância entre nós. *Não, não posso! Mas bem que eu queria...*

Minha respiração fica entrecortada. Quando levanto o rosto para ele, nossos olhares se chocam. O sorriso dele vai sumindo e seus olhos se entrecerram. A luz dourada dança sobre seu maxilar pintalgado de barba por fazer. Eu me vejo inclinando-me mais para perto, mais perto...

Respirando fundo, dou um passo para trás, trôpega.

— Não devíamos fazer isso.

— Por que não? — Ele se afasta, o cenho vincado. — Não há no manual dos funcionários nenhuma proibição a relacionamentos românticos consensuais no trabalho. Eu verifiquei.

— Não precisa haver. Já sei o que vai acontecer. Nós fazemos isso, e daí Gustavo descobre. Daí ele conta para James. E James perde o pouco de respeito que ainda tem por mim, e minha carreira na Seaquest estará terminada.

— Você não tem como ter certeza disso.

— Tenho, sim.

A confusão faísca em seus olhos e ele franze a testa.

Meu estômago revira. Ele nunca vai entender se eu não lhe contar a verdade.

— Foi... foi por isso que saí do meu último emprego.

O choque se registra no rosto dele por alguns segundos.

— O que houve?

— Houve um cara chamado Sean. Quatro anos atrás. Eu trabalhava em uma seguradora, Prima Health. Sean começou vários meses depois de mim, e fomos designados para trabalhar no mesmo projeto importante: a implementação digital de um novo conceito de branding. Havia faíscas desde o primeiro dia, mas não fizemos nada a respeito. Não de imediato. Porém, vieram várias noites longas, hora extra juntos... uma coisa levou à outra...

— Minhas coxas se retesam enquanto fito o mar azul-acinzentado. — Por algumas semanas, pensei que ele era *o cara*. Ele era engraçado e encantador, e parecia tão interessado em mim, apoiava todos os meus planos. Mas agora sei que ele estava interessado principalmente nas minhas ideias para nosso projeto em conjunto. Passamos quase todas as noites juntos. Comecei a pensar nele como meu namorado, mas era tudo uma farsa. Quando chegou a hora de apresentar o projeto para nosso chefe, ele me atropelou. Falou a maior parte do tempo e fez soar como se nossa apresentação fosse só dele, como se eu apenas o tivesse ajudado, apesar de ter sido eu quem de fato fez o grosso do trabalho. Tentei falar, me defender, mas nosso chefe só pareceu aborrecido com isso. Como se eu estivesse desperdiçando o tempo dele ao ficar de picuinha.

Respirando longamente pelo nariz, Graeme fecha os olhos por um breve instante.

— Tudo faz muito sentido agora. Por isso você pensou o pior de mim quando pareceu que eu estava assumindo o crédito pelo seu trabalho no vídeo. Eu queria que você tivesse dito algo antes, mas agora entendo por que não disse.

Minha boca se resseca e eu assinto.

— Mas essa nem é a pior parte. Quando confrontei Sean sobre o modo como ele havia se comportado, ele me chamou de dramática e tentou me convencer de que o que ele fez não era nada de mais. Como se ele estivesse fazendo a apresentação por nós dois e eu devesse ficar agradecida.

— Ele usou gaslighting em você.

— É, foi o que imaginei, e é por isso que terminei com ele na mesma hora... ou pelo menos tentei terminar, mas ele disse que isso era impossível, já que nós nem estávamos juntos. Porque era apenas sexo.

A veemência no olhar de Graeme me faz estremecer, e esfrego meus braços.

— É claro que a notícia de que estávamos dormindo juntos se espalhou pelo escritório. Adivinha qual reputação sofreu? Não a dele. Nosso chefe nunca mais me tratou do mesmo jeito depois daquilo. Eu era ignorada para projetos de destaque e consistentemente falavam por cima de mim nas reuniões de equipe, enquanto a estrela de Sean continuava subindo. Seis meses depois, ele foi promovido a um cargo superior ao meu. Ele seria meu chefe direto. Foi quando me demiti. Não que eu fosse uma funcionária perfeita ou não cometesse erros ou que Sean não tivesse talento. É só que... eu sabia que nunca receberia uma chance justa trabalhando com ele, não naquela empresa.

— Você não precisa se explicar. Eu entendo. — Virando-se para mim, Graeme pega minha mão, dando-me tempo de sobra para me afastar se eu quisesse. Quando não o faço, ele desliza o polegar por toda a palma de minha mão. — Eu não sou o Sean.

— Digo, não acho que seja, não mais, mas me envolver com você ainda é um risco, que não sei se estou disposta a correr.

— Eu respeito você, Henley. Se disser que não quer fazer isso, tudo bem. Eu te deixo em paz. Se você disser que quer tentar, mas manter tudo às escondidas, eu topo. Essa decisão é sua, a escolha é sua. Eu jamais faria algo que você não quisesse, inclusive expor sentimentos pessoais no trabalho, se isso te deixa desconfortável.

Lágrimas ardem em meus olhos e minha garganta seca, cheia de uma emoção crua. Ninguém nunca disse nada assim para mim antes.

— Se você aceitar, quero te conhecer melhor, passar um tempo com você fora do trabalho. Seja pessoalmente ou à distância, não ligo. Você é a primeira pessoa por quem eu sinto alguma coisa em muito tempo, e quero ver no que isso dá. — Ele encolhe os ombros. — E, só para registro: Sean é um babaca. Se algum dia eu o encontrar, vou chutá-lo no saco.

Solto um riso fraco.

— Só se eu não chutar primeiro.

Os lábios de Graeme se torcem, mas seus olhos se enchem de incerteza.

— E você? O que *você* quer?

A vulnerabilidade em sua voz faz meu peito se encher de anseio.

O que eu quero?

Quero trabalhar bastante e conquistar respeito. Quero companheirismo. Quero terminar de pagar meus empréstimos estudantis. Quero ajudar Walsh a encontrar seu rumo na vida. Quero ser a chefe um dia. Quero ser feliz.

Quero Graeme. Eu quero tudo.

Dando um passinho mais para junto dele, passo a língua em meu lábio inferior. O sol se pondo aquece meu pescoço, e o peito de Graeme sobe e desce enquanto ele me estuda intensamente.

— Eu quero... tentar uma coisa — murmuro.

O chão parece se abrir sob meus pés. Como se eu subitamente estivesse de pé à beira de um penhasco, olhando para baixo e observando uma área nublada e desconhecida. Meu coração se enche até ameaçar escapar do peito.

Fechando a distância entre nós, levanto meu queixo e fico na ponta dos pés. Roço meus lábios nos dele. *Êxtase.* Gemendo, Graeme me puxa mais para perto, sua boca se movendo na minha. A energia faísca entre nós, efervescente feito champanhe.

O cheiro dele enche minhas narinas e seu corpo é firme e quente. Sua língua entra em minha boca. O sabor dele é doce com um toque azedinho, como torta de mirtilo e uma sidra boa e refrescante — gosto de lar. Minhas terminações nervosas estalam como rojões.

Eu sei que devíamos parar. Há muita coisa em risco. Mas não quero. A adrenalina bombeia em minhas veias e minha respiração se acelera.

Estou dando cambalhota de uma plataforma de mergulho. Estou caçando um tubarão.

Exceto pelas batidas das ondas na areia e do meu coração contra as costelas, a praia vazia está silenciosa. Até os pássaros se aquietaram junto com o murmúrio dos hóspedes entre as árvores atrás de nós.

Graeme se afasta um centímetro. Olhando meu rosto, ele passa o polegar asperamente sobre minhas bochechas. Não há satisfação ou arrogância em sua expressão — apenas um deslumbramento honesto e franco.

— Dane-se — murmuro, puxando-o de volta para mim.

Encontro cada volta de sua língua com um movimento da minha. Dando e recebendo. Avançando e recuando. Sugo o seu lábio inferior antes de mordê-lo. Ele rosna baixinho no peito — em parte um suspiro, em parte uma vibração, e o som liberta algo entre nós. Seus lábios se movem contra os meus com uma nova urgência, seu coração trovejando sob a palma de minha mão. Um calor desabrocha na minha barriga, espalhando-se como fogo selvagem enquanto o cheiro dele me envolve.

Eu quero saboreá-lo como uma iguaria, como alguém degustando trufas ou caviar, mas não consigo me conter.

Eu o devoro feito uma pizza à uma da manhã.

Eu o quero. Eu o odeio? *Preciso dele.*

— Henley — geme ele.

Com sua mão agarrada à parte de trás da minha cintura, ele movimenta os quadris e meus olhos quase rolam para dentro do cérebro. Eu entrelaço meus dedos por seus cabelos sedosos e fico na ponta dos pés. É como se eu tivesse provado o primeiro bocado de comida num banquete, só para me dar conta de que estava faminta. E, pelo jeito como Graeme me beija, como *se move* contra mim, ele também está faminto.

Há fogo em meus pulmões, e açúcar explosivo em minha alma. E não quero que isso termine nunca.

— Xiavera! Oi, Xiavera! Espera, tenho uma pergunta! — a voz de Walsh penetra o tesão turvando meu cérebro. Seu grito é um claro sinal de alerta para mim.

Nós nos separamos num pulo, como uma costura se partindo, bem quando Xiavera surge em meio às árvores, com Walsh logo atrás. Graeme recua vários passos na praia. Meu coração para por completo, antes de disparar em pânico.

Xiavera se vira para falar com Walsh, mas então nos vê.

— Ah, aí estão vocês dois. Nós já verificamos os cartões-postais no barril e agora está na hora de vocês depositarem os seus. Vocês têm um cartão-postal, não?

— Certo... tenho, sim — gaguejo. — Estávamos só... admirando a paisagem.

Graeme já está com o telefone na mão, tirando uma foto do pôr do sol. Pensou rápido. Só que isso provavelmente quer dizer mais fotos ótimas, e mais likes no Instagram.

— Certo. Não demorem muito. Estamos terminando.

— Obrigado, nós já vamos para lá — murmura ele.

Xiavera levanta uma mochila de náilon da pilha ao lado dos coletes salva-vidas e volta para a trilha. Walsh espera por ela, saltitando no lugar.

— Você pode me contar mais sobre a história desse negócio do barril postal? Em que ano isso começou, mesmo?

— Não temos certeza, mas possivelmente em 1813...

A voz de Xiavera vai sumindo conforme elas desaparecem pela trilha, Walsh lançando um sorriso imenso para mim por cima do ombro.

— A gente devia ir — digo, mas Graeme segura meu braço num aperto gentil.

— Você está bem?

Meneio a cabeça, a boca subitamente seca.

— Essa passou muito perto. Xiavera quase nos pegou. E se ela contasse ao Gustavo, e ele contasse ao James...

— Tá tudo bem. Ela não viu nada.

— Desta vez. — Eu me afasto dele, rompendo o contato. — Olha, eu ainda não sei se isso é uma boa ideia. Tem muita coisa em jogo, para nós dois. E quando um de nós conseguir a promoção, vai ficar ainda pior. Alguém será mais sênior do que o outro e aí... eu simplesmente não sei.

— Você me beija daquele jeito, depois diz que talvez não queira mais me beijar? Você vai me matar assim, Henley Rose.

Meu coração se afunda, mas então vejo seu sorriso irônico. Desfilando para perto de mim, ele prende uma mecha de cabelo atrás de minha orelha.

— Eu entendo. Você tem um passado com esse tipo de coisa e está preocupada. Se quiser, podemos manter as coisas profissionais até que a promoção seja decidida.

— Isso! Muito bom. — Meus músculos relaxam aliviados, apesar de ainda restar uma brasa de decepção em minhas entranhas. — Vamos colocar isso em pausa por enquanto. É só por algumas semanas.

— Só que... eu aposto que você não consegue se manter à distância. Vou te dar todo o espaço de que você precisar: apenas colegas, palavra de escoteiro. Mas antes que este cruzeiro termine, acho que você vai me beijar de novo. Porque você *quer* me beijar de novo.

A expressão arrogante de seu maxilar compete com a curva sensual dos lábios. Ele apruma os ombros largos e traz seu rosto para perto do meu. Meu cérebro fica nebuloso. De forma abrupta, ele se afasta e só me dou conta de que fui pega no poder magnético de seus lábios quando tropeço adiante.

Ele abre um sorriso malicioso.

— Vejo você por aí, Henley Rose.

Enfiando as mãos nos bolsos, ele desce pela trilha. Em seu passo, há um entusiasmo que não estava presente antes.

Não sei se grito de frustração ou saio correndo atrás dele e o escalo feito um mastro de bandeira.

Acabo me conformando com chutar um monte de areia. Uma lufada de vento atinge a areia e ela me acerta no rosto.

— Afff — cuspo.

Depois de parar um minuto para me recompor — e tirar areia do cabelo —, desço calmamente pela trilha até o ponto onde os outros passageiros estão reunidos numa clareira com três "palcos". A "Estação do Correio" é, na verdade, um barril desbotado com um buraco aberto no meio. Ele está instalado na areia ao lado de um monte arruinado de madeira em lascas — os restos de um barril muito mais antigo, reivindicado pelas intempéries.

Walsh está de pé na parte de trás da multidão e vou diretamente até ela com minhas pernas trêmulas. Ela encara um ponto à distância, a expressão fechada, mas disfarça assim que me vê.

— O que houve? — ela quer saber assim que a alcanço.

Ela enfia a pilha de três cartões-postais que vinha folheando dentro da bolsa. O de cima tem um endereço em Seattle; parece que Walsh encontrou correspondência para entregar.

— Não quero falar a respeito.

Ela me puxa para a bordinha do grupo. Do outro lado, Graeme conversa com um casal idoso. Ele me lança um sorriso cheio de insinuações.

— Você o beijou, não foi? — diz Walsh.

— Xiiiu — censuro, mas ninguém está prestando atenção.

— Como foi?

Como foi? Arrasador. Alucinante. A explosão de uma supernova.

— Bacana.

— Ah, vá! Vai miguelar detalhes mesmo?

— Walsh, não posso fazer isso com ele. O momento...

Ela coloca as mãos nas minhas bochechas e aperta até meus lábios se franzirem.

— Pare de ficar ruminando. Ele gosta de você. Você gosta dele. Pronto, é o que basta.

Ela me solta com um floreio.

— Você não entenderia.

— Tem razão. Eu não entenderia mesmo. Caras bacanas, com emprego estável e gatos daquele jeito são difíceis de achar. Acredite, eu sei.

— Última chamada para os cartões-postais, última chamada para os cartões-postais — ecoa a voz de Gustavo em meio à multidão murmurante.

— Já volto — digo, avançando na direção do barril. Eu não me importo de mandar ou não um cartão-postal a essa altura, mas também não estou disposta a me sujeitar ao interrogatório de Walsh.

Faço uma pausa nas pranchas rústicas ao lado do barril, que servem de superfície para as pessoas escreverem. Vasculhando a bolsa, tiro de lá uma caneta e o cartão-postal em branco. Travo a mandíbula e dou uma espiadela por cima do ombro em Graeme. Ele está me observando. Meu coração palpita quando nossos olhares se conectam.

Antes que este cruzeiro termine, acho que você vai me beijar de novo. Porque você quer me beijar de novo.

O fogo arde em meu pescoço e aquece as minhas bochechas. É claro que ele tinha que transformar a situação num desafio. Porque ele sabe que um desafio é exatamente meu tipo de vício. Bem, uma pena que eu nunca recue depois que o desafio é lançado.

Não haverá beijo nenhum pelo resto do cruzeiro.

Mas depois...

Talvez eu finalmente dê uma chance para Graeme.

Escrevo algumas palavras no cartão-postal, junto com meu nome e endereço. Antes que possa pensar duas vezes, deposito-o no barril, dentro da bolsa plástica com os outros cartões.

Talvez o cartão-postal leve uma semana para encontrar seu caminho de volta para mim. Ou um mês. Ou um ano.

E, quando o fizer, talvez Graeme esteja na minha vida. Talvez não. Só o tempo dirá. Enquanto isso...

Não vou pensar nos lábios dele. Nem em como sua voz acaricia meu nome. Nem na forma como os músculos de seu antebraço ondulam quando ele levanta sua câmera.

Faltando apenas quatro dias para o fim do cruzeiro, qual será o nível de dificuldade disso?

19

Os dois dias seguintes se vão num borrão de trilhas, snorkels e uma agonia pura e latente. Passo todas as excursões com Graeme, todas as refeições. Ele é educado e profissional — o colega perfeito. Não avança em meu espaço e não menciona nosso beijo.

Na superfície, parece que tudo entre nós está de volta ao normal.

Só que não está. *Nem um pouquinho.*

Sua risada gostosa e profunda depois de ver uma tartaruga-marinha quando mergulhamos na Ilha Isabela fez meu estômago virar cambalhota. Ontem, na Ilha Santa Fe, sua mão roçou a minha enquanto caminhávamos sob figos-da-índia numa passagem empoeirada, e foi como um sopro de oxigênio numa brasa acesa. Quase entrei em combustão.

As noites não são muito melhores. Fico deitada na cama, o notebook aberto num documento de planejamento cheio de anotações das minhas sessões de brainstorming com Walsh, e o imagino em sua cabine do outro lado da parede... e no quanto seria fácil bater em sua porta.

Estou bem encaminhada para perder o desafio e, a essa altura, nem sei se eu ligo.

Quando chega o sexto dia do cruzeiro, minha mandíbula está rígida de tanta tensão. Faz três dias que nos beijamos e estou mais alvoroçada que uma ladra na igreja. Walsh e eu optamos por tomar o desjejum no lado de fora, no convés coberto. Graeme não está no salão de jantar nem aqui fora; não sei se quero jogar meu prato na parede ou derreter numa poça de alívio.

Passamos os primeiros quinze minutos revisando o dia anterior. Eu registro metodicamente as impressões de Walsh sobre o cruzeiro — do que ela gostou, o que ela queria que tivesse sido diferente, o que faria com que ela quisesse viajar conosco outra vez.

Quando terminamos, saco meu caderninho. As páginas foram se enchendo desde que conversei com o capitão Garcia na ponte. Depois de consultar Xiavera sobre as espécies invasivas nas ilhas, destaquei palavras como "vida selvagem única", "conexão com a natureza" e "deslumbre", mas ainda não tenho certeza de como tudo isso pode se encaixar em uma proposta de marketing digital.

O telefone de Walsh apita. Isso se tornou tão constante que agora eu mal noto. As conversas prosseguem ao nosso redor, junto com o ronco do motor do navio. Termino meu croissant e o engulo com um gole de suco de laranja antes de voltar para meu caderno. Uma brisa mais forte levanta o canto superior da página e eu a aliso.

Walsh cutuca meu antebraço.

— E aí, o que você acha?

— Do quê?

— Você não estava prestando atenção, né?

— Desculpe. Eu estava pensando no trabalho. Talvez devêssemos acrescentar conteúdo interativo no site... Ou talvez achar um jeito de usar melhor as redes de influencers...

Walsh abaixa o queixo e cruza os braços.

Eu fecho meu caderno e apoio os cotovelos na mesa.

— Vá em frente. Você tem toda minha atenção.

— O que você vai fazer quando voltarmos a Seattle? — pergunta ela.

Que pergunta estranha.

— O de sempre. Trabalho. Aulas. E você? Teve mais alguma notícia daqueles empregos para os quais se candidatou antes de partirmos?

— Nada promissor.

Franzindo os lábios, ela olha por cima da amurada do navio para Santa Cruz ao longe. Várias dúzias de barcos flutuam na baía entre nós e a praia, entupindo o acesso a Puerto Ayora, a maior cidade das Galápagos. Ela bate com o celular na palma da outra mão.

Estreito meus olhos para ela.

— Walsh, o que está havendo? Você tem agido de maneira estranha essa viagem toda. Está sempre no telefone e anda mais distraída do que de costume. Converse comigo.

Ela coloca o café na mesa.

— Tá, tudo bem. Eu... não tenho certeza se quero ser massoterapeuta em tempo integral.

— O que mais você faria?

— Eu andei pensando em fazer algo que combine ioga e massagem. Tipo uma coach de bem-estar. — Ela franze a testa. — Você está fazendo uma cara esquisita.

— Não estou, não.

— Coach de bem-estar é um negócio que existe mesmo, tá?

— Assim como balonismo artístico.

Walsh afasta a cadeira da mesa. As pernas pesadas de madeira guincham pelo convés.

— Esquece.

Estendo a mão e seguro seu punho. Ela faz um movimento abrupto e eu rapidamente a solto.

— Espera, desculpa. Eu só não estou por dentro do seu mundo de massagens e coaches de bem-estar e coisas assim. Mas se é isso que você quer fazer, então nós vamos dar um jeito. Tenho certeza de que há muitos recursos on-line. Quando voltarmos para Seattle, eu te ajudo. Nós vamos criar um plano, você vai ver.

— Foi isso que você disse antes. — As palavras soam tão baixo que eu tenho certeza de que não ouvi direito. Ela se vira para partir.

— Ei, aonde você vai?

Olhando de relance para o telefone, ela o enfia no bolso traseiro do short.

— Voltar para a cabine. Temos só vinte minutos antes que os Zodiacs partam para a praia, e tenho que me aprontar.

Empurro minha cadeira para trás na intenção de segui-la quando meu telefone apita com um novo e-mail. É de James. Eu o abro com uma careta.

De: JamesW@aventurassq.com
Para: HenleyE@aventurassq.com
Assunto: Atualização

Em que ponto está sua proposta digital? Envie uma atualização das suas ideias o quanto antes.

James P. Wilcox
Diretor-Executivo de Marketing
Aventuras Seaquest | www.aventurasseaquest.com

— Porcaria — chio.

Meus polegares pairam sobre a tela.

Eu tenho ideias, claro. Um monte de ideias medíocres. Mas nada excepcional se consolidou ainda. A resposta é como a neblina — dependurada resolutamente no horizonte, mas, quando tento pegá-la, ela escapa entre meus dedos.

Enquanto isso, os esforços de Graeme em storytelling digital estão acumulando likes e, segundo Christina, reservas extra. Os passageiros o amam; Donna é praticamente sua nova melhor amiga. Eu os vi sentados juntos no salão ontem à noite, e ela riu — riu! — de algo que ele disse.

Se estivéssemos numa corrida, ele estaria tão na minha frente que eu já seria uma das atrasadas a essa altura.

Desligo meu telefone e o jogo sobre a mesa. Se James achar ruim que não respondi de imediato, posso pôr a culpa no Wi-Fi claudicante.

Uma coisa é certa: tenho que descobrir o que vou usar nessa proposta. Hoje. E precisa ser não apenas em outro nível, mas na estratosfera.

Quando desembarcamos em Puerto Ayora, meia hora depois, é um choque para o organismo, depois de tantos dias cercados pela natureza. Pessoas falando e gritando em espanhol, carros roncando pela estrada que margeia ao mar e gaivotas famintas produzindo uma linda cacofonia.

Saio do Zodiac e meus sapatos de trilha batem no píer com um baque. É nosso primeiro desembarque seco desde o dia em que embarcamos no navio. Agito os dedos dos pés nas minhas meias de algodão, desfrutando a ausência de areia úmida entre eles.

Graeme já desembarcou; ele andou alguns metros pelo calçadão e está fazendo outro vídeo de si mesmo. Sua camiseta branca fresquinha contrasta com o bronzeado, os músculos da panturrilha flexionam enquanto ele caminha.

Ranjo os dentes entre frustração e desejo.

— Tartarugas-gigantes hoje, então? — pergunta Walsh, tirando o celular do bolso e conferindo a tela.

Tiro meus olhos de Graeme.

— Isso. E, após a observação das tartarugas-gigantes, uma visita ao centro de reprodução à tarde. Mas lembre-se: estarei fora por um tempo depois do almoço. Mandei mensagem há algumas semanas com nosso contato na região, uma mulher que mora em Puerto Ayora. Temos uma reunião marcada.

— Tá, tá, sem problema. — Ela me ignora com um aceno. — Você acha que tem Wi-Fi na cidade?

Ela levanta o celular e dá alguns passos.

— Deixa para lá. Encontrei uma rede aberta.

Estreito meus olhos para ela.

— Você não está conversando com aquele Ursinho das Más Notícias, né?

Ela faz uma cara de *não é da sua conta*.

Meu telefone apita no bolso, insistente, e eu automaticamente verifico as notificações.

Christina
> GENTE, vocês não vão acreditar no que rolou

Tory
> O quê??

Christina
> Rick me mandou um pote de loção hidratante

Franzo o nariz.

> Quem é Rick?

Christina

O cara com quem saí semana passada. O programador. Ele me enviou um pote de LOÇÃO. Direto para meu apartamento.

PORRA É ESSA??

Que tipo de hidratante?

Christina

Um muito bom, na verdade. Chique, da Saks. Mas HIDRATANTE. PRO MEU APARTAMENTO. SOCORRO

Tory

Como é que ele sabe onde você mora?

Christina

Ele veio me buscar pro date

Tory

CHRISTINA KIM, o que é que você estava pensando?!

Você sabe que ele podia voltar e te matar, né? Errou rude, errou feio.

Encontro um GIF do *Silêncio dos Inocentes* "esfregando hidratante na pele" e envio para elas.

Christina

> Não. Eu não precisava disso, definitivamente. Já estava apavorada

Tory

> Manda a loção de volta e dá um block nele

> E talvez compre uma daquelas câmeras de segurança para a sua porta, porque *credo*

— Atenção, gente! — A voz de Gustavo se eleva acima da multidão e eu levanto a cabeça. Ele está empoleirado numa amurada baixa que acompanha o calçadão, o braço levantado. — Nosso ônibus está aqui. Espero que estejam prontos para conhecer as nossas famosas tartarugas-gigantes.

As pessoas aplaudem, gritam e começam a entrar no ônibus.

— Ei, você... — começo, antes de me dar conta de que Walsh não está mais a meu lado.

Estico o pescoço e a vejo embarcando no ônibus. Ela me largou! Franzindo os lábios, me espremo entre os outros passageiros para alcançá-la.

Quando embarco no veículo, descubro que ela está sentada com um dos naturalistas. Eles já estão conversando, mas ela ainda consegue me lançar um olhar convencido. Eu rebato com uma carranca de *não vá pensando que evitou a conversa sobre o Ursinho das Más Notícias*. Trombando no ombro dela ao passar, encontro uma fileira vazia no fundo e me arrasto para um banco azul e laranja na janela.

Lá fora, alguns pescadores vendem a caça da manhã numa mesa montada perto da água. Tiro uma foto de um leão-marinho imenso pousando a cabeça na mesa junto do cotovelo do pescador, feito um cãozinho à espera de um agrado.

A conversa no ônibus vai se avolumando conforme ele se enche de passageiros.

Sem aviso, Nikolai enfia a cabeça por cima dos assentos na minha frente. Tomo um susto.

— Bom dia — ronrona ele. Sua disposição de parecer charmoso é arruinada quando ele bate a cabeça no bagageiro. Fazendo uma careta, ele esfrega as mãos sobre o local.

— Bom dia — respondo educadamente.

— Não a vi muito nesses últimos dias. Você não anda me evitando, não é?

Forço um sorriso.

— Só estou ocupada.

E o evitando sempre que possível.

Dwight está sentado ao lado de Nikolai; não consigo vê-lo, já que seu assento bloqueia minha visão, mas ouço sua voz baixa, murmurando um conselho ininteligível. Nikolai resmunga algo em resposta e volta sua atenção para mim.

— Eu estava pensando: este lugar está ocupado?

Ele indica o banco vazio ao meu lado, já saindo de sua fileira.

— Na verdade...

Eu procuro rapidamente por uma fuga. Várias fileiras mais adiante, Graeme está subindo o corredor. Exalo, aliviada.

— Graeme! — chamo. — Aí está você. Eu guardei um lugar... como você pediu — digo, com uma olhadinha para Nikolai.

— Ótimo! Obrigado.

O sorriso que Graeme me dá faz os músculos da minha barriga se contraírem sem querer.

— Nikolai — ele cumprimenta ao passar pelo outro homem.

Os lábios de Nikolai se franzem como se ele tivesse acabado de engolir um limão.

— Espero que vocês gostem dos jabutis.

— Tartarugas — corrige Graeme.

— E você também — digo para Nikolai.

Tirando a mochila, Graeme se acomoda no assento ao meu lado. Uma vibração elétrica faísca entre nós quando seu joelho encosta no meu, pele quente na pele quente. Eu finjo não notar.

— Obrigada — sussurro.

— Por nada.

A voz dele é grave e escorregadia como chocolate derretido. Ele se move sutilmente, causando mais contato. O ar entre nós estala com uma energia inegável.

Com um sorriso malicioso, ele se abaixa como se fosse ajustar a mochila a seus pés, mas, em vez disso, roça meu joelho com as pontas dos dedos. Estremeço enquanto um calor se acumula na parte baixa de meu corpo. Desde quando joelhos são zonas erógenas?

— Você está trapaceando — grasno.

— Estou, é? — diz ele, devagar.

Com um sorriso, ele se afasta, apenas o bastante para romper nosso contato tênue.

Eu respiro fundo para me estabilizar, trêmula, antes de puxar a garrafa d'água da bolsa e tomar um gole. Dou uma espiada nele pelo canto do olho — Graeme me estuda intensamente. Inclinando o queixo, ele pega um guia de campo das Galápagos em sua mochila e começa a ler.

É um lembrete claro: a aposta ainda depende de mim, para a vitória ou a derrota. Eu já não sei mais qual é qual.

Gustavo passa lentamente pelo corredor contando os hóspedes. Quando chega ao final, grita um "tudo pronto, pode ir" para o motorista. Eu quico enquanto o ônibus manobra sobre a calçada e vai para a rua.

Não são nem nove da manhã, passei aproximadamente quatro minutos na companhia de Graeme e já estou pronta para arrancar nossas roupas e botar fogo neste ônibus.

Como diabos vou sobreviver ao dia?

20

Xiavera para nosso grupo de uma dúzia de passageiros. Ao nosso redor, o planalto tropical exuberante é um contraste gritante com as praias agitadas pelo vento e os baixios áridos do restante do arquipélago. Imponentes árvores *scalesias* formam uma copa sobre o chão de argila vermelha coberto de grama e o ar carrega o odor fecundo de decomposição e fertilidade — o cheiro de uma floresta sadia.

Atrás de Xiavera, quatro tartarugas-gigantes caminham pela vegetação rasteira. Nenhuma delas é particularmente grande — a maior é do tamanho de um cocker spaniel —, mas ainda assim são incríveis. Cabeças enrugadas se projetam de cascos escorregadios e marcados. Câmeras clicam por todos os lados, inclusive a de Graeme. Ele está a vários metros de distância, enquanto eu me escondi entre um par de idosas, mas não preciso olhar para saber onde ele está. Meu corpo já sabe.

— Décadas atrás, essa visão não seria possível — explica Xiavera. — Quando Charles Darwin veio para as ilhas Galápagos, as tartarugas-gigantes eram abundantes, mas foram caçadas quase até a extinção pelos marinheiros. É apenas por causa de programas intensivos de reprodução que vemos as tartarugas hoje em dia. As pessoas são o problema. Mas elas também podem ser a solução. — Dobrando as mangas de sua camiseta vermelha, ela confere seu relógio. — Certo, vocês têm uma hora para explorar os arredores por conta própria. Vamos nos reunir no centro de boas-vindas às onze e meia.

Os hóspedes se afastam na mesma hora. Cinco se dirigem para as tartarugas mais próximas, as câmeras posicionadas. Outros dois, marido e mulher, saem em ritmo acelerado de volta para o centro de boas-vindas. Walsh já sumiu, tendo se juntado a outro grupo assim que descemos do ônibus. E Xiavera acompanha dois casais que perambulam pela vegetação rasteira.

E, fácil assim, Graeme e eu estamos sozinhos.

Transfiro o peso para o outro pé e ajusto a mochila. Eu poderia dar uma desculpa e também ir para o centro de boas-vindas. Talvez encontrar um martelo, abrir meu cérebro e cutucá-lo em busca de uma solução para a proposta, já que ele ainda se recusa a oferecer uma ideia boa.

Mas então Graeme sorri e sinto esse sorriso até as pontinhas dos pés. Ele estende o braço num gesto convidativo.

Quem eu quero enganar? Eu quero a companhia de Graeme como alguém que se afoga deseja oxigênio. Mesmo que eu não consiga admitir em voz alta.

Inclinando o queixo, começo a caminhar. Graeme segue o mesmo ritmo ao meu lado. Não há trilhas de fato nessa área, então vagamos entre troncos de árvore e por cima de raízes. Logo os cliques das câmeras e as exclamações de deleite dos hóspedes vão esmaecendo e os únicos sons são o arrastar baixo de nossos sapatos e o esvoaçar das folhas nos galhos.

— Diga "tartaruga" — pede Graeme.

Oi? Eu me viro para olhar para ele, as sobrancelhas levantadas, e ele tira uma foto minha.

— Você não fez isso.

O sorriso dele aumenta.

— Fiz, sim.

— Não vai postar isso no Instagram da empresa, né?

Ele esfrega a mão no maxilar coberto de barba por fazer.

— Olha, desculpe por ter postado uma foto da Walsh. Mas a imagem era tão irresistível...

— Não se preocupe com isso. Vale tudo no amor e na guerra.

Os lábios dele se curvam num sorriso matreiro. Engulo em seco.

Um farfalhar na vegetação chama nossa atenção e paramos de caminhar. Ofego quando uma tartaruga-gigante emerge dos arbustos a menos de vinte metros.

E não é qualquer tartaruga. É um bicho massivo, quase do tamanho da poltrona no meu apartamento. Deve pesar centenas de quilos e é provavelmente mais velho do que a Segunda Guerra Mundial. Quando ele estende seu pescoço longo e enrugado para rasgar bocados de grama, as garras nas pontas de suas patas, que lembram nadadeiras, deixam rastros profundos na terra.

— Puta merda — ofego.

Nós nos aproximamos um pouco mais, certificando-nos de manter uma distância respeitosa para não espantá-la. Levanto meu celular e gravo um vídeo. Quando estamos a cerca de cinco metros, Graeme se abaixa junto ao chão.

— O que você está fazendo? — pergunto.

— Absorvendo o momento.

Ajeitando a barra da minha bermuda, eu o acompanho, ajoelhando na terra seca ao lado dele. Nós ficamos ali por vários minutos num silêncio amistoso, observando a tartaruga pastar. Ou ela nem se deu conta de nossa presença, ou é totalmente indiferente a ela.

Graeme levanta sua câmera.

— Você nunca me falou sobre seus pais. Qual é a história?

Clique.

— Uma história bem entediante.

Ele me lança um olhar de soslaio.

Cruzo as pernas sob o corpo. A grama espeta minhas coxas.

— Nós nos mudamos para Idaho por causa do emprego de meu pai quando eu tinha dois anos. Ele é engenheiro na Marinha.

— Há uma base naval em Idaho?

— Eu sei, a maioria das pessoas fica chocada ao descobrir. Fica em Lake Pend Oreille. Eles testam sonares submarinos e coisas assim. Pesquisas de alto nível, secretas.

Eu dou zoom na tartaruga e tiro uma foto.

— E a sua mãe?

— Ela trabalha na agência do correio e gerencia uma loja na Etsy. Esculturas de madeira com tema musical.

— Eles parecem ser gente trabalhadora.

— São mesmo.

— Faz sentido.

Quando levanto as sobrancelhas para ele, Graeme prossegue.

— Eu imaginei que você tivesse aprendido essa ética de trabalho em algum lugar.

Graeme levanta um joelho para estabilizar sua câmera e o silêncio volta a cair sobre nós.

A curiosidade me mordisca.

— Como era a sua mãe?

Os olhos dele passam por mim e se desviam.

— Se você preferir não conversar sobre ela, eu entendo...

— Ela adorava o ABBA.

— ABBA?

— É. Ela sabia todas as músicas. Quando eu era pequeno, ela tocava os CDs do ABBA na cozinha enquanto fazia o jantar e nós cantávamos a plenos pulmões. Mas ela era uma péssima cantora. Horrível mesmo. — Ele ri de alguma lembrança particular. — Ela odiava a cor amarela. Adorava dar aulas, mas não gostava do lado político de ser uma professora universitária. Ela queria visitar Petra, na Jordânia, mais do que qualquer outro lugar no mundo, mas nunca conseguiu. E... ela teria gostado de você.

Um calor se arrasta por minha clavícula.

— Você acha?

— Com certeza. E não estou dizendo da boca para fora. Ela conheceu minha ex anos atrás, e *não gostou* dela. Nem um pouquinho.

— Qual foi a história com a sua ex?

— Namoramos durante a faculdade. Nós nos conhecemos no primeiro ano na Cornell e até continuamos juntos por um tempo depois de eu me transferir para Michigan.

— O que houve?

Graeme abre sua mochila e guarda a câmera.

— Minha mãe adoeceu. Avery não conseguiu lidar com isso. Passei de um namorado atencioso e despreocupado para alguém que precisava cuidar de outra pessoa. Finais de semana viajando viraram infinitas consultas médicas. Meses de terapia experimental. Contas bancárias zeradas. Nós duramos um semestre depois do diagnóstico da mamãe, até que ficou pesado demais para ela aguentar.

— Se ela gostasse mesmo, teria ficado com você.

— Foi o que minha mãe disse. Mas isso não deixou as coisas mais fáceis na época.

— E as suas namoradas depois da Avery?

— Não houve nenhuma namorada depois de Avery. Ninguém sério, pelo menos. As mulheres não gostam de namorar caras com uma história triste, e não tive tempo de verdade para uma namorada até...

Até que a mãe dele não estivesse mais doente.

— Você deve ter se sentido solitário.

Ele não responde, mas não precisa. Seu suspiro fundo diz tudo. Graeme fica de pé. Eu me levanto também e ele me encara.

— Eu... — Ele engole. — Você tem que entender, fiquei muito confuso depois que minha mãe morreu. Larguei meu emprego e me isolei de todo mundo. Eu mal conversava com alguém. Mal saía de casa. Foi feio.

A compaixão se curva em torno de meu coração e tenho vontade de estender a mão para ele, envolvê-lo em meus braços, mas me mantenho imóvel.

— Só aceitei o emprego na Seaquest porque o dinheiro do seguro de vida tinha acabado, e eu podia trabalhar de casa sem ter que ficar por perto de gente. Àquela altura, eu estava completamente entorpecido. Tentei me isolar do luto pela minha mãe me fechando para o mundo. Quer saber o que finalmente mudou as coisas para mim?

— O quê? — Minha voz sai praticamente em um sussurro.

A luz pintalgada do sol cai sobre o rosto dele, destacando suas bochechas coradas.

— Eu conheci alguém. Ela tem mais ou menos um metro e setenta, cabelo castanho-dourado, um sorriso devastador. Do tipo que te aquece de dentro para fora. E ela me deixou tão *furioso*. Nem duas semanas depois de eu começar no emprego, ela me ligou para me encher por causa de algo que postei no Facebook. Ela insistiu para que eu editasse a postagem porque não tinha usado as palavras corretas. — Ele adota uma voz em falsete. — "Não é o cruzeiro do 'Canal do Panamá'. É do 'Canal do Panamá e as Maravilhas do Azuero'. Corrija, por favor."

Meus músculos se afrouxam e meus joelhos quase cedem.

Porque ele está falando de mim.

— Finalmente, alguém que não pisava em ovos. Ela foi ríspida comigo, e foi como se me arrancasse da minha névoa. Eu posso ter sido desnecessariamente combativo depois disso, só para irritá-la, mas comecei a sentir outra vez. Irritação, a princípio, mas depois mais coisas. Após um tempo, comecei a sair de casa. Busquei um terapeuta. Voltei a jogar hóquei. Adotei Winnie, a melhor decisão de todas. Eu realmente comecei a querer acordar de manhã.

Graeme se aproxima, mas estou colada em meu lugar. O calor arde em minhas veias quando ele levanta a mão para deslizar os nós dos dedos por meu rosto.

— E as reuniões de equipe às quintas? Elas se tornaram meu dia preferido na semana. Porque eu podia ver o seu rosto.

Meu coração está martelando e os pulmões estão travados. O som de hóspedes se aproximando ressoa cada vez mais perto, mas não desvio o olhar.

Engulo o nó que se prendeu em minha garganta.

— Depois deste cruzeiro, eles também são meu dia preferido na semana.

Erguendo a mão, deslizo os dedos de leve pela mão que está encaixada em meu rosto. Os olhos de Graeme se escancaram e seus lábios se entreabrem.

Reunindo cada grama de força de vontade, eu me afasto bem quando Nikolai e Dwight chegam ao topo de uma colina próxima. Continuamos nossa caminhada, prendendo nossas fachadas de colegas de trabalho no lugar. Mas um entendimento implícito paira no espaço entre nós, pesado e inegável...

Isso acaba de ir além de qualquer desafio.

Quando desço do ônibus no Centro de Reprodução de Tartarugas no centro de Puerto Ayora, o sol da tarde queima meus olhos, me fazendo espremê-los.

A confissão de Graeme gira em meu cérebro, junto com os sentimentos confusos de meu próprio coração. Desde hoje cedo, não trocamos muito mais do que olhares carregados. Na hora do almoço, fui arrastada para uma conversa com alguns dos passageiros e ele já estava sentado com Gustavo no ônibus quando todos embarcamos no restaurante.

Preciso me concentrar em minha proposta, mas não consigo. Preciso conversar com alguém. Preciso falar com Walsh. Olho ao redor — ela está de pé junto ao ônibus, escrevendo uma mensagem.

— Oi. — Eu a cutuco e ela dá um pulo de susto. Franzo o cenho. — Você está bem?

Deslizando o telefone para o bolso traseiro, ela ignora a preocupação com um aceno.

— Mas é claro.

— Não está, não. O que está acontecendo?

— Nada.

Coloco as mãos nos quadris.

— Quem é o Ursinho das Más Notícias? É Miles, aquele bartender que te deu o telefone algumas semanas atrás?

Ela solta um som exasperado.

— Você parece um cachorro farejando um osso. Não, é só um cara que conheci. Muito gato.

— Mas...

Ela revira os olhos.

— Você conhece o tipo. Indisponível emocionalmente. Nada confiável. Mas eu mencionei que ele é supergato?

Não estou convencida. O jeito como ela desvia o olhar e se remexe, inquieta — é como daquela vez que ela pegou o carro da mamãe emprestado e o trouxe de volta "só com um arranhãozinho". E o arranhãozinho acabou sendo um para-choque dependurado.

— Walsh...

— Desculpe, Henley Evans?

Uma mulher mignon com uma camisa polo vermelha da Aventuras Seaquest cutuca meu ombro.

— Ah, Analisa! Oi. — Depois do passeio, eu me esquecera completamente de nosso compromisso. — Obrigada por se encontrar comigo.

— Mas claro, é um prazer.

Sua voz com sotaque espanhol é calorosa como um raio de sol. Seu cabelo escuro balança ao redor do queixo e ela se estica para me dar um beijinho na bochecha.

— Fiquei encantada em ouvir que uma de nossas gerentes de marketing estaria de visita. — Ela olha por cima de mim. — E você deve ser Graeme. Recebi seu e-mail ontem à noite.

Meu queixo cai quando Graeme se coloca ao meu lado.

— É um prazer conhecê-la — diz ele.

Analisa também o beija no rosto.

Espere um segundo aí! Foi ideia *minha* entrar em contato com Analisa. *Minha* reunião. Um tique nervoso começa em minha mandíbula e eu dobro e desdobro os dedos dos pés dentro dos sapatos.

O sorriso de Graeme vacila quando ele percebe minha expressão.

Analisa abre os braços.

— Bem, isso é empolgante! Dois membros da equipe corporativa aqui no mesmo dia. Vocês estão prontos para uma visita privada ao centro de reprodução? Meu marido trabalha lá e sou voluntária nos eventos de divulgação deles...

— Desculpe interromper — diz Graeme. — Mas esta visita já estava agendada para a Henley?

— Estava. Algum problema? — pergunta Analisa. — Pensei que seria mais fácil combinar nossas reuniões e oferecer a vocês dois uma visita guiada ao mesmo tempo. Depois, podemos conversar sobre nossas operações na região e posso responder a qualquer pergunta que vocês tenham.

Meus músculos relaxam um pouco. Graeme não sabia da minha reunião e entrou em contato com Analisa de forma independente. Parece que grandes mentes de fato pensam parecido.

Graeme transfere seu peso para o outro pé.

— Sei lá. Eu não quero me intrometer...

— Tudo bem — comento. — Sem problemas.

Analisa olha entre mim e Graeme e então para Walsh, que está se afastando. Eu agarro o braço dela e a puxo de volta.

— Analisa, quero lhe apresentar minha irmã. Walsh, esta é Analisa Mendoza. Ela é nosso contato regional para as Galápagos.

— Prazer em conhecê-la. Gostaria de se juntar a nós também? — ela pergunta a Walsh.

Walsh encolhe um dos ombros, balançando a cabeça enquanto olha para mim e para Graeme.

— Eu... eu não quero interromper...

— Vamos lá, você não está interrompendo — digo.

— Por favor — oferece Graeme.

Os olhos azuis de minha irmã encontram os meus e sua fachada animada se rompe. Por um instante, vejo incerteza — até vulnerabilidade — nadando sob a superfície. Franzo as sobrancelhas.

Uma das hóspedes mais jovens se aproxima correndo. Ela tem mais ou menos nossa idade e está viajando com os pais, se me lembro corretamente.

— Pronta, Walsh? — Ela indica com o queixo um grupo que já começou a caminhar para o centro de reprodução.

— Estou, eu já vou.

Sorrindo, a jovem se reúne com a família.

— Não, mas obrigada, de qualquer forma — Walsh diz para Analisa antes de inclinar o queixo para mim. — Te encontro depois?

— Certamente.

Temos pelo menos duas horas livres esta noite para explorar a cidade. Será a chance perfeita para conversarmos.

Walsh me dá um joinha antes de sair apressada para se juntar ao grupo de partida.

Analisa bate palmas.

— Certo. Então, vamos começar a visita.

Descemos a calçada pavimentada na direção do centro de reprodução. Levantando mais a alça da mochila no ombro, Graeme se inclina para murmurar no meu ouvido.

— Tem *certeza* de que não se incomoda de eu ir com vocês?

Meu celular pesa no bolso, a primeira tarefa na minha lista do aplicativo queimando na mente.

Tarefa #1: Derrotar Graeme Crawford-Collins.

Mesmo agora, ele está atrapalhando minha chance de obter uma vantagem. Agendei essa reunião com Analisa há duas semanas, mas ele só pensou nisso no último segundo. Eu queria ter a visão de alguém de dentro do centro de reprodução e fazer algumas perguntas em particular sobre a região. Eu precisava desse impulso.

Mas excluir Graeme seria algo bem feio de se fazer. Ele tem todo o direito de se encontrar com Analisa, assim como eu.

— Não — digo. — Está tudo bem.

As sobrancelhas dele sobem quase até a raiz dos cabelos.

— Sério?

Depois de analisar meu rosto por vários instantes, ele abre os lábios macios num sorriso — lábios que, apenas três breves dias atrás, estavam pressionados contra os meus.

— Tudo bem então.

A visita guiada de Analisa é um turbilhão. Depois dos recintos externos, cheios de tartarugas adultas de diversas espécies cercadas por multidões de visitantes, ela nos leva por áreas mais calmas, fechadas ao público geral: baias de criação (tartarugas bebês, que fofiiiiiinhas!) e instalações de pesquisa.

Enquanto isso, Graeme e eu nos engajamos numa dança silenciosa de proximidade e recuo. Eu toco no antebraço dele para apontar um rouxinol amarelo-vivo numa parede de pedra atrás de nós. Ele segura meu cotovelo para me guiar, dando a volta numa poça de lama no meio do caminho. Contudo, sempre nos afastamos antes que a proximidade possa nos arrastar.

Escuto Analisa atentamente e nós dois a enchemos de perguntas. Ela nos leva por laboratório atrás de laboratório, e paramos em um cheio até o teto de caixas de insetos rastejantes.

— *Hola, mi querido* — diz ela para um homem magro com cabelo loiro e mechas grisalhas, encolhido em cima de um microscópio.

Quando ele vê Analisa, seu rosto sulcado se abre num sorriso.

— Bom dia, amor. Que surpresa agradável.

Ele a puxa para seu colo e lhe dá um beijo demorado no rosto.

Minhas bochechas esquentam. Não que eu me oponha a demonstrações públicas de afeto, mas esses dois estão tão claramente apaixonadíssimos um pelo outro que sua afeição mútua é ofuscante.

— Amigos seus? — Ele nos indica com o queixo.

— Não, são meus colegas. Eu falei que ia dar uma visita guiada hoje, lembra? Foi o motivo para eu pedir isso aqui.

Ela levanta o crachá de acesso pendurado em volta de seu pescoço.

Batendo na testa, o homem se levanta e põe Analisa de pé outra vez. Reparo na camiseta dele pela primeira vez: cinzenta e desbotada, ostenta os dizeres ENTOMOLOGISTAS NÃO TÊM MEDO DO BICHO PAU-PÃO. Reprimo uma risada.

— Certo. Eu esqueceria até a cabeça se Analisa não me lembrasse. Eu me chamo Doug, sou o marido dela.

Ele estende a mão e nós nos apresentamos.

— Dr. Douglas Shaw — corrige ela, empinando o queixo com orgulho. — Um dos entomologistas mais destacados nas Galápagos.

— Presumo que você não seja daqui, então — diz Graeme.

— O que você acha? — Doug solta uma risada brusca enquanto gesticula para sua própria compleição corada. — Sou importado da Austrália, camarada.

— O que o trouxe para as Galápagos? — pergunto, recostando na mesa atrás de mim.

Algo zune perto da minha orelha e olho para trás. Uma caixa cheia de joaninhas encontra-se numa prateleira diretamente atrás da minha cabeça.

Ele abre um sorriso amplo, que expõe um vão entre os dentes da frente.

— Amor e insetos.

Analisa ri.

— Principalmente insetos.

— Mais amor — diz ele baixinho, passando um braço ao redor dos ombros da esposa e encaixando-a junto à lateral de seu corpo. — Eu nunca pensei que deixaria a Austrália, mas no final eu seguiria esta mulher para qualquer lugar.

Minha garganta se aperta por reflexo e tusso para liberá-la. Não olho para Graeme.

— Por que as joaninhas? — pergunto. — Elas não são nativas das Galápagos, são?

Graeme vai até Analisa e eles começam a papear.

— Ah, não, não são. Excelente observação. — Doug batuca o dedo na lateral de seu nariz amplo e vai até o contêiner de joaninhas. — Essas belezinhas nos ajudaram a combater um invasor horrível alguns anos atrás, o pulgão-branco. Mas não se deixe enganar pelo nome, a destruição que esses tranqueiras causaram foi tudo, menos branquinha.

Esticando o braço para uma prateleira mais alta, ele puxa de lá um recipiente transparente do tamanho de uma caixa de sapatos. Lá dentro, um inseto parecido com um bocado branco e peludo de pasta de dente se agarra a um graveto com folhas.

— Eles se agarram a plantas lenhosas e sugam a seiva, drenando a vitalidade delas. Eles pegaram uma carona para as Galápagos anos atrás, e foi um desastre. Muitas das plantas daqui são endêmicas, não encontradas em nenhum outro lugar do planeta, e entraram em declínio em ilhas inteiras. Então nós trouxemos uma arma secreta: o maior inimigo do pulgão-branco.

Com um floreio, ele abre a tampa do compartimento das joaninhas, enfia a mão lá dentro e tira uma única joaninha com o dedo.

Eu levanto as sobrancelhas.

— As joaninhas?

Ele a oferece para mim e eu deixo que ela se arraste para os nós de meus dedos. Dou risada da sensação de cócegas das perninhas minúsculas caminhando sobre minha pele.

— Exato. As joaninhas naturalmente atacam as colônias de pulgões-brancos. Depois que as soltamos nas ilhas afetadas, os pulgões não foram mais problema e as populações de plantas endêmicas se recuperaram.

Sorrindo, eu gentilmente tiro a joaninha de meu punho e a devolvo para seu lar de plástico. Enquanto Doug fecha a tampa e devolve a caixa para o lugar na prateleira, eu caminho até o microscópio que ele examinava quando entramos.

— No que está trabalhando agora?

— Aaahh — diz ele, a voz se abaixando. — Um problema para o qual ainda não encontramos a solução, temo eu.

Puxando uma bandeja na minha direção, ele levanta a cobertura. Eu me encolho por reflexo.

Um filhote pelado de ave com olhos cinzentos está deitado na bandeja, morto. Ao lado dele, uma placa de Petri encerra uma cultura de larvas gordas e marrons.

— O que aconteceu com ele?

— Uma mosca parasita invasora chamada *Philornis downsi*. Ela põe ovos nos ninhos dos tentilhões e, quando as larvas nascem, sugam o sangue dos filhotes, matando-os. Os tentilhões, muitos dos quais em alto risco de extinção, não têm defesa. — Ele balança a cabeça, triste. — Atualmente, estamos estudando os melhores métodos para erradicar as moscas.

— Algum resultado promissor?

— Alguns. Mas ainda não temos financiamento.

— Então, vocês precisam de doações?

Ele assente pesadamente.

— Sempre. — Doug abre um sorriso de lado para mim e uma covinha aparece em sua bochecha áspera. — É uma pena que não possamos pedir doações aos participantes de seus cruzeiros. Depois de vivenciar os tesouros naturais que as Galápagos têm a oferecer, talvez eles quisessem apoiar nosso trabalho de preservação.

Todos os músculos em meu corpo travam. Eu nem sequer respiro.

É isso.

Aquela sementinha preguiçosa de ideia que se formou durante a trilha matinal com Xiavera na Ilha Floreana estoura como uma pipoca, ganhando vida. Suas palavras ecoam por meu cérebro como um sino.

As pessoas são o problema. Mas elas também podem ser a solução.

De repente, sei exatamente o que vou usar em minha proposta. Só que é mais do que um esquema de marketing. Muito mais. É um realinhamento total. Minha pulsação se acelera como um metrônomo e pego a mochila, vasculhando-a atrás do caderno.

— Prontos para ir? — cantarola Analisa. — Vocês ainda têm algumas horas para explorar Puerto Ayora. Há uma galeria de arte reciclada fantástica na cidade, e é claro que vocês precisam visitar o mercado pesqueiro...

— Posso falar com você por um instante? — digo, puxando-a para o corredor.

Menos de dez minutos depois, tenho um plano. Um plano maravilhoso, maluco, fantástico, uma miragem. Mas não há tempo a perder. Preciso de cada segundo disponível entre agora e o instante em que o último Zodiac retornar ao navio para conseguir acertar os detalhes iniciais.

— Pronta? — pergunta Graeme, os polegares por baixo das alças da mochila.

— Vou ficar por aqui. Tenho algumas coisas que preciso conversar com Analisa. Com Doug também. Você pode ir.

— Eu conheço esse brilho nos seus olhos. Você encontrou alguma coisa, não foi?

— Talvez.

— Devo me preocupar?

— Hum... talvez, só um pouquinho.

A preocupação perpassa as feições de Graeme, antes de se derreter em resignação. Ele me oferece um sorriso rápido, porém genuíno.

— Boa sorte. Não que você vá precisar.

— Graeme, preciso de toda a sorte que eu puder conseguir.

Meus pulmões se apertam quando o vejo murmurar suas despedidas para Doug e Analisa e passar pela porta vaivém do laboratório, mas empurro para o fundo do coração qualquer melancolia que possa sentir e tranco o sentimento por lá.

Está na hora de entrar em ação.

Virando-me para Analisa, aprumo os ombros.

— Começando pelo começo. Posso usar sua sala por algumas horas?

21

— Por onde você andava? — Walsh aparece ao meu lado segurando um coquetel pela metade quando emerjo no convés de observação. Mesas e cadeiras foram trazidas para cá e arrumadas sequencialmente, enquanto um bufê de jantar é servido no meio. O navio oscila gentilmente à brisa noturna.

Prendo uma mecha de cabelo atrás da orelha.

— Trabalhando.

— Pensei que íamos nos encontrar depois do centro de reprodução...

Um lampejo de mágoa surge em suas feições, mas some num instante. Gemendo, fecho os olhos.

— Ah, droga! Walsh, desculpe. Eu me esqueci completamente.

Franzindo os lábios, ela agita a mão, dispensando as desculpas.

— Tudo bem. Imaginei que você estivesse ocupada ou algo assim. Comprei isso aqui para você. — Inclinando o rosto, ela desliza o dedo por um lindo brinco de contas azuis pendurado em sua orelha. — As contas são feitas por um artesão local com papel reciclado. Mas, como você me deixou na mão, vou pegar pra mim.

Minhas entranhas se reviram.

— É justo.

Pegando o drinque de Walsh, dou um longo gole. É um gim-tônica aguado. Ela tenta retomar a bebida, mas acabo com ela em mais dois goles, os cubos de gelo tilintando.

Walsh bate em meu braço.

— Você acaba de beber meu restinho, sua tonta!

Dou de ombros e deposito a taça vazia numa bandeja cheia de copos descartados a alguns passos de nós.

Walsh se recosta na amurada metálica às suas costas, a barra do vestido longo e florido pairando em volta dos tornozelos.

— Eu vi você com Graeme hoje. Vocês conversaram?

Segurando minhas mãos, me encosto na amurada perto dela.

— Não exatamente.

Automaticamente, eu o procuro na multidão. Minhas terminações nervosas vibram. Umedeço os lábios. Eu me pergunto o que ele achará do que estou prestes a oferecer aos hóspedes. Vai entregar o teor da minha proposta, mas não tenho como evitar. Preciso fazer o teste.

— Você ainda está preocupada com essa promoção mesmo?

— Não tanto quanto antes. Eu tive uma inspiração no centro de reprodução.

— Que bom! Está vendo? Eu sabia que ia dar tudo certo. Agora, pare de se preocupar tanto e peça muito educadamente para aquele moço se você pode se sentar na cara dele.

Eu reviro os olhos. Sem pedir para me sentar na cara dele, *preciso mesmo lhe dizer o que eu quero*. Já faz três dias desde que nos beijamos. Três dias de um verniz profissional passado por cima de uma atração fervilhante, ebuliente. E não é justo que eu o deixe esperando.

Eu o quero?

A resposta vem num letreiro tão brilhante quanto os da Broadway. *Sim!*

Mas o anjo pragmático no meu ombro estala a língua e empurra os óculos fundo de garrafa mais para cima sobre o nariz. *Está bem, espertinha. O que acontece se vocês dois se pegarem e depois você ganhar a promoção?*

Ele ficará em Michigan. Eu solto o ar numa longa bufada. Mas um relacionamento a longa distância pode funcionar...

Ah! Você mal tem tempo para sair com alguém na sua própria cidade. Como vai fazer um relacionamento à distância dar certo? E se ele ganhar a promoção, vai se mudar para Seattle, mas os seus sonhos profissionais estarão mortos.

Pelo menos eu teria um prêmio de consolação.

Encolhendo o nariz, solto outra bufada irritada.

Por que nada pode ser fácil?

Pelo menos o peso em meu peito causado pelo buraco negro de ideias sólidas para minha proposta se foi. Minha garganta arranha devido ao tanto que falei hoje, e eu nem desenvolvi a ideia por completo ainda.

— Alô, planeta Terra chamando Henley! — Walsh estala os dedos sob o meu nariz.

— Oi?

— Eu disse que você poderá conversar com Graeme esta noite.

— Por quê? O que tem hoje à noite?

— Arranjei um entretenimento muito especial após o jantar.

Olho de soslaio para ela.

— Como é que é?

O piercing de cristal no nariz de Walsh faísca sob o brilho do lusco--fusco, assim como seus olhos.

— É uma surpresa.

Ai, Deus... eu posso até imaginar.

— Você pediu permissão para o Gustavo?

— Ele me deu sinal verde. Ele acha que será divertido para quem quiser participar.

— O que você planejou?

Doug e Analisa emergem no convés de observação usando bermudas cáqui e camisetas com tartarugas-gigantes estampadas na frente.

— Você está prestes a descobrir — murmuro para Walsh antes de ir até eles.

— Oi! Obrigada por terem vindo.

Meu rosto roça no de Analisa quando lhe dou um beijinho.

— *Nós* que agradecemos — diz Doug, apertando minha mão com entusiasmo. — Você não sabe o que isso significa para nós.

Assinto, agradecendo.

— Acho que Gustavo deseja que nos acomodemos por ali.

Aponto para os bancos colocados ao longo da proa do navio. Minhas coxas estremecem conforme nos enredamos pela multidão. Ao contrário de Graeme, eu não me importo de falar em público, mas meus nervos ainda formigam de excitação.

Quando chegamos ao local determinado, Gustavo está lá para nos receber. Depois de uma onda de boas-vindas e acertos de última hora, ele pega um microfone e sobe num banco para ficar acima da aglomeração.

— Boa noite, boa noite — diz ele, sua voz retumbando pelos alto-falantes externos instalados debaixo da ponte. As vozes se aquietam e cabeças se viram. — Antes de desfrutarmos de nosso jantar ao ar livre nesta antepenúltima noite de nosso cruzeiro, Henley Evans, a gerente de marketing, tem uma oferta especial para compartilhar com vocês. Ela vai lhes explicar os detalhes.

Gustavo me ajuda a subir no banco antes de me passar o microfone e descer. Dessa altura, o balanço do navio faz minha cabeça flutuar e me estabilizo no poste à minha esquerda. Eu queria não ter calçado sapatos de salto; mesmo esses anabela estão me deixando tonta. Meu vestido de verão rosa-pálido flutua em torno dos joelhos e eu o arrumo com uma mão.

— Olá, como estão todos esta noite? — digo no microfone.

Uma porção de vivas me responde. Alguns hóspedes levantam taças de vinho pela metade. Walsh solta um *uhuuuul* entusiasmado.

— Quantos de vocês se deslumbraram com as tartarugas-gigantes hoje?

Mais gritos e assovios.

— E quem aqui conseguiu ver um tentilhão de Darwin?

Mãos se levantam por todo o convés.

Um rosto familiar se move pela multidão, chamando minha atenção como um farol. Graeme vai se aproximando da frente do grupo até ficar a menos de três metros de distância. Ele está com uma calça azul-marinho ajustada e sapatos de lona, sua camisa branca de manga curta está desabotoada na parte de cima. Sorrindo, ele ergue dois dedos numa saudação sensual antes de enfiar as mãos nos bolsos de trás.

Minha boca resseca. Engulo em seco.

— A vida selvagem, como as tartarugas-gigantes e os tentilhões de Darwin, é o que torna as Ilhas Galápagos tão especiais, e queremos manter as coisas assim. Cientistas vêm se empenhando para preservar essas espécies únicas e garantir que elas sobrevivam por gerações no futuro. Para aqueles de vocês que se sintam tocados por esses esforços de preservação, a Aventuras Seaquest gostaria de estender uma oferta especial. A cada cem dólares doados para a estação de pesquisa, vocês ganharão um cupom para participar do sorteio mensal de um cruzeiro totalmente gratuito. Assim, se doarem duzentos dólares, receberão dois cupons para o sorteio. Quinhentos dólares, cinco cupons, e assim por diante. E qualquer pessoa que doar quinhentos dólares ou mais hoje se tornará um membro inaugural do nosso Clube Conservacionista, que inclui benefícios como venda adiantada de novos itinerários para cruzeiros e acesso a descontos especiais.

Hóspedes murmuram uns com os outros. Os músculos de Graeme relaxam e seus braços pendem na lateral do corpo. Os lábios se curvam para cima numa compreensão bem-humorada, e ele abaixa o queixo, assentindo.

Ele entende. O que estou propondo é uma reorientação importante na direção do ecoturismo. Uma iniciativa filantrópica como essa pode se tornar a pedra fundamental de nosso marketing na região, incluindo o marketing digital. Ela pode nos ajudar a desenvolver a imagem de empresa que se importa com o que devolve à comunidade, sem mencionar que poderemos motivar as pessoas a aderirem a uma boa causa e potencialmente viajar num futuro cruzeiro conosco como resultado.

Quando Graeme levanta o olhar para mim, seus olhos faíscam, mas não de raiva ou ciúme.

De orgulho.

Um calor permeia cada célula de meu corpo, chegando até os ossos.

— As doações podem ser feitas por meio de sua conta de bordo. Ninguém precisa sacar o talão de cheques. É só preencher um dos cartões localizados nas mesas de jantar e entregá-lo para qualquer membro da tripulação. Nós também temos dois convidados especiais se juntando a nós para o jantar de hoje: o dr. Douglas Shaw, que é cientista na estação de pesquisas, e sua esposa, Analisa Mendoza. Analisa é uma das integrantes de nossa equipe e uma voluntária dos eventos de divulgação. Eles estão aqui para responder a quaisquer perguntas que vocês possam ter sobre como o dinheiro de suas doações pode fazer uma diferença positiva.

Subindo no banco ao meu lado, Doug acena para o grupo antes de descer num pulo. Analisa agita o braço no ar.

— Obrigada por nos deixarem compartilhar as maravilhas das Galápagos com vocês e por apoiarem os esforços de preservação na região. E com isso... — Olho para Gustavo, que me dá um sinal de joinha. — O jantar está servido!

Murmúrios animados irrompem no grupo enquanto a equipe traz os últimos pratos quentes para o bufê. O aroma de especiarias permeia o ar e minha boca saliva. Desligando o microfone, eu me viro de lado para descer com cuidado do banco, mas entre o oscilar do navio e meus saltos plataforma, tropeço quando meus pés chegam ao deque.

Uma mão firme me segura pela cintura e um calor se expande a partir deste ponto.

— Brilhante — murmura Graeme, tomando o microfone de mim e devolvendo-o à caixa.

— Você acha?

Algo melancólico passa pelos olhos dele, um traço de preocupação, e então desaparece num piscar de olhos. Ele assente.

— Vejo o potencial de marketing. Porém, mais do que isso, você está fazendo algo de bom por este lugar, e isso não tem preço.

— Veremos — murmuro, esfregando meus pelos arrepiados nos antebraços.

— O que James disse? Presumo que você precisasse da permissão dele antes de fazer uma oferta oficial aos hóspedes.

Um garçom passa com uma bandeja de taças de vinho cheias. Pego uma de vinho branco e Graeme pega uma de tinto. Tomamos um gole ruidoso. De fato, liguei para James hoje, do escritório de Analisa. Foi uma conversa divertida. Após um extenso interrogatório sobre meu plano maior, James ficou em silêncio por tanto tempo que pensei que meu coração fosse implodir. Mas aí ele falou:

Se você realmente sente que é sua melhor ideia, tudo bem. Experimente.

Pelo menos ele me deu uma mãozinha, oferecendo-se para informar toda a equipe necessária de seu lado para que eu pudesse me concentrar na logística imediata com Gustavo e o contador do navio. Tomo outro gole de vinho para encobrir minha ambivalência sobre quanto disso revelar a Graeme.

— Vamos, vamos — digo, balançando o dedo. — Eu não vou entregar meus segredos para a concorrência.

Graeme se aproxima, as sobrancelhas franzindo.

— Ainda é assim que você me vê?

— Sim... e não — murmuro.

Ergo o queixo e nossos olhares se encontram. O ruído de conversas e o movimento ao nosso redor desaparecem e somos as únicas duas pessoas no navio.

Tudo o que vejo é o rosto de Graeme — a barba por fazer marcando seu maxilar, seus lábios macios e angulosos, seu nariz levemente torto e o leque de cílios escuros emoldurando seus olhos azul-oceano. Tudo o que sinto é o esmagador impulso de eliminar a distância entre nós. Tudo o que ouço é a batida de meu próprio coração.

Um prato se quebra em algum lugar do outro lado do convés e a realidade volta com tudo. Sacudo a cabeça para clareá-la.

— Chega de falar de trabalho.

Minha voz treme, mas minhas mãos estão firmes quando ergo a taça de vinho.

Olhando para mim, Graeme toca sua taça na minha, o som cristalino e penetrante como um sino.

— De acordo. Do que você quer falar?

Olho ao redor em busca de inspiração.

— Sobre o cheiro delicioso do jantar?

— Hora do bufê?

— Vamos.

Cada um de nós enche um prato com comida. Graeme fica preso na outra ponta do bufê quando um casal de hóspedes começa a papear com ele. Ele levanta o queixo na direção das mesas num gesto de *vá em frente*.

Eu consigo chegar à mesa onde Walsh está sentada antes de me dar conta de que esqueci de colocar molho na salada. Dando meia-volta, passo em meio à multidão de hóspedes na direção do bufê, mas fico presa atrás de um passageiro particularmente corpulento e lerdo. Ele enfia uma colher na bandeja de porco assado, servindo e servindo até obter um montinho perfeito. A voz de Donna atravessa minha irritação.

— Graeme, aí está você.

— Boa noite, Donna. Você está adorável hoje.

Dou uma espiada em torno do hóspede, que agora resolutamente cutuca um prato de batatas. Donna e Graeme estão na extremidade do bufê. Eles não me veem. Eu volto para trás do hóspede e presto atenção.

Donna bufa.

— Há algo que gostaria de lhe dizer. Essa solicitação de doações... — começa ela.

Eu me preparo para o impacto.

— Eu acho maravilhoso.

Meus dedos se afrouxam e quase deixo meu prato cair.

— Charles e eu ficamos muito felizes por ter a chance de fazer algo de bom por este lugar. Obrigada por nos dar a oportunidade.

— Por nada, mas você deveria realmente agradecer à minha colega, Henley. É tudo ideia dela. Foi ela quem colocou as engrenagens em ação.

— Ah. Bom. Certifique-se de agradecê-la por nós.

Estou quase no final do bufê agora e me esgueiro pela multidão antes que Graeme e Donna possam me ver.

Lágrimas ardem em meus olhos e tenho que respirar fundo para me estabilizar. A passageira mais exigente no cruzeiro amou a chance de apoiar a preservação nas Galápagos. E Graeme garantiu que ela soubesse que isso foi ideia *minha*.

Ainda estou contendo uma onda de emoção quando ele se junta a mim na mesa, nem um minuto depois.

— O que foi? — pergunta ele, ao notar a expressão em meu rosto.

Seu semblante é de pura perplexidade; ele não sabe que eu ouvi a conversa.

— Nada. — Apanho meu garfo, mas o solto um instante depois. — Obrigada — acrescento.

— Pelo quê?

— Pelo que você disse para Donna agorinha. Eu ouvi vocês conversando.

Esticando-se por baixo da mesa, ele pega minha mão na sua e a aperta. Eu não quero soltá-lo nunca mais.

— Por nada.

Após vários segundos, ele se afasta. Atacamos o jantar. Integrantes da tripulação chegam com garrafas de champanhe e enchendo taças, o volume da conversa feliz vai subindo. Na mesa ao lado, Doug e Analisa estão sentados com um grupo de hóspedes mais velhos. A mão de Doug cobre a de Analisa sobre a mesa, seu polegar afagando os nós dos dedos dela. Que ternura fácil. Por que as coisas não podem ser fáceis com Graeme?

Engulo um pedaço de carne de porco.

Por que as coisas não podem ser fáceis com Graeme?

Talvez eu precise fazer o que Walsh sugeriu e simplesmente me concentrar no agora. E daí se eu não sei como as coisas serão amanhã ou depois de amanhã? Isso não muda meu sentimento por Graeme agora, neste momento. E ele disse que está disposto a manter qualquer relacionamento entre nós em segredo. A coisa se resume a: eu confio nele?

Confio. Inegavelmente.

Conforme os pratos se esvaziam e as taças se enchem de novo, o mar engole o sol num banho enevoado de púrpura e rosa. Outra taça de vinho depois, alguém bate em meu ombro.

— Está na hora de irmos embora — diz Analisa, diretamente atrás de mim. — Obrigada mais uma vez por tudo.

Ela roça o rosto no meu.

Levantando-me, dou a volta em minha cadeira e abaixo a voz.

— Como foi?

— Espantoso. Absolutamente espantoso — responde Doug.

Ele me entrega uma pilha de cartões de doação. Seus olhos estão arregalados e quase vidrados, e não acho que seja por causa do vinho.

Folheio os cartões, olhando os valores anotados.

US$ 100
US$ 500
US$ 200

Ofego. *Mil dólares.* De Donna e Charles Taylor. Meu coração está tão cheio que quase explode.

— Ai, meu Deus — murmuro.

— E essas são as doações apenas de nossa mesa — diz Doug.

Quanto dinheiro nós arrecadamos? Se as outras mesas tiveram metade do entusiasmo desta, a noite de hoje comprova que minha ideia é *ouro puro*. Um riso louco sobe por meu esôfago, mas eu o empurro de volta. Gargalhar feito uma maluca e dançar sozinha não é exatamente a reação mais profissional. Uma pontinha de culpa penetra meu coração neste momento. Se isso me render a promoção, Graeme fica em Michigan. Sozinho.

— Você não faz ideia do quanto isso significa para mim, para nós. E para os tentilhões. Obrigado. — Doug aperta minha mão entre as dele. — Talvez possamos fazer isso outra vez, em outro cruzeiro?

— Espero que sim.

Se tudo correr de acordo com o plano, nós faremos isso em todos os cruzeiros.

Doug e Analisa partem com um último aceno. Antes que eu possa me virar, contudo, Nikolai surge na minha frente.

— Boa noite, minha...

— Está na hora! — Walsh se arremessa de sua cadeira.

— Hora de quê? — pergunto.

Walsh abre um sorriso enigmático para mim enquanto pega seu garfo e o bate contra a taça de água.

— Posso contar com a atenção de todos, por favor? — ela pede.

Os hóspedes no convés se aquietam.

— Quem estiver procurando por um pouco de entretenimento após o jantar, dirija-se ao salão. Vamos fazer uma batalha de dublagem.

22

Meu queixo quase passa pelo piso e afunda o navio.

— Desculpe, mas é o quê?

— Batalha. De. Dublagem — enuncia ela. — Originalmente, sugeri um karaokê, mas Gustavo não queria que a gente usasse os microfones. Batalha de dublagem é o que chega mais perto disso.

— E por que, exatamente, você acha que isso é uma boa ideia?

— Olhe ao redor — diz ela.

A reação é esmagadoramente positiva. Muitos sorrisos amplos e meneios empolgados de cabeça — do pessoal abaixo dos quarenta, pelo menos. Alguns dos hóspedes mais velhos riem e acenam com um "não, obrigado", mas ainda assim sorriem indulgentemente enquanto se dirigem para as escadas e, presumo, de volta para suas cabines. Até Donna está sorrindo. O clima é de folia, e percebo meus músculos se soltando e os nervos formigando.

Graeme se afasta da mesa e também fica de pé.

— Você vai dublar?

— Não, provavelmente vou só assistir — admito. — Mas parece divertido. Você não vai dublar, vai?

Ele abre um sorriso autodepreciador muito rápido.

— Multidões ainda não são a minha.

Nikolai espeta um dedo no ar.

— Que negócio é esse de "duglagem"?

Walsh se coloca entre Nikolai e mim e passa o braço pelo dele, guiando-o na direção das escadas.

— *Dublagem*. É quando tocam uma música e você tem que fingir que está cantando junto, mas não chega a cantar de fato. Dançar é opcional. Um toque dramático é essencial.

A voz dela vai desaparecendo enquanto eles descem as escadas na direção do salão. Deus abençoe Walsh por interferir.

— Vamos? — Graeme me oferece o braço.

Hesito apenas por um instante antes de aceitar. A pele dele está quente ao toque e seu cheiro glorioso me dá vontade de encaixar o rosto na curva de seu pescoço. Eu chego mais perto, mas não perto demais. Ainda temos que manter as aparências profissionais.

O salão está vibrando de antecipação quando chegamos. De modo geral, três dúzias de hóspedes estão espalhados pelo recinto — a maioria, mulheres, mas há alguns homens também. Conversas felizes e alcoolizadas pontuam o espaço. Graeme me conduz para um dos sofás azul-marinho que contornam o palco central e nós nos sentamos. Do outro lado do salão, Xiavera ensina Walsh a plugar seu celular num conjunto de alto-falantes escondidos num gabinete de áudio e vídeo.

— Ela realmente leva jeito para isso — diz Graeme, empinando o queixo na direção de Walsh.

— Jeito para quê?

— Entreter as pessoas e conduzir a diversão. Como no dia em que ela conduziu uma aula de ioga na praia. Os hóspedes a adoram. O que ela faz, mesmo?

— Ela é massoterapeuta e, em breve, instrutora de ioga.

— Ela seria uma ótima coordenadora de spa a bordo.

Ora, veja só.

— É verdade, seria mesmo.

Dwight, o amigo de Nikolai, se aproxima e se senta ao meu lado no sofá. Todos trocamos amabilidades.

— Alguém quer alguma coisa do bar? — pergunta Graeme.

Dwight chacoalha a cabeça, murmurando um obrigado. Graeme olha para mim.

Ah, que diabos?

— Pinot grigio.

— Pode deixar.

O sorriso que ele abre quando se levanta faz os dedos de meus pés se curvarem e meu estômago saltar.

Dwight se inclina para perto assim que Graeme se vai.

— Ele não é um mau sujeito, sabe — diz ele.

Giro a cabeça na direção dele.

— Quem?

Ele indica Nikolai.

— Ele se esforça muito.

Do outro lado do salão, Nikolai vai se aproximando de Xiavera e casualmente tenta pousar o cotovelo na parede de gabinetes. Ele escorrega, quase trombando com ela antes de acertar a pose.

— Demais da conta. — Dwight ri. — Mas ele é bacana. Algumas pessoas simplesmente insistem em aprender suas lições do jeito mais difícil.

Passando o cotovelo por cima das costas do sofá, eu me viro para ficar de frente para Dwight.

— Vocês dois são bons amigos, não é?

— Sei que é difícil acreditar, mas nós realmente temos mais em comum do que você imaginaria.

Há algo cativante em Dwight. É como aquele tio preferido, que sempre tem um sorriso no bolso e uma história para contar. Eu me pego sorrindo.

— Tipo o quê?

— Bem, nós dois amamos filmes clássicos de terror. E o ronco feroz de um carro potente. Nik vem todo domingo me ajudar a trabalhar no meu Mustang 1969, embora eu saiba que ele tem coisas melhores para fazer. — Ele ri suavemente. — Acho que ele gosta de me distrair. Sabe, eu não falava com meu filho há mais de cinco anos... desde que assumira o que ele gosta de chamar de "meu estilo de vida". Ele é pastor na igreja batista que mais cresce em Odessa. Ter uma bicha velha como pai escandalizaria a igreja, entende?

Franzindo as sobrancelhas, aperto a mão coriácea de Dwight. Ele me dá um tapinha afetuoso.

— Com os pais de Nikolai ainda na Rússia, e a imigração sendo como é, ele não conseguiu obter a aprovação necessária para trazer a família dele para casa. Acho que você poderia dizer que somos apenas duas almas solitárias, buscando a completude.

Balançando a cabeça e bem-humorado, ele cruza uma perna esguia sobre a outra.

— É incrível como uma primeira impressão de alguém pode mudar completamente depois que você conhece a pessoa.

Não é verdade?

Lambendo os lábios, espio por cima do ombro tentando encontrar Graeme. Ele está agradecendo ao bartender, uma taça de vinho em cada mão.

De alguma forma, no decurso de poucos dias, Graham Cracker-Collins se tornou simplesmente Graeme: a pessoa que faz meu coração disparar toda vez que penso em vê-lo, e a maior surpresa da minha vida.

Walsh salta para cima da plataforma no meio do salão.

— Quem está pronto para uma batalha de dublagem? — cantarola ela, como se fosse a locutora de um evento de luta livre.

Aplausos irrompem por todo o salão. A almofada do sofá ao meu lado afunda quando Graeme volta e estende uma taça para mim. Quando a pego, nossos dedos se encontram. Prendendo o fôlego, deslizo meu indicador sobre o polegar dele numa carícia lenta. É um gesto sutil, algo que mais ninguém notaria. Mas é como se eu tivesse tomado escondido um gole de conhaque do armário de bebidas de meu pai. É ilícito, ardente e delicioso. O peito de Graeme se expande visivelmente e o calor em seu olhar poderia derreter icebergs.

— Agora... — prossegue Walsh.

Graeme solta a taça e eu tomo um gole trêmulo de vinho. Minha cabeça está agradavelmente inebriada e o álcool refrescante escorrega por minha garganta como seda.

— Funciona assim: os concorrentes se desafiam em pares, e a melhor apresentação de dublagem, segundo o julgamento da audiência, ganha. Os critérios de julgamento devem incluir entusiasmo, precisão da letra e, se for o caso, movimentos de dança.

Levantando os braços acima da cabeça, ela ginga os quadris de um lado para o outro, causando gritinhos na plateia.

Algo me incomoda lá no fundo de meu cérebro. Walsh certamente está se refestelando em seu elemento como líder da bagunça, mas tem algo... meio estranho nela. Como se sua energia estivesse mais maníaca, mais frenética do que de costume. Talvez seja o gim-tônica.

Walsh abre os braços.

— Quem quer ser o primeiro?

O salão fica em silêncio por um momento antes que Nikolai salte à frente.

— Eu! Eu sou o primeiro.

Contenho um grunhido.

Nikolai dá uma corridinha até Walsh. Depois de uma breve conversa murmurada, ele se vira e sai do salão. Troco um olhar confuso com Dwight.

— Preparem-se — diz Walsh, com um chacoalhar da cabeça enquanto clica no celular.

O verso inicial de "I'm Too Sexy*", de Right Said Fred, ressoa pelo salão. E Nikolai faz sua entrada gloriosa com arremetidas de quadril e tudo mais.

Ele desfila pelo salão, acompanhando a letra da música, e passa as mãos pelo cabelo rareando. Quando ele salta para cima do palco e gira num círculo, a luz cintila nos fios metalizados de sua camiseta. Ele ginga, rebola e sacode o traseiro com entusiasmo suficiente para mover um carrossel.

Tenho vontade de fechar os olhos, mas não consigo parar de assistir. Minhas entranhas saltam de tanta vergonha alheia, mas ele não está nem um pouco embaraçado. Não com aquela expressão de júbilo total em seu rosto.

Apontando o dedo, ele vasculha a multidão até parar... em mim.

O pavor cai feito uma rocha em meu estômago e mal consigo me impedir de sair correndo.

E, claro, ele vem dançando e saltitando para nosso sofá até estar girando os quadris do outro lado da mesinha de centro. Graças a Deus por aquela mesinha redonda.

Só que aí ele apoia um pé sobre a mesa. E move os quadris.

Na minha cara.

Na cara de Graeme também, porque ele está sentado bem do meu lado, diretamente na linha de fogo.

Eu me encolho no sofá, porém, infelizmente, o móvel não me engole. Eu vou cada vez mais para trás, para trás, para trás, enquanto os quadris de Nikolai vêm para a frente, para a frente, para a frente, feito uma bola de demolição se aproximando cada vez mais da destruição. À minha direita, Graeme observa Nikolai com o maxilar cerrado. À esquerda, Dwight gargalha e balança a cabeça.

---

* Sou sexy demais. (N. T.)

As mulheres de meia-idade atrás de nós gritam — não aplaudem, *gritam* — enquanto ele dá bombadas no ar acompanhando a batida.

Finalmente, *finalmente* Nikolai abaixa o pé.

Eu respiro aliviada, mas aí ele rebola ainda mais para perto, os dedos arranhando o ar feito um gato, os lábios se movendo em sincronia com a letra. Quando está a centímetros dos meus joelhos, ele levanta a barra da camisa...

Não.

— Isso! — alguém berra. — Tira!

Bem quando ele ergue a camisa para revelar o abdômen de marshmallow, a música termina.

— Ceeeeerto, que coisa, não? Uma salva de palmas para o dr. Kozlov! — Walsh grita por cima dos aplausos.

Uma rápida olhada pela sala confirma o que eu suspeitava: a maioria da audiência está tão atordoada quanto eu, com o grupo de mulheres barulhentas atrás de mim formando o fã-clube de Nikolai.

Nikolai ergue os dois braços como um herói conquistador. Ele estende o braço na minha direção — presumo que para pegar minha mão —, mas Graeme o bloqueia colocando a mão dele sobre a minha. Disparo um sorriso grato para ele.

Encolhendo um dos ombros, Nikolai me manda um beijo enquanto desfila em torno da mesinha e desaba no sofá do outro lado de Dwight.

Walsh dá um passo à frente.

— Essa vai ser difícil de superar. Quem vai encarar?

Cabeças se viram, escaneando a sala.

Graeme se move ao meu lado... e fica de pé.

— Eu.

Eu o encaro, boquiaberta. Mas ele odeia ficar na frente de um grupo... E não é como se ele fosse ter que falar algumas palavras em uma reunião de segurança. É outro patamar.

Ele dá três longos goles no vinho, coloca a taça na mesa e pisca para mim por cima do ombro. As senhoras no salão sorriem e se cutucam umas às outras.

Caminhando até Walsh, ele cochicha algo no ouvido dela. Walsh abre um sorriso enorme e procura algo no celular. Quando ela assente, ele anda até o palco e se coloca bem no centro, de frente para mim. Abrindo as pernas na largura do ombro, ele forma um círculo com os dedos e o polegar e leva a mão à boca como se segurasse um microfone. Walsh corre para ocupar o lugar que ele deixou vazio e se joga ao meu lado.

Eu travo meus olhos nos de Graeme. Os alto-falantes do salão estalam. Com um sorriso que me faz formigar até os pés, ele abaixa o queixo na direção do peito.

A abertura de "Take a Chance on Me"*, do ABBA, começa a soar pelos alto-falantes. E meu coração explode como uma piñata.

Graeme fica totalmente imóvel, apenas os lábios se movendo no ritmo da letra. Então, quando os vocais de apoio entram, ele ergue o queixo para encontrar meu olhar. Seu calcanhar salta no ritmo. Os instrumentos ganham ímpeto. Seus olhos reluzem. E os movimentos dele vão se ampliando com a música.

Enquanto Nikolai era todo cheio de ombros se sacudindo e quadris ondulando, a dança de Graeme é sutil, discreta.

E sensual *pra um caralho*.

O calor sobe por meu corpo como vapor tentando escapar pela chaminé.

Um vitral não precisa de cortinas chiques. E um espécime masculino tão perfeito quanto Graeme não precisa de passos de dança chamativos para transbordar sensualidade. Um leve rolar daqueles quadris já basta.

Graeme balança compassadamente para lá e para cá, levando o polegar ao peito durante o refrão. Quando ele rola os quadris acompanhando a música, minha boca se resseca e um calafrio desce por minha coluna. Ele encarna o entusiasmo de Tom Cruise e a carnalidade de Patrick Swayze. É Jake Ryan, Patrick Verona e Clark Kent, tudo junto e misturado. Um Adônis acompanhando a letra do grupo pop emblemático dos anos 1970.

E, durante isso tudo, os olhos dele nunca se desviam do meu rosto.

Walsh agarra meu antebraço num aperto de *puta merda*.

Hóspedes murmuram uns com os outros, disparando olhares para mim disfarçadamente.

Eu não ligo.

---

*   Dê uma chance para mim. (N. T.)

Porque minha adolescente interior está gritando tão alto agora que eu conseguiria rasgar um travesseiro. Ele está se expondo, sacrificando seu orgulho... por mim. Eu mal reparo quando Walsh tira a taça de vinho inclinada de minha mão frouxa e a coloca sobre a mesa.

O segundo verso chega e Graeme vacila. Seu sorriso hesita quando ele parece tomar consciência da legião de hóspedes arrebatados pela primeira vez. Um rubor se espalha pelas maçãs de seu rosto.

Eu fico de pé.

Minha boca automaticamente forma a letra que conheço de cor. Estendo um braço para ele...

O peito dele sobe e desce por um momento até que ele sorri, os olhos brilhando. Ele pega minha mão e me puxa para o palco, passando diretamente para um giro.

E então estamos sozinhos. As luzes se apagam, exceto pelo holofote sobre nós. A multidão desaparece. Existe apenas o balanço do navio, a ondulação da música e a energia se acumulando entre nós.

Dê uma chance para mim.

Começamos a nos mover, apenas as palmas das mãos se tocando. Estamos em perfeita sincronia, o espelho um do outro. Eu deixo a música me preencher e encarno cada grama da alegria e do júbilo que inundam os meus pulmões.

Ele me desliza à sua frente, de costas para ele, permitindo que eu assuma a liderança. Meus braços fazem um giro de um lado para o outro do quadril, e eu tremulo os dedos num gesto muito brega. Graeme imita o movimento atrás de mim um instante depois. Eu me abaixo e balanço de um lado para o outro, acompanhando a letra, olhando para ele por cima do ombro enquanto ele se move no lado oposto ao meu.

Dedos fortes seguram meu quadril e Graeme me gira para ficar de frente para ele. Nós nos movemos juntos, no ritmo da música.

Eu devoro cada ângulo e curva de seu rosto. Regozijo-me no êxtase que percorre minhas veias, na atração entre nós e até na apreensão que repuxa meu coração — eu me regozijo em tudo isso. Porque estou aqui, e estou pronta para dar uma chance... para Graeme.

Perco o ritmo da letra e minha boca para de se mover. Os lábios dele também param e seus olhos queimam. Deslizo as mãos até seus ombros.

Estou balançando em seus braços. Estamos próximos, os lábios dele a centímetros dos meus, mas ainda é longe demais... Eu me coloco na pontinha dos pés...

A música cessa abruptamente. Notas graves conduzem a outro ritmo. Walsh salta para o centro da plataforma.

— Interrompemos porque está na hora de dançar!

Vários hóspedes aplaudem enquanto se levantam, já dançando na direção do centro da sala. Pisco rapidamente, me dando conta de que as luzes do salão não se apagaram e estávamos dançando juntos totalmente à vista de um terço do navio esse tempo todo. Nikolai franze o cenho, os braços cruzados, mas Walsh se aproxima dançando e o puxa para o meio da multidão. Por trás dele, ela murmura *Vão*.

Eu olho para Graeme. Mordendo o lábio inferior, inclino a cabeça na direção da porta.

— Quer sair daqui? — sussurro.

Os olhos dele cintilam como faíscas enquanto seus dedos se apertam ao redor dos meus. Um suspiro audível entremeado de um rosnado se irradia do peito dele.

— Se quero.

23

Não demos três passos para fora do salão quando Graeme me empurra contra a parede, esmagando os lábios nos meus. A música que Walsh escolheu para encobrir nossa fuga escapa para o corredor: "Don't Stop 'Til You Get Enough".* Meus lábios se curvam num sorriso contra os de Graeme.

— Eu ganhei — suspira ele.

— Tecnicamente — murmuro, entre beijos. — Você me beijou. Então eu ganhei.

— Deu empate.

— Aceito.

Os dedos dele se emaranham em meus cabelos e eu gemo quando sua língua entra em minha boca. Somos apenas dentes e lábios, fome e calor. Passam-se vários instantes até eu notar que um corrimão de metal está cutucando a parte de trás da minha cintura.

Empurrando o peito dele, eu me solto. Estamos sozinhos aqui no corredor no topo da escadaria, mas isso pode mudar a qualquer segundo. A última coisa que quero é que Gustavo nos flagre dando uns amassos como dois adolescentes tarados. Ele ainda é o espião de James, e não posso me dar ao luxo de esquecer disso.

— Cabine?

Minhas palavras escapam num ofego rascante.

Engolindo em seco, ele concorda.

---

* Não pare até ter conseguido o suficiente. (N. T.)

Descemos os degraus voando e não consigo reprimir a gargalhada de pura alegria que borbulha em minha garganta. Ele não faz a pergunta — *sua cabine ou a minha?* —, porque a resposta é óbvia.

A minha é mais próxima.

Nós mal passamos da porta antes de grudarmos um no outro que nem fita adesiva. Levo a mão para trás de mim para trancar a porta. Minhas costas escorregam pela parede enquanto ele pressiona o corpo contra o meu. Gemendo, deslizo os dedos por baixo da barra da camisa dele, subindo pelo abdômen rígido. Seus músculos ondulam sob meu toque.

— Temos que manter isso em segredo — murmuro contra os lábios dele.

Sinto Graeme assentir.

— Não quero que ninguém saiba. Não até que a promoção esteja decidida.

— Pode deixar.

Ele me beija outra vez e altera arremetidas da língua e do quadril com um deslizar suave e sensual. Um toque doce, junto com o forte. Seus lábios macios são um vivo contraste com a firmeza de seu corpo e a abrasão da barba por fazer. O calor me inunda e eu movo os quadris para a frente, pedindo mais, mais rápido, mas ele não cede.

— Eu quero isso há tanto tempo — murmura ele, tracejando beijos por meu pescoço. Cada resvalo de seus lábios envia um choque de desejo diretamente para o centro de meu corpo.

Não posso mais mentir.

— Eu também.

Pressionando meu rosto contra o peito dele, beijo a pele exposta acima do último botão de sua camisa. Uma leve profusão de pelos faz cócegas em minha bochecha quando o acaricio.

O peito dele se expande.

— Sério? Desde quando?

Dando um passo para trás até que meus quadris estejam ancorados à parede, passo o braço para trás para abrir o zíper do vestido. Sem desviar o olhar, puxo o vestido para baixo até ele se amontoar no chão a meus pés. Tudo o que estou vestindo são meus sapatos de salto e uma calcinha de renda branca. O olhar dele me devora por inteiro. Estremeço.

— Desde a primeira vez que você disse meu nome no telefone. Eu quase entrei em combustão espontânea.

Pegando a mão dele, eu a levo até um de meus seios.

Ele geme, do fundo do peito. Curvando-se sobre mim, ele arrasta o polegar sobre meu mamilo arrepiado.

Ofego.

— Já pensou em mim sem roupa? — murmura ele.

— Toda noite, desde que embarcamos no navio.

— Para mim, está ótimo.

Ele está em cima de mim de novo, e não há nada gentil ou hesitante no ato. Somos puro desejo desenfreado.

Meus dedos tremem enquanto abro os botões que descem pelo peito dele. No meio do caminho, Graeme fica impaciente e puxa a camisa por cima da cabeça. Pontos estouram e algo clica contra a porta do armário. Ele larga a camisa e eu quase tropeço nela enquanto nos movemos para minha cama.

Ele aterrissa no colchão primeiro, eu caindo por cima dele. Esticando uma das mãos para apoiar contra a parede, eu monto em seu colo.

Pele. Tanta pele gloriosa... Desviando dos lábios dele, respiro fundo, sugando o ar pelos lábios de maneira ruidosa, farejando a curva do seu pescoço. Quase tão elegante quanto um porco farejando trufas.

— Deus do céu, você tem um cheiro bom. Eu quero devorar você.

— Idem, idem.

A voz dele é uma promessa crua, derretida. Pegando-me no colo, ele troca de lugar comigo, colocando-me por baixo dele. O navio nos balança num abraço gentil, mas o calor entre nós é um inferno. Ele move as tiras nos calcanhares de meus sapatos e os retira. Um aterrissa no chão com um baque retumbante. O outro bate na mesa ao pé da minha cama.

Quero sentir mais dele. *Preciso* sentir mais. Estendendo a mão para a calça de Graeme, abro o primeiro botão. Os nós de meus dedos roçam em sua ereção e ele move os quadris para a frente com um gemido. Seus lábios descem por minhas costelas enquanto os dedos acompanham a borda de renda em minha calcinha. Estremeço quando seus dedos se engancham no elástico.

Uma batida vinda de algum lugar acima dos ombros de Graeme nos dá um susto, nos imobilizando. Olhamos um para o outro, ele me fitando do ponto em que está, pairando sobre minha barriga.

Alguém torna a bater na porta, mais insistente agora.

Jogo a cabeça para trás no travesseiro.

— É sério isso?

Graeme geme como se tivesse levado um soco na barriga.

Levantando-me apressadamente, chuto meu vestido para baixo da cama, mergulho no armário em busca do robe e o visto correndo. Olho de relance para Graeme. E se alguém o vir? Ainda precisamos manter isso — nós dois — em segredo.

Mantendo a porta do banheiro aberta, gesticulo para seu interior frio.

— Por favor...?

Assentindo, Graeme se arrasta para fora da cama, indo na direção do banheiro.

— Não demore muito — murmura ele, ao passar por mim.

Antes que ele possa se virar, coloco as duas mãos no rosto dele e trago seus lábios para os meus num beijo explosivo. Meu corpo grita para não parar, mas eu me forço a me afastar.

— Dois minutos — murmuro, enquanto fecho a porta discretamente.

Praguejando para todos os deuses do céu, piso duro até a porta da cabine e a entreabro.

Nikolai Kozlov está de pé do outro lado.

Seu sorriso vacila quando ele percebe minha expressão. Imagino que esteja péssima. Minhas áreas baixas estão gritando e chiando por causa da interrupção.

— Posso ajudá-lo em alguma coisa? — Meu tom é brusco, mas não posso evitar.

— Pode. — Ele meneia a cabeça como um boneco. O suor se acumula na linha onde começa o couro cabeludo. — Desde que a conheci, cinco dias atrás, desenvolvi sentimentos fortes por você. Você é linda e encantadora e quero saber se talvez...

— Pare. Por favor, pare. — Belisco a raiz do meu nariz. — Olha, me desculpe se passei uma impressão errada. Eu não tenho esse tipo de sentimento por você.

A mágoa passa pelo rosto de Nikolai, mas ele disfarça e apoia o antebraço na parede perto da porta.

— Tem certeza? Eu sou como vodca. Na primeira vez, nem todo mundo gosta. Porém, depois de alguns goles, talvez você descubra que aprecia.

Levantando e abaixando as sobrancelhas, ele se inclina mais para perto.

— Não! — explodo. — Eu realmente não sei como dizer isso de maneira mais clara. Não estou interessada. Por favor, me deixe em paz.

Enuncio cada palavra, de modo que todas saem afiadas como uma adaga. Nikolai recua dois passos trôpegos.

— Ah, eu... — Ele funga. Os ombros estremecem.

— Você está bem?

— Estou, estou sim, eu... — Uma fungada úmida lhe escapa. Lágrimas escorrem pelo canto de seus olhos e deslizam pela lateral do nariz comprido.

— Você está *chorando*?

Ele responde com um soluço ruidoso.

Fantástico. Eu fiz um hóspede chorar.

— Aqui. Só... entre aqui.

Eu o puxo pelo braço para dentro de minha cabine. Todos os meus instintos mais arraigados gritam *Não deixe um estranho entrar na sua cabine!*, e não apenas porque a equipe não tem permissão para receber hóspedes nas cabines. Mas é o Nikolai. Acreditei em Dwight quando ele me disse que Nikolai não é inerentemente terrível. Equivocado e um tanto palerma? Sim. Um predador perigoso? Bem, nunca se pode ter certeza sobre alguém (homens), mas, neste caso, estou disposta a apostar num não.

Além do mais, Graeme está escondido no banheiro a alguns metros daqui. Só preciso de um grito e ele viria correndo.

Graeme. Minhas coxas se espremem e a pulsação salta. Preciso acalmar Nikolai e colocá-lo para fora daqui. E já.

Guio Nikolai, que está tentando — sem conseguir — conter sua torrente de lágrimas, na direção das duas camas. Pretendo sentá-lo na minha cama, mas a camisa de Graeme está jogada ostensivamente na frente dela, então no último minuto viro Nikolai e o empurro para a borda da cama desfeita de Walsh.

De costas para Nikolai, pego a camisa de Graeme e a enfio debaixo da mesa antes de apanhar uma caixa de lenços de papel e oferecê-la para ele, que retira um com um gesto trêmulo e assoa o nariz. O som reverbera pela cabine como uma tuba.

— Desculpe — diz ele, amassando o lenço. — Sei que minha personalidade pode ser forte. Talvez eu a tenha incomodado neste cruzeiro.

— E...

É, incomodou, sim.

— É só que... você se parece com ela.

Eu me afundo na cama em frente a ele.

— Com quem?

— Minha ex-noiva, Emily.

Esfregando o pulso no nariz, ele vasculha o bolso traseiro e tira de lá seu telefone. Passando o dedo pela tela e clicando algumas vezes, ele ergue o celular para me mostrar.

Meu queixo cai. A imagem de uma mulher sorridente me encara — e, minha nossa, ela é igualzinha a mim. As bochechas são um pouco mais redondas e ela é um pouco mais encorpada, mas temos o mesmo corte de cabelo, comprido e em camadas, os mesmos olhos castanho-claros, narizes muito similares (o dela tem uma protuberância mais pronunciada na raiz) e as mesmas sobrancelhas escuras e espessas.

Ele certamente tem um tipo. Não é de se espantar que nunca chegou a olhar uma segunda vez para Walsh.

Nikolai abaixa o celular com um último olhar saudoso para a foto.

— O que aconteceu de fato entre vocês? — pergunto.

Os ombros dele desabam.

— Eu rompi nosso noivado, é verdade. Mas não porque ela tivesse feito algo de errado.

Ele engole com dificuldade e uma lágrima se derrama por sua bochecha corada.

— Ela é boa demais para mim. Eu sabia que era apenas uma questão de tempo antes que ela acordasse algum dia, percebesse a verdade e me deixasse. Então a deixei primeiro.

— Deixe-me ver se entendi direito. Você a deixou porque achava que não a merecia?

— Ela é a mulher perfeita. Ela gosta de andar a cavalo e cantar músicas de Natal e é a pessoa mais gentil que você já viu. O sorriso dela poderia curar o mundo das doenças e sua risada parece coisa dos anjos. — Ele emite um suspiro de puro sofrimento. — Como eu poderia merecê-la?

— E por que não mereceria? Você é um quiroprático esperto e bem-sucedido. Você não hesitou em saltar na água e me salvar quando caí do caiaque. Você é como um filho para o Dwight. E seus passos de dança...

Ele levanta o queixo, os olhos muito abertos.

— Sim...?

— Bem, nunca vi nada igual. — Inflando as bochechas, eu exalo. — Claramente, você ainda gosta dela. Por que tudo isso comigo, então?

Apoiando os cotovelos nos joelhos, ele abaixa a cabeça.

— Penso, se pelo menos eu pudesse me forçar a ficar com outra mulher, então talvez eu a esqueço. Se você e eu...

Ele forma um círculo com uma das mãos e, meio desanimado, enfia o indicador no meio.

— Daí talvez eu possa finalmente me soltar do controle que ela tem no meu coração. — Com um suspiro profundo, ele balança a cabeça, triste. — Mas agora, sentado aqui, me dou conta de que isso nunca vai acontecer, porque não existe outra mulher no mundo para mim, só ela. Fui tão estúpido. — Ele se levanta lentamente e se dirige para a porta. — Eu deixo você em paz agora. Minhas desculpas mais profundas.

Deslizando a língua pelas bordas dos dentes, eu me levanto.

— Você precisa ligar para ela.

— Por quê? Qual o sentido?

— Conte a ela tudo o que acaba de me contar. Tudo o que aconteceu.

— Tudo?

— Tudo.

— Até o... — Ele move os braços como se estivesse remando no caiaque.

— Isso.

— E o... — Ele balança os ombros.

— Aham. Digo, você não precisa contar a ela que estava dando em cima de outra mulher. Apenas seja honesto sobre seus sentimentos.

— E se ela me odiar? E se ela quiser que eu seja fuzilado pelo pelotão de fuzilamento e meus membros arrastados para os quatro cantos da Terra por cavalos selvagens?

Faço uma careta.

— Talvez queira mesmo.

O rosto dele desmorona. Num impulso, eu seguro seu ombro.

— Mas você a ama. Isso é evidente. E, se a ama, precisa dizer isso para ela. Você não quer passar o restante da vida pensando "e se". Se for honesto com ela sobre seus sentimentos, mesmo que ela diga que está tudo terminado de vez, pelo menos você saberá que tentou.

Uma faísca de esperança se acende nos olhos castanhos dele.

— Aqui — digo, me virando para abrir a gaveta da minha mesa de cabeceira. — Pegue meu cartão de Wi-Fi da equipe, eu os recebo de graça. Use-o para ligar para ela.

Ele pega o cartão de minha mão estendida como se eu lhe oferecesse as chaves para a redenção. Levando o cartão aos lábios, ele o beija.

— Obrigado, senhorita Evans. Eu nunca me esquecerei de sua bondade.

Lanço um olhar para o banheiro onde Graeme ainda se esconde — esperando. A impaciência se avoluma em minhas entranhas e conduzo Nikolai para fora da cabine com um tapinha amistoso, porém firme, nas costas.

— Não fale sobre isso. — Paro, encarando-o. — Sério mesmo, por favor, não conte a ninguém que você esteve aqui. Vamos manter isso entre nós.

Nikolai coloca a mão sobre o coração.

— Eu juro.

Exatamente quando meus dedos se fecham em torno da maçaneta, uma batida reverbera pelo metal espesso.

Dou um pulo e me choco com Nikolai, que tropeça.

A batida soa outra vez.

— Senhorita Evans?

É Gustavo.

24

— Merda — cochicho, recuando mais para o interior da cabine.
— Algum problema? — pergunta Nikolai.

Minha pulsação se acelera e não consigo respirar em meio à descarga de sos, sos correndo pelo meu organismo.

Gustavo não pode encontrar Nikolai aqui, simplesmente não pode. A equipe não tem permissão para receber hóspedes em suas cabines, e ele já tem uma ideia errada sobre mim e Nikolai. Quem sabe se eu ficar bem quietinha ele vai embora...

Abrindo bem os dedos, eu me mantenho absolutamente imóvel e encaro Nikolai, que me encara de volta com olhos arregalados e confusos.

Silêncio.

Eu começo a exalar, e então...

Toc, toc, toc.

— Senhorita Evans? Você está aí?
— Você vai atender? — Nikolai pergunta, baixinho.

Eu chacoalho a cabeça tão depressa que juro sentir meu cérebro quicando no crânio. Engulo em seco.

— Não — murmuro. — Sabe, estou disputando uma promoção e, se meu chefe descobrir que recebi um hóspede na minha cabine, acabou para mim. Sem discussão.

— Mas é inocente. Não estamos fazendo nada indevido — diz ele.
— Não importa. Basta parecer que há algo impróprio, acredite em mim.

A julgar pelo ritmo insistente das batidas, Gustavo não irá embora. Ando pela cabine. *O que fazer, o que fazer...*

Mordo a parte interna da bochecha.

— Você consegue guardar um segredo?

Ele assente, solene.

— Sim, claro.

— Muito bem.

Abro a porta do banheiro. Graeme está sentado na tampa fechada da privada, o queixo apoiado no punho. Sua expressão de antecipação transforma-se em um puro *mas que porra é essa* quando ele vê Nikolai, que pula para trás, os punhos erguidos.

— Ele estava aqui o tempo todo? — pergunta Nikolai.

Conduzo Nikolai para dentro do banheiro.

— Sim, evidentemente.

Graeme se levanta e vai para o chuveiro para abrir espaço. O banheiro pequenino mal acomoda uma pessoa, quanto mais dois homens adultos. As sobrancelhas de Graeme se unem.

— O que está havendo? Por que ele está aqui?

Levo um dedo aos lábios, depois aponto para o chão.

— É o Gustavo. Ele está na porta. E quer conversar.

— Agora?! — sussurra Graeme.

Nikolai olha de Graeme para mim como se montasse um quebra-cabeças.

— Tudo faz muito sentido agora. Vocês dois *estão* juntos. Congratulações.

O punho de Gustavo martela minha porta.

— Conversamos sobre isso depois. Aguentem firme, tá? E tentem não se matar — acrescento num resmungo, antes de apagar a luz do banheiro e fechar a porta.

Esfregando a tensão no centro de meu peito, respiro fundo para me estabilizar antes de prender um sorriso no rosto e entreabrir a porta.

Gustavo está de pé do outro lado.

— Aí está você, senhorita Evans.

— Desculpe, mas você me pegou num momento ruim. Eu estava me aprontando para ir dormir. — Puxo o robe, fechando mais o colarinho. — O que foi?

Gustavo dá um passo adiante e não tenho outra escolha senão recuar. Entrando em minha cabine, ele olha para o espaço vazio. O suor se acumula entre minhas espáduas quando o olhar dele se demora no banheiro.

Porém, sem nenhuma luz escapando sob a porta, sua atenção rapidamente passa para outro lugar.

— Eu queria lhe dar as boas-novas pessoalmente. Contabilizei todos os cartões de doação. Você levantou mais de dezesseis mil dólares para a preservação das Galápagos. — Os lábios dele se abrem num sorriso amplo enquanto ele estende a mão para apertar a minha. — Parabéns!

Meu queixo cai e tropeço com o balanço do navio. *Dezesseis mil?*

A vitória rola pelo meu peito. Estou tão feliz que poderia até abraçar Gustavo... gritar de alegria... eu poderia...

Paf! Um baque estrondoso reverbera do banheiro.

Meu coração para e meus olhos se arregalam de horror.

Gustavo lança um olhar cortante para a porta do banheiro.

— Tem mais alguém aqui?

— O quê? — Minha voz está uma oitava alta demais para ser sincera. — Ninguém aqui além de mim — acrescento num tom mais grave, só que agora minha voz está tão grave que eu soo como o arauto de Satã.

Controle-se, Evans. Cerro a mandíbula com tanta força que poderia cortar aço.

As sobrancelhas de Gustavo se levantam.

— Digo, ninguém além de Walsh. Ela está tomando um banho — minto.

Ele franze o cenho.

— Isso... não é possível. Ela ainda está no salão conduzindo a batalha de dublagem. Eu a vi não faz nem um minuto, quando eu vinha da ponte.

— Aaaah — grasno.

As palavras me abandonaram. Tento engolir, mas toda a umidade sumiu de minha boca.

Ouço uma descarga e a porta do banheiro se abre. Graeme sai, ainda sem camisa. Ele rapidamente fecha a porta atrás de si.

— Boa noite, Gustavo. Posso ajudar em alguma coisa?

Caminhando até mim, ele passa o braço em torno de meus ombros.

Gustavo pisca, imóvel.

— Ah. *Ah.* Não. Eu não fazia ideia...

Graeme me segura um pouco mais apertado.

— Bem, agora faz. Mas se puder guardar isso só para você, nós agradeceríamos muito.

Todos os meus músculos se retesam e meu maxilar se contrai.

— Não existem regras contra dois integrantes da equipe... — Ele pigarreia e ri, desconfortável. — Eu os deixarei para continuar a noite, então. Parabéns de novo por sua realização, senhorita Evans.

Assinto, muda, e assisto a Gustavo ir embora.

Sorrindo, Graeme se vira para mim, mas seu sorriso some do rosto quando ele percebe minha expressão. Ele estende a mão, mas eu me afasto.

— O que foi que você fez? — rosno.

Ele franze a testa.

— Resolvi a situação.

— Expondo nosso... nossa... seja lá o que isso for para o líder do cruzeiro?

— Henley, eu só não queria que você se encrencasse por ter trazido *ele* para sua cabine. O que é que você estava pensando?

Nikolai escolhe esse momento para sair do banheiro. Ele faz uma careta.

— Eu fiz o barulho. Desculpe, é culpa minha.

Um buquê floral de pera, limão e verbena paira no quarto. Farejo o ar.

— Você passou *meu perfume?*

Ele levanta as duas mãos, as palmas para fora.

— Não era para mim. Eu lembro, seu perfume é muito bom. Pensei que Emily talvez gostasse dele também, como um presente de pedido de desculpas. Passei só um pouquinho, para me lembrar do cheiro. Aí *ele* tentou tirar o perfume de mim e eu o deixei cair na pia.

— E esse foi o barulho que você ouviu — termina Graeme.

Marchando para o canto oposto da cabine até ficar entre as duas camas, eu pressiono os punhos nas têmporas e espremo os olhos. Cheguei ao meu limite.

— Por favor, vão embora.

Nikolai não precisa ouvir duas vezes. Com um murmúrio de boa-noite, ele se retira. A porta se fecha silenciosamente atrás de si.

Assim que ele some, vou até a mesa pisando duro e puxo a camisa de Graeme das profundezas do móvel. Empurro-a para ele, bem no meio de seu peito nu.

— Você também.

Ele fica me olhando.

— Você está verdadeiramente zangada comigo agora?

— Eu não queria que Gustavo soubesse de nós. Você sabia disso. E acaba de anunciar o fato como se não fosse nada.

Graeme veste a camisa.

— Ele não vai contar ao James.

— Você tem certeza disso?

— Não estamos quebrando nenhuma regra.

— E desde quando isso impediu alguma fofoca de circular? James vai descobrir e tudo vai se arruinar. Eu sei.

Estou tão furiosa que tremo.

Graeme caminha de um lado para o outro na cabine.

— Por que você tem tanto medo? — explode ele.

— Porque é a minha carreira, minha vida. — Passo os braços em torno da barriga para conter a náusea. — Eu estava enganada sobre nós. É um erro. É como Sean outra vez.

Minhas palavras são pouco mais que um sussurro, mas elas abrem um buraco imenso em meu peito. Não consigo me mover. Cada respiração é uma faca no meu coração partido.

— Eu não sou o Sean! — ruge Graeme. — Eu contei ao líder do cruzeiro sobre nós, sim. Mas não porque sou um babaca. Fiz isso para *salvá-la,* Henley. Porque era a única opção disponível que não envolvia você quebrando alguma regra da empresa.

Uma vozinha ínfima reconhece a verdade nas palavras dele, mas não importa. Porque minha carreira na Seaquest acabou. Eu sei.

As narinas inflando, Graeme cruza a distância entre nós em três passadas e segura meus braços. Seus movimentos são convulsivos, mas seu toque é gentil. Respirando profundamente pelo nariz, ele fecha os olhos por um breve instante.

— É triste. Estou triste por você, Henley. Você merece ser feliz, e nunca será feliz trabalhando feito uma mula de carga sem nada nem ninguém na sua vida.

Uma fissura se forma em algum lugar bem no fundo do meu âmago. Uma rede de rachaduras se abre, espalhando-se. A raiva cresce — uma massa espessa, viscosa. Arranco meus braços das mãos dele.

— Olha só quem fala. — Minhas coxas tremem quando claudico até o lado oposto do quarto. — Como vão todos os seus amigos, hein? Ah, espere, você provavelmente não sabe porque se isolou de todo mundo. Eu vi o comentário do seu primo no Instagram, dizendo que "era bom ver você de volta ao mundo". E você quer me dar palestrinha sobre me isolar? Você andou se escondendo debaixo de uma pedra.

Ele recua de repente como se eu o tivesse estapeado. Uma nuvem escura se assenta sobre a cabine. O navio range ao vencer uma onda e mergulhar no declive. Seguro na cabeceira de Walsh para me estabilizar. Ambos respiramos pesadamente. Qualquer desejo entre nós foi consumido como uma estrela cadente adentrando a atmosfera terrestre.

A voz de Graeme soa inexpressiva quando ele finalmente fala.

— Você age como se fosse a única que corresse algum risco nessa brincadeira. Não é. Eu entendo como isso — ele aponta para nós — complica tudo. Mas estava disposto a tentar. Porque eu me importo com você, Henley. Talvez estivesse errado em tentar.

As palavras pairam no ar, esperando que eu as rebata, que eu discuta. Não faço isso. O queixo tremendo, respiro fundo e endureço meu coração.

— Talvez.

Os ombros de Graeme desabam enquanto seu queixo se abaixa, assentindo pesadamente.

— Então, tá.

Ele sai.

E eu fico sozinha.

Ainda estou acordada quando Walsh tropeça para dentro de nossa cabine, duas horas depois.

As lágrimas secaram em minhas bochechas, deixando para trás rastros salgados. Eu rolo quando ela acende o abajur da mesa.

— Por que você está aqui? — pergunta ela. — Esquece isso, por que você está aqui *sozinha?* Cadê o Graeme?

— Foi embora.

Minha voz sai mais áspera que um arbusto de urtiga.

— Problemas no paraíso?

— Nunca foi um paraíso. Foi um equívoco.

— Faça-me o favor. Qualquer homem hétero capaz de cantar ABBA é alguém que vale a pena — engrola ela.

Algo brilha em sua mão — um copo cheio de gelo e um líquido transparente. Entortando quando o navio joga, ela toma um gole antes de colocar o copo na beira da mesa junto com seu celular, que ela pesca dentro do decote. Desenrolando o cabo, ela o coloca para carregar.

— Não se preocupe, vocês terão tempo de sobra pra resolver isso quando voltarmos.

Agarrando a barra do vestido, ela o puxa por cima da cabeça e o deixa cair no chão a caminho do armário.

— Por que você acha isso?

Ela exala, seus ombros afundando.

— Porque não vou morar com você.

Eu me sento na cama.

— Para onde você vai?

— De volta para Boulder — diz ela, vestindo uma camiseta enorme.

— Pensei que estivesse cansada de Boulder.

— É como um poço forrado de veludo. Eu tento escalar para sair, mas escorrego de volta para dentro.

Um alerta soa em meu cérebro, em meio ao pesar.

— Do que estamos falando aqui?

Ela não responde. Em vez disso, desaparece dentro do banheiro.

Eu me levanto da cama.

— Walsh — chamo.

Quando passo pela mesa, faço uma pausa. Posso sentir o cheiro do álcool de onde estou. Erguendo o copo, sinto o cheiro e tomo um gole. O fogo queima minha garganta e meu rosto se franze todo.

— Puta merda.

É gim puro, com talvez um respingo de água tônica. Quanto ela bebeu esta noite?

Seu telefone se acende com uma nova mensagem de texto. Mais duas brotam em rápida sucessão. Todas elas são do Ursinho das Más Notícias. Apanho seu telefone com dedos instáveis.

> Vamos lá, meu bem. Você sabe que eu sou o único que te dá valor. Eu sempre vou cuidar de você.

> Você só precisa ser bacana comigo. Chega de ser respondona e chega de se esconder em Seattle.

> Volte e tudo será perdoado. Eu prometo.

Releio as mensagens três vezes, meu estômago criando um vazio. Eu tento abrir a tela, mas há uma senha. Digito o código que ela usava anos atrás, mas não funciona. Ela trocou.

Desplugando o celular e segurando-o com meu punho trêmulo, eu abro a porta do banheiro. Walsh toma um susto, enxugando a boca com uma toalha, a escova e o tubo aberto de pasta de dentes esparramados no balcão perto da pia.

— Você mentiu para mim. Ursinho das Más Notícias é Keith, não é? Vocês ainda estão juntos.

Ela vê o telefone e tenta tomá-lo de mim. Eu o mantenho afastado dela.

— Isso não é da sua conta.

— Pode me contar.

— Devolva.

— Walsh — imploro.

— Tá, é o Keith, tá bom? — Ela toma o celular da minha mão frouxa. Abrindo a tela, ela me empurra com o ombro e entra na cabine para ler as novas mensagens. Suas bochechas coradas empalidecem. — É... não é o que parece.

Abraço meu próprio peito.

— Ah, não, é? Então, o que é?

— Você não entenderia.

— O que eu não entenderia?

— Eu sou difícil de conviver.

— Você acha que eu não sei?

— Eu... eu não tenho nada a meu favor. Larguei a faculdade. Não consigo manter um emprego nem arranjar outro agora, e estou falida. Keith... ele não liga para nada disso. Ele está do meu lado.

— Ele é condescendente com você. *Chega de ser respondona? Chega de se esconder em Seattle?* Quem diabos ele pensa que é? Ele age como se fosse seu dono. É assim que ele fala com você o tempo todo?

Afundando na cama, Walsh puxa os joelhos para o peito.

— Ele não está falando sério. Ele não é um cara ruim, só fica zangado de vez em quando...

O gelo preenche minhas veias.

— O que ele faz quando fica zangado?

Ela desvia o rosto.

Eu me sento na frente dela e agarro seus joelhos.

— O que ele fez, Walsh?

Ela ergue e abaixa um ombro.

— Ele jogou algo em mim. Foi a primeira vez que ele perdeu o controle assim. Geralmente, ele só grita.

— O que foi que ele jogou?

— Um prato. Quebrou na parede — murmura ela.

Meu peito se aperta e mal posso respirar.

— Walsh, isso é muita coisa.

Ela se remexe como se quisesse ficar de pé, mas eu abaixo o rosto para ficar no campo de visão dela.

— Fale comigo. Por favor. O que houve?

— Cortei o cabelo. — Uma lágrima escorre por sua bochecha e ela a enxuga. — Ele não gosta quando faço alguma mudança sem consultá-lo antes. Eu sabia disso, e cortei o cabelo mesmo assim. E quando cheguei em casa ele ficou bravo. Sério, eu já deveria saber.

Oscilando sobre os calcanhares, eu a fito, boquiaberta e horrorizada. Pensei que talvez ele a tivesse traído, ou vice-versa, e que por isso tivessem terminado.

Não pensei que fosse nada assim.

— Ele pediu desculpas na mesma hora. De fato, ele tem me mandado mensagens de texto pedindo desculpas todos os dias desde então. Mas aquilo me apavorou, e foi por isso que saí de lá.

Eu me sento ao lado dela na cama.

— Olhe para mim.

Ela não se mexe. Pego seu braço e o chacoalho.

— Olhe para mim.

A cabeça dela vira e seus olhos azuis enormes encontram os meus.

— Keith é um babaca abusivo e controlador. Ele acha que *ele* pode decidir quando e como você corta seu cabelo? Não. Não pode, não. E aposto que ele também tem opiniões fortes sobre suas roupas, suas amigas e sobre o que você faz no seu tempo livre, não tem?

Fungando, ela assente.

— Walsh, *isso é abuso*. E está escalando. Se você ficasse com ele, da próxima vez ele não erraria o alvo. Ele a machucaria.

— Não sei... ele parece tão arrependido. Como se o que fez também o tivesse assustado...

Eu pego a mão dela entre as minhas e aperto.

— Não. — Balanço a cabeça. — Ele não está arrependido. Só está preocupado porque você ficou esperta e o deixou. Abusadores não param. Se você voltar para ele agora, ele *vai* te machucar, eu garanto.

Minha voz se parte e engulo uma onda de emoção.

O rosto dela se franze e seus olhos dardejam loucamente.

— Mas e se eu fracassar e não conseguir me virar sozinha? E se eu não conseguir arrumar um emprego nem te ajudar a pagar aluguel ou...

— Walsh, você tem *a mim*. Sempre estarei do seu lado, não importa o que aconteça. Você não precisa dele.

Um soluço escapa de Walsh.

— Você está certa — grasna ela. — Sabe, lá no fundo, acho que eu sabia quem Keith era esse tempo todo. O que isso diz a meu respeito?

— Não, você não tinha como saber — afirmo, mas ela prossegue.

— Quero dizer, ele era tão charmoso. Sempre me levava a restaurantes caros. Ele me ajudava a pagar o aluguel. Ele me fez sentir especial. Por outro lado, nada do que eu fazia estava bom o bastante. Ele sempre achava um jeito de me deixar para baixo. Mas aí ele fazia algo tão exagerado, tipo me convidar para ir morar na cobertura dele ou me dar um colar de pérolas de mil dólares, e eu achava que estava maluca por sentir que ele não era um cara tão legal assim.

— Porque Keith é um mestre da manipulação. Você é muito corajosa por deixá-lo, e tenho muito orgulho de você por reconhecer o perigo em que estava. Nunca mais converse com ele. Nunca, tá bom? Na verdade, venha cá.

Gentilmente, tomo o telefone de suas mãos trêmulas. Agindo lentamente para que ela possa ver exatamente o que estou fazendo, digito os comandos necessários.

Com o polegar pairando sobre a tela, nossos olhos se encontram. Depois de respirar três vezes, trêmula, ela assente. Eu clico BLOQUEAR e Ursinho das Más Notícias desaparece. Com sorte, para sempre.

— Pronto. — Solto o telefone na cama ao meu lado. — Esse homem é um veneno. E você merece coisa muito melhor.

O queixo de Walsh treme enquanto lágrimas cascateiam por suas bochechas rosadas.

— Henley... você não faz ideia do quanto eu precisava ouvir você dizer isso.

Nós duas desabamos por completo. Envolvendo-a em meus braços, esfrego minhas mãos por suas costas enquanto ela soluça apoiada em meu ombro. Minhas lágrimas caem, penetrando em meus cabelos.

— Como é que eu não sabia de nada disso? — murmuro.

Walsh passa a mão no nariz.

— Porque é difícil entrar em contato com você. E, às vezes, mesmo quando eu consigo...

Ela se cala.

— O quê? — insisto.

— Bem, sinto que estou falando com um robô. Como se você só estivesse presente pela metade, porque já está pensando no que vem em seguida para completar na sua lista. *Falar com Walsh: feito. Agora, hora de dar comida pro gato.*

Meu maxilar se solta e a culpa me inunda como um tsunami.
Porque é verdade.
Mal consigo me lembrar da última vez que conversei com Walsh estando cem por cento focada nela, e não dobrando as roupas lavadas ou verificando e-mails ou, literalmente, dando comida para o gato.

— Eu quis falar sobre o Keith com você tantas vezes. Eu só... não sabia como.

A raiva e a ansiedade que têm me segurado desde minha briga com Graeme se derretem e a fissura dentro de mim se escancara até a alma.

Visões de nossa infância circulam por minha memória como uma apresentação de slides.

Walsh, uma criança gordinha de três anos, chorando porque caiu e ralou o joelho. Eu ponho um curativo de arco-íris meio torto no local, junto com um beijo.

Walsh, jogando seu livro escolar do outro lado da sala, frustrada. Ela está no sétimo ano e indo mal em matemática. Apanho o livro e o carrego de volta até a mesa da cozinha. Eu o abro na frente dela e puxo uma cadeira.

Walsh entrando numa briga aos gritos com seu namorado do ensino médio numa festa de Ano-Novo. Estou de visita da faculdade e digo a ele para cair fora.

Walsh... sumindo no pano de fundo da minha vida. Eu me formo na faculdade e me mudo para Seattle. Arrumo um emprego. Paro de visitar com a mesma frequência. Ela liga, mas estou ocupada. Nossas conversas são breves. Ela manda mensagens de texto. Eu mando algumas palavras em resposta. Os anos vão passando e a distância entre nós cresce. Começo um programa noturno de MBA. Trabalho por longas horas. Mal respondo as suas mensagens de texto.

Walsh é minha irmã caçula. E eu não estive do lado dela. Já há um bom tempo.

E ela não é a única pessoa da qual me afastei. Quantas vezes dispensei Christina quando ela me convidou para almoçar? E agora Graeme...

— Tenho sido uma péssima irmã.

Minha voz se entrecorta. Walsh sacode a cabeça, mas eu assinto, os lábios se empenhando para formar palavras em meio às lágrimas.

— Tenho, sim. Desculpe por não estar a seu lado, Walsh. Isso vai mudar, tá? Somos uma família, e não há nada mais importante do que a família. Eu vou me esforçar para melhorar. Prometo.

Passando um braço ao meu redor, ela apoia a cabeça no meu ombro.

— Você já está se esforçando.

25

A última manhã do cruzeiro amanhece tão pesada e austera quanto uma ressaca.

Nuvens cobrem o céu quando desembarcamos em Bartolomé, a ilha mais jovem do arquipélago e nada além de uma cusparada de rocha sem vida. Walsh caminha a meu lado enquanto escalamos os 372 degraus de madeira que levam ao ponto mais alto da ilha.

A pele sob os olhos dela está arroxeada por causa de nossa conversa tarde da noite, mas há uma leveza em Walsh que não estava presente antes.

Há esperança.

Uma pena que qualquer esperança para minha própria vida amorosa tenha se extinguido como um fogo de palha. Três degraus à nossa frente, Graeme sobe, seu ritmo firme e decidido. Meu coração martela e não é somente pelo esforço.

— Fale com ele — diz Walsh.

Ela não tinha me deixado dormir na noite passada até que eu lhe contasse tudo o que acontecera com Graeme, de modo que estava atualizada.

Parando de súbito numa plataforma, vou até a borda e me apoio na amurada de madeira. Lá embaixo, uma pilha de rochas vulcânicas vermelhas e pretas levam ao mar.

— Acabou. Basicamente destruí qualquer chance que tivéssemos de ficar juntos.

— Acho difícil acreditar nisso.

— Acredite. Eu estava tão obcecada com essa promoção que perdi completamente de vista todo o restante. Talvez devesse sair da disputa. Retirar meu nome. Preciso me concentrar em você neste momento.

Walsh me agarra pelo antebraço e me faz girar para ficar de frente a ela.

— Não ouse! Você é Henley Evans, caralho. Quando o bicho pega, você mete dinamite nele e detona tudo. Obstáculos? Isso não existe.

— Preciso estar disponível para você.

— Hen, eu não sou responsabilidade sua. Agradeço por você querer me ajudar, e honestamente, agora, vou aceitar toda a ajuda que puder receber. Mas você não deveria desistir de tudo por minha causa. Não vou permitir. O primeiro passo... Converse com aquele homem. Eu nunca te vi tão feliz como quando está com ele. Você praticamente brilha. Se você estava errada, peça desculpas. Corrija, melhore.

Walsh tem razão. Eu devo um pedido de desculpas a Graeme. É o certo a se fazer — mesmo que isso não mude nadica de nada.

Mas, por favor, tomara que mude. Graeme se revelou o homem mais atencioso, gentil e encorajador que já conheci, e eu o joguei para fora da minha vida como se fosse lixo. Minhas entranhas se apertam e contenho uma súbita onda de náusea.

Eu gosto tanto dele que isso me dá medo.

Mas ainda tem Walsh... e a promoção...

Como posso escolher? Eu preciso mesmo escolher? Será que posso estar pronta para apoiar Walsh, me dedicar plenamente à minha carreira *e ainda,* de algum jeito, ficar com o homem dos meus sonhos?

Não parece possível. Especialmente depois da noite passada.

Engulo em seco. Tenho que ao menos tentar consertar as coisas com Graeme, mesmo que seja tarde demais. Devo isso a ele, e devo isso a mim mesma.

Com uma brisa forte soprando mechas de cabelo em meu rosto, subo os últimos degraus até o aclive de terra que leva ao ponto mais alto da ilha. Respirando fundo, eu me aproximo, postando-me ao lado de Graeme. O vento bate em minhas bochechas, e prendo uma mecha atrás da orelha.

— Oi — digo, enxugando as palmas das mãos na bermuda.

Ele não olha para mim.

— Oi.

— A vista daqui realmente é impressionante — falo, sem graça.

Um pedaço indizível de oceano abraça as colinas verdejantes da ilha vizinha, Santiago, espalhando-se diante de nós.

Ele me lança um olhar de soslaio e levanta a câmera.

Eu murcho.

— Tá, deixa para lá a conversa à toa. Desculpe... pelo que eu disse ontem à noite e como eu agi. Você não merecia nada daquilo.

As narinas inflando, ele assente uma vez. Sua câmera clica.

— A verdade é que... não sei o que eu quero neste momento. Descobri uma coisa ontem, depois que você saiu...

Roubo uma olhadela para Walsh, que evita de maneira muito óbvia olhar nesta direção. Ela está debruçada sobre a amurada nos degraus, fitando a paisagem.

— E isso me fez perceber algo. Você tinha razão a meu respeito. Eu tenho medo, sim. De tudo. Tenho medo de perder a promoção, e tenho medo do que vai acontecer se eu não perder. Tenho medo de experimentar coisas novas e tenho medo de fracassar. Preciso fazer algumas mudanças na minha vida. Mudanças grandes.

Algo se move rapidamente sob a amurada à minha esquerda. É um lagartinho preto com uma mancha vermelha no focinho. Pelo visto, a ilha não é totalmente destituída de vida, no final das contas.

Engulo o nó que está se formando em minha garganta. Graeme ainda não olhou para mim.

— Eu... entendo se você não quiser nada comigo. Eu também não iria querer, se fosse você...

Os ombros de Graeme se enrijecem. Atrás da câmera, seu rosto é uma máscara impassível.

Com o coração se desfazendo em poeira, coloco a mão no antebraço dele.

— Então, eu só queria agradecer. Por tudo. Não importa o que aconteça com a promoção, ou conosco, nem nada disso, saiba que sempre vou me lembrar com carinho desse tempo com você. Você é o homem mais gentil e atencioso que já tive o privilégio de conhecer. Sua resiliência me inspira. E eu te admiro muito.

Tiro meus dedos de seu braço e enfio as mãos trêmulas nos bolsos. Ele ainda não abaixou a câmera.

— Boa sorte com a promoção. Se vale de alguma coisa, acho que você seria um excelente diretor de marketing digital. Te vejo por aí.

Viro as costas para ele exatamente quando o sol aparece por trás das nuvens, iluminando a paisagem em cores deslumbrantes. Na base da ilha, o Rochedo Pináculo, um pico irregular e avermelhado, aponta para o céu azul como a ponta de uma flecha.

Graeme não diz nada.

Faz duas semanas desde o cruzeiro.

Duas semanas de reuniões, do começo do semestre de outono e de volta à rotina da existência. Consegui ficar em dia com todos os meus e-mails de trabalho, meus projetos atuais estão atualizados e estou adiantada com o mailing do Alaska para o mês que vem.

Então, por que me sinto tão vazia?

Meu telefone pulsa como um farol de onde está, enfiado em minha bolsa. Nele, centenas de fotos das Galápagos pairam na nuvem. Pelo menos três dúzias incluem Graeme. Passo o indicador pela alça da bolsa aparecendo debaixo da minha mesa. Eu poderia olhar para as fotos de novo... seria só a quarta vez hoje...

Fecho a mão num punho no colo, forçando-a a continuar imóvel.

Não. Eu falei o que precisava falar duas semanas atrás, e Graeme não ligou nem mandou uma mensagem de texto desde então — nada, exceto os contatos profissionais obrigatórios. Seu silêncio é perfeitamente claro. Meu peito dói e eu esfrego a parte baixa da mão contra a dor física.

Chega de chorar pelo que poderia ter sido. Preciso olhar para a frente, especialmente agora que dei uma boa olhada em minha vida. Quase perder minha irmã para um relacionamento abusivo e me apaixonar por um cara só para colocá-lo para correr mudou tudo. Fez com que eu percebesse que tenho andado tão singularmente focada em minha carreira que fiz sacrifícios demais — perdi coisas demais com as pessoas que amo.

Chega disso.

Eu posso ser profissional *e ainda* abrir espaço para experiências significativas em minha vida. Mesmo que isso não inclua Graeme.

Balançando a cabeça com um gemido exasperado, abro a apresentação em PowerPoint de minha proposta de marketing digital: trinta e dois slides de dados persuasivos expostos em toda a sua glória, ricamente lastreados por números.

— Mulher, você ainda está mexendo nisso? — A voz de Christina soa atrás de mim. Ela está de pé no meu cubículo, uma jaqueta leve fechada sobre si para afastar a insinuação de outono que paira no ar. — Pensei que já tivesse compartilhado isso com a Barb.

— E compartilhei, hoje cedo. Bem, enviei para James. Ele queria ver o material antes de eu apresentar formalmente a proposta para ele. Estou só revisando — enrolo.

— Eu te falei, essa promoção já está na sua mão. Sua ideia de começar uma iniciativa de preservação nas Galápagos é matadora. James vai adorar, você vai ver.

Forço meus lábios numa imitação de um sorriso.

— É.

Pelo menos Gustavo nunca contou a James sobre ter encontrado Graeme em minha cabine — um entrave a menos para a promoção. Minha mandíbula se retesa com o lembrete de que Graeme tinha razão.

Christina apoia um quadril em minha mesa.

— Tory e eu vamos sair para almoçar daqui a alguns minutos. Quer vir?

— Eu adoraria, mas já tenho um compromisso. Vou almoçar com a Walsh. Que tal outro dia? O que você vai fazer depois do nosso jogo de futebol no sábado?

Finalmente deixei Christina me convencer a me juntar à sua liga recreativa. Mesmo após duas semanas, meus músculos ainda estão doloridos pelo novo nível de exercício.

Ela abaixa o queixo e seus olhos escuros faíscam.

— Não posso. Noite de encontro com o novo gatinho.

— Oooohh! É o Nerd de Óculos ou o Cara do Coque?

— Nerd de Óculos. Agora sei o que você vai dizer. O perfil dele no Bumble era tááão besta, mas sei lá, ele parece tão... bacana.

Reprimo um suspiro. "Bacana" pode carregar muita coisa.

— Café no domingo para contar tudo?

— Só se eu não ficar acordada até muito tarde na noite do sábado. — Ela estala a língua duas vezes e aponta o indicador para mim como se disparasse uma pistola. — Eu te mando uma mensagem.

— Combinado.

Quando ela sai, confiro o horário no meu celular. Meia hora até o almoço com Walsh. O arquivo com as fotos me chama, mas, em vez disso, envio uma mensagem para ela.

> Como foi a terapia hoje?

Nem vinte segundos depois, meu telefone vibra.

> Incrível. Eu tive um insight... acho que finalmente odeio o Keith!

> Eeeeeeee!

Envio para ela o meme de um gatinho alegremente disparando uma metralhadora, ao estilo Rambo.

> Melhor do que a alternativa

Um calafrio desce por minha espinha dorsal e puxo o suéter mais para junto do corpo ao pensar no que poderia ter acontecido.

> Devo levar champanhe esta noite para comemorar?

> Você não tem aula hoje?

> Não, larguei a aula de terça, lembra?

> Aaah, tudo bem. Então, agora só às quintas?

> Isso

 Reduzir minha carga de aulas significou estender meu programa por outros dois semestres, mas o que consegui em troca? Sanidade. Equilíbrio. E uma delícia de tempo livre para passar com as pessoas mais importantes para mim — como Walsh. Meu celular vibra de novo.

> Vamos abrir a champanhe, então! Mas troque por sidra espumante, porque tenho aula de ioga logo cedo amanhã.

 Ah, garota!
 — Evans — uma voz dispara atrás de mim e quase deixo cair meu telefone. James me olha carrancudo de cima da parede de meu cubículo, as bochechas vermelhas quase não passando dela. — Meu escritório, dez minutos.
 Minha pulsação entra num galope. Será que pode ser sobre a promoção? Eu só tenho uma reunião agendada formalmente com James para apresentar minha proposta hoje à tarde.
 Oito minutos depois, estou de pé junto à mesa de Barbara com um bloco de anotações, telefone e caneta agarrados contra o peito.
 — Você sabe do que se trata? — murmuro.
 Ela dá de ombros.
 — Nem ideia, meu anjo.
 — Humor?
 — Arrogante.
 — E isso é diferente do de sempre?
 Ela sorri.
 — Não tão carrancudo quanto o usual.

Meus ombros relaxam por um instante enquanto respiro fundo.

— Aqui vamos nós — murmuro.

Barbara me dá uma saudação zombeteira quando bato na porta da sala de James.

— Entre — ele solta.

Entro na sala. Ele não olha para mim enquanto atravesso a sala e me acomodo numa de suas cadeiras laranja. Em vez disso, ele clica seu mouse, os olhos colados na tela do computador. Depois do que parece ser uma eternidade, mas provavelmente tenham sido apenas dez segundos, ele retira os óculos de armação metálica e os joga na mesa.

— Revisei sua proposta e a de Graeme... — começa ele, mas uma voz familiar o interrompe do telefone em sua mesa. Perco o fôlego.

— Com licença, James. Henley, também estou na linha. Só queria avisar.

— Oi, Graeme. — Minha voz oscila e eu pigarreio.

James espreme os lábios pálidos numa linha estreita. Com uma lentidão deliberada, ele apanha os óculos, limpa a lente com um tecido que tira do bolso da camisa e se ajeita na cadeira executiva.

— Como eu ia dizendo, revisei suas propostas por escrito e cheguei a uma decisão. Graeme, meus parabéns. Você é o novo diretor de marketing digital.

— O quê? — gaguejo. — Pensei que eu teria uma chance de apresentar...

— Isso foi antes de eu ler sua proposta. Henley, qual era a sua tarefa?

Engulo a bile subindo pela garganta.

— Pensar num modo de usar o marketing digital para aumentar as vendas de cruzeiros nas Galápagos.

— Quando você me ligou com a sua ideia desmiolada de solicitar doações para uma ONG local, eu estava cético, para dizer o mínimo. Não via como apoiar um esforço filantrópico teria relação com o aumento das vendas. Eu não disse nada naquele momento porque queria lhe dar a chance de se provar. Mas sua proposta não fez nada para me convencer de que esse é o melhor uso dos recursos de nossa empresa. É uma ideia bonitinha, nada mais.

— Está falando sério? A ideia dela é *fantástica,* e se você não consegue enxergar isso... — Graeme o interrompe, mas eu falo por cima dele antes que possa dizer algo de que se arrependa.

— James, investir no ecoturismo nas Galápagos seria um ato forte para nós. Como pode ver em minha proposta, eu analisei os números e...

James dá um tapa na mesa, me silenciando com o espanto.

— Você *não é* a diretora-executiva de marketing aqui. Eu sou. E a última coisa que desejo num diretor, alguém que presta contas *a mim*, é insubordinação. Você não seguiu os parâmetros indicados. Portanto, não receberá a promoção. Fim da discussão.

— Espere só um minutinho aí... — começa Graeme.

— Não, tudo bem, Graeme. — Minha garganta se contrai, engasgando na onda de decepção. Tenho que tossir duas vezes antes de conseguir falar de novo. — Lamento tê-lo desapontado, James. Obrigada por me considerar para a vaga. Graeme, parabéns.

Eu me levanto cambaleando e vou até a porta.

— Não se preocupe, Henley. — James sorri afetadamente atrás de mim. — Talvez surja outra oportunidade. Nesse meio-tempo, mantenha o foco no trabalho e cumpra sua função. E se você continuar trabalhando como a abelhinha atarefada que é, quem sabe o que pode acontecer, não é?

Não olho para ele quando passo pela porta. Barbara se levanta ao me ver, seu sorriso desvanecendo numa expressão preocupada.

— Ei, o que houve?

— Não consegui.

Minha voz embarga. As palavras ecoam em meu cérebro como um sino de luto.

— Ah, docinho. Eu lamento muito.

— Tudo bem. Eu tô bem.

Eu não estou nada bem. Ai, Deus, as lágrimas... Elas estão chegando. Aceno para Barbara enquanto combato um soluço e corro para o banheiro.

Estou chorando no trabalho. O dia não podia ficar pior.

Acelerando pelo corredor, empurro a porta do banheiro feminino com o ombro e o descubro, graças aos céus, vazio. Meus saltos clicam contra o mármore preto e branco enquanto caminho de um lado para o outro. Não tenho ar suficiente. A decepção atola meus pulmões como se fosse poeira de carvão. Eu respiro fundo, trêmula.

Meu telefone vibra de onde está, pressionado contra o peito. Em meio às lágrimas, vejo o nome em minha tela. Graeme está ligando. Um facho de felicidade perpassa a dor em meu coração. Ele ganhou a promoção. Ele a queria tanto quanto eu, e conseguiu. O choque me invade. Mal posso acreditar que estou legitimamente feliz por ele.

E agora ele vai se mudar para Seattle.

Minhas emoções rodopiam e espumam como um redemoinho, mas, por baixo de tudo, um anseio sobe para a superfície. Ouvir a voz dele...

A porta do banheiro se abre e Christina entra. Mando a ligação para a caixa postal e enxugo as lágrimas do rosto.

— O que você está fazendo aqui? Por que não está almoçando? — Minha voz sai tão vacilante quanto meus joelhos.

Christina se joga sobre mim num abraço de esmagar ossos.

— Barbara me contou.

Notícias ruins realmente se espalham depressa. Tory entra no banheiro logo atrás de Christina. Barbara a segue de perto.

— Henley, eu sinto tanto — diz Tory, as sobrancelhas platinadas se apertando. Sua voz ecoa pelo banheiro vazio.

Eu levo alguns instantes para perceber que Christina está realmente *me abraçando,* pela primeira vez, antes de abraçá-la de volta. Meus dutos lacrimais decidem inflar como se estivéssemos assistindo a um filme trágico, e uma lágrima grande e gorda rola por meu nariz.

— Obrigada, gente.

Desconectando, eu pego uma toalha de papel no recipiente perto do meu cotovelo e enxugo os olhos.

— Isso é uma bobajada de primeira — diz Christina.

Encolho os ombros.

— James não gostou da minha proposta. O que se pode fazer?

— Você não precisa engolir isso sem reagir — oferece Barbara, ao lado da pia.

— Como assim?

— Passe por cima dele — diz ela.

— O quê, e falar com Marlen?

— É — contribui Tory. — Ele sempre diz em nossas reuniões que gosta de ouvir as ideias novas de qualquer membro da equipe, apesar de ser o CEO. E se você levasse a sua proposta diretamente para ele? Talvez ele reverta a decisão de James e lhe dê a promoção...

Um mês atrás, eu teria saltado ante a menor possibilidade de uma segunda chance para uma vaga na diretoria. Agora, porém...

— Não. Dane-se a promoção.

Tory e Christina trocam uma expressão boquiaberta de choque.

— Henley, é você mesmo? Ou isso é uma ameba devoradora de cérebros falando? — indaga Christina, me olhando como se fosse uma médica examinando uma paciente terminal.

— Dane-se — enuncio calmamente. — Isso vai muito além da promoção. Eu fiz algo lá nas Galápagos, algo de bom.

A visão do tentilhão bebê morto, a gratidão de Doug e Analisa e os rostos entusiasmados dos hóspedes quando tiveram a chance de contribuir passam por minha mente e eu me endireito.

— Eu vou procurar Marlen, mas não se trata mais da promoção. Trata-se de assumir uma posição por algo que pode de fato fazer diferença no mundo.

Tory assente, as bochechas se encolhendo num sorriso amplo.

— Como podemos ajudar? — pergunta Barbara.

— Bem, para começar, qual é o melhor jeito de conseguir uma reunião com Marlen?

— Deixe eu colocar em prática minha magia de assistente-executiva.

Barbara se vira para sair, mas eu a seguro pelo braço.

— Barb, por que você está me ajudando? Não que eu não esteja agradecida, mas... por quê?

Barbara e eu nos damos bem, mas não somos exatamente amigas. Nunca passamos tempo juntas fora do trabalho e, tirando nossas conversas irônicas sobre James, não conversamos muito.

Os lábios carnudos dela se curvam.

— Você me lembra de mim quando eu era mais nova. Antes que a vida me jogasse alguns bebês e um ex-marido e minhas esperanças de uma faculdade e uma carreira satisfatória saíssem pela janela. Não era meu sonho ser secretária, sabe? Mas agora eu posso viver indiretamente por você.

— Não está tarde demais. Você sempre pode voltar a estudar, tirar um diploma...

Ela sacode a cabeça.

— Não se preocupe comigo. Este é o seu momento. Só não desista sem lutar.

Ela sai do banheiro a passos largos.

Christina se adianta.

— O que podemos fazer para ajudar?

Esfrego o maxilar enquanto começo a andar de um lado para o outro.

— Se eu vou apresentar a ideia para Marlen, não posso me limitar às Galápagos. Vou aumentar o escopo. E se eu propusesse a criação de uma iniciativa de preservação para a empresa toda, algo que toque todas as regiões em que operamos? Uma guinada para o ecoturismo?

— Algo como uma campanha de rebranding da empresa toda? — diz Christina.

Eu concordo.

Tory solta o ar lentamente num sopro.

— Isso é complicado. Você teria que identificar organizações com quem poderíamos firmar parcerias em todas as regiões, de preferência ONGs que coincidam com nossos itinerários. Depois, temos os custos de manejar as doações dos hóspedes e a estrutura legal para nos proteger dos riscos. Teríamos que atualizar o site, todo nosso material impresso...

Meus ombros desabam.

Tory saca seu celular e digita na tela.

— Um segundinho, deixe-me fazer uma ligação. Oi, meu bem — diz ela ao telefone, indo para o canto mais distante no banheiro e murmurando baixinho.

Meu telefone apita. Uma notificação surgiu. *Almoço c/ Walsh em 10 min*. Disparo uma mensagem de texto rápida para ela, avisando que talvez o almoço esteja cancelado e pedindo para ela aguardar.

Tory volta e desliza o telefone no bolso de trás.

— Contei para Michelle sobre a sua ideia e ela diz que vai ajudar. Ela pode nos aconselhar quanto a alguns dos aspectos legais e eu posso analisar os números.

A porta do banheiro se abre outra vez e Barbara ressurge.

— Conversei com Rose, a assistente-executiva de Marlen. Consegui uma reunião com Marlen para você na manhã desta quinta-feira, às dez.

Desculpe ser tão já, mas era a única abertura que ele tinha nas próximas duas semanas.

Minha pulsação acelera. É daqui a menos de quarenta e oito horas.

— Obrigada, Barbara. Você é a melhor!

— Reunião de planejamento na sua casa esta noite? — diz Christina, afastando-se do balcão e esfregando as mãos. — Tory, está bom assim para você e Michelle?

— Mas é claro.

— Barb, você tá dentro? — acrescenta ela.

Barbara assente.

— Não perderia por nada.

Três pares de olhos me estudam cheios de expectativa e me flagro com os meus cheios d'água.

— Vocês não sabem o que isso tudo significa para mim.

Os lábios se torcendo, Tory passa um braço em torno de mim, bem quando Christina faz o mesmo. Eu correspondo aos abraços. Como é que eu dei tanta sorte de ter amigas tão boas?

— É hoje, então.

Meu telefone vibra no bolso. Walsh está ligando. Eu atendo.

— Oi...

— Oi pra você também! O que está havendo? O que aconteceu com o almoço?

— Eu fiquei sabendo da promoção. Não consegui, mas estou passando para o plano B. Christina, Tory e algumas outras pessoas vão lá em casa mais tarde para me ajudar a preparar uma apresentação para o nosso CEO.

— Você tá bem?

Com minha irmã do lado e minhas amigas me apoiando...

— Sabe do que mais? Estou, sim.

26

Meu apartamento minúsculo nunca esteve tão cheio de gente. Miojo tomou um lugar no colo de Michelle, aninhando-se contra a adorável barriguinha de início de gestação enquanto ela aponta por cima do ombro de Tory para algo em seu notebook. Walsh está na cozinha enchendo os copos de água, Christina está esparramada na minha poltrona, folheando um bloco de anotações, e Barbara está sentada na mesinha da cozinha, acrescentando anotações à minha apresentação no PowerPoint. Seu celular toca e ela atende.

Pressionando os punhos na parte baixa das costas, arqueio minha coluna sentada no chão. Na minha frente, um caderno cheio de rabiscos e anotações realçadas se abre pela mesinha de centro, ao lado de duas caixas de pizza praticamente vazias. Estamos nisso há três horas, mas sinto que mal arranhamos a superfície da minha ideia. O pânico ameaça rasgar minha garganta, mas eu o empurro para baixo.

Eu dou conta. *Nós* damos conta.

Barbara se afasta da mesa da cozinha, as pernas da cadeira arranhando o chão, e se levanta. Ela passa a alça da bolsa-sacola por cima do ombro.

— Tenho que correr.

Franzo as sobrancelhas diante de sua expressão estressada.

— Tudo bem?

Ela revira os olhos.

— É a Maya, minha caçula. Ela pegaria carona de volta para casa com outra jogadora depois do vôlei, mas esqueceu de me dizer que sua carona não foi porque estava doente, então agora tenho que ir buscá-la.

Pondo-me de pé, forço a tensão a deixar meus ombros e lhe dou um abraço rápido.

— Muito obrigada pela sua ajuda.

— Sem problemas. É isso que vocês podem esperar com adolescentes, aliás — acrescenta ela para Tory e Michelle. — Aproveitem os anos com o bebê enquanto puderem.

— Ah, vamos aproveitar, sim — diz Tory, fitando amorosamente sua esposa enquanto acaricia a barriga arredondada.

Os passos de Barbara se afastam de meu apartamento e a porta se fecha com um clique.

— Então, esses números me parecem bons — diz Tory, voltando a atenção para o computador de novo. — Especialmente se você propuser começar o programa pelas Galápagos, British Columbia e Havaí, escalonando-o ao longo de dois anos.

Christina vira a cabeça para baixo e, quando se endireita, junta os longos cabelos num rabo de cavalo no topo da cabeça.

— Isso pode ser revolucionário, sabe? Não existem muitas empresas de cruzeiro do nosso tamanho fazendo algo desse tipo.

— Sem mencionar o potencial de causar um impacto em grande escala. Se metade de nossos clientes contribuir com uma quantia modesta, isso pode fazer uma diferença enorme — acrescenta Tory.

Uma batida reverbera na porta da frente. Franzindo a testa, eu sigo o corredor curto para atender. É Barbara.

— Esqueci meu telefone — diz ela, espremendo-se para entrar correndo na cozinha.

— Então, por que aquele gremlin do chefe da Henley não topou a ideia dela? — pergunta Walsh.

Ela leva dois copos de água gelada para a sala de estar, colocando um no baú ao lado de Christina e entregando o outro para Michelle.

Dou de ombros. Essa é a pergunta de um milhão de dólares.

— Porque ele não pensou nela primeiro — Barbara grita antes de sair correndo do apartamento outra vez.

— Ele sem dúvida se sente intimidado pela Henley — diz Tory, sua voz normalmente alegre perdendo a animação.

Christina assente para enfatizar.

— Quando se trata de mulheres inteligentes e ambiciosas, homens medíocres em geral ficam assim — diz Michelle.

Antes que eu possa me sentar, alguém bate na porta de novo. Barbara.

— Casaco — diz ela, batendo a palma da mão na testa.

Corro para a cozinha, apanho seu casaco azul-marinho no encosto da cadeira e o entrego para ela. Com um obrigada e outra rodada de despedidas, ela se vai.

Carrego meu notebook até a mesinha e retomo meu lugar no chão. Meu celular vibra de algum ponto perto dos meus pés. Apalpando ao redor, eu o encontro e abro a tela. Três chamadas perdidas de Graeme. Nada de novo — essas ligações são de mais cedo. Ele e eu brincamos de pega-pega pelo telefone hoje, e a última vez que tentei falar com ele, horas atrás, a ligação havia caído diretamente na caixa postal. Faço uma careta, lembrando da mensagem atrapalhada que deixei para ele, cheia de "parabéns" e "estou feliz por você".

E estou mesmo feliz por ele. Minhas entranhas se aquecem quando penso em trabalhar ao lado dele, ouvir sua voz, vê-lo todos os dias...

Uma pena ele não querer nada comigo. Pelo menos, não do jeito que eu quero.

Dou uma espiada nos aplicativos e encontro uma notificação recente — é do Instagram. Um novo seguidor. Ofego quando abro a notificação.

Graeme Cracker_Collins me seguiu. *Graham Cracker*. Meu apelido particular para ele. Meu coração galopa e sinto uma fisgada no peito.

Clico na foto pequenina de Graeme, seu rosto sorrindo para mim por baixo de seu cabelo agitado pelo vento. Ele postou três fotos das Galápagos, e uma delas é *de mim*, embora não se possa dizer claramente. É aquela que ele tirou na trilha. Um clarão de sol obscurece a maior parte do meu rosto, jogando-o nas sombras, mas o contorno de meu perfil forma um recorte dramático contra as árvores. Clico na foto para ler a legenda.

> **Graeme Cracker_Collins:** Para a mulher que me inspirou a voltar ao mundo, "obrigado" nunca será o bastante.

Graeme já tem mais de duzentos seguidores, muitos dos quais deixaram mensagens de amor e boas-vindas. Claramente, amigos e familiares. Ryan_Collins206 comentou na minha foto: "Quem é essa mulher? Preciso dar um beijo nela".

Engulo o nó doloroso em minha garganta. Graeme oficialmente retornou ao mundo.

Com o coração se partindo, eu o sigo de volta.

Uma batida soa da porta da frente.

— Barbara — murmuro. O que será que ela esqueceu agora?

A batida soa de novo, menos hesitante desta vez.

— Estou indo — grito.

Levantando, esfrego minhas coxas formigantes enquanto cruzo a sala de estar. O tecido fino da calça bailarina é liso contra as palmas de minhas mãos.

Abro a porta da frente. E quase desmaio.

Não é Barbara.

Graeme está de pé no meu corredor. É ele. Aqui. Em pessoa.

O perfume dele penetra meu choque primeiro, aquele cheiro cítrico com cedro, seguido pelo estado vagamente amarrotado de sua aparência. Ele está usando jeans e uma camiseta polo azul desbotada, com sua costumeira mochila preta. Suas bochechas estão ásperas e os olhos se arregalam quando encontram os meus.

— Obrigado por me seguir de volta — diz ele.

Por um instante insano, eu me pergunto se segui-lo de volta no Instagram invocou sua presença como se houvesse um portal mágico no firmamento.

— Por nada.

Ele passa a mão na nuca.

— Eu vim te ver. Espero que não se incomode por eu ter entrado sem permissão. Uma mulher saiu correndo do prédio e eu segurei a porta antes que ela se fechasse.

Provavelmente Barbara.

— Como... como é que você sabe onde eu moro?

A porta de madeira range atrás de mim e, bem quando me viro, Walsh entra apressadamente na sala de estar.

— Ah.

Walsh.

— Quando não consegui falar com você, mandei uma mensagem para Walsh para me certificar de que você estava bem. Ela me disse, muito enfaticamente, que eu deveria pegar o primeiro voo para Seattle. Por isso, aqui estou eu. E, bem, pensei em te dar isso.

Enfiando a mão dentro da mochila, ele tira algo de lá — um cartão-postal.

Meu cartão-postal.

Aquele que escrevi para mim mesma na Ilha Floreana. Graeme provavelmente o tirou do barril da Estação do Correio quando eu não estava olhando. Um rompante de riso incrédulo me escapa. Quando pego o cartão-postal, nossos dedos se tocam e não consigo conter um tremor de energia em minhas veias.

— Eu pretendia entregá-lo mais tarde, mas hoje pareceu o momento certo.

Levantando o cartão, leio as três palavras que escrevi para mim mesma num garrancho exagerado.

Continue caçando tubarões.

Soltando uma risada rouca, eu bato o cartão-postal na palma da mão. Eu tinha passado a noite toda caçando tubarões, e com Graeme aqui...

Talvez eu vá atrás do maior tubarão de todos.

— Eu vou recusar a promoção — diz ele.

Meus olhos se erguem para os dele.

— O quê? Mas você não pode.

Ele chacoalha a cabeça, um sorriso sarcástico agraciando seus lábios angulosos.

— É melhor assim. Eu não acredito em progredir às custas de outra pessoa. Você não teve uma oportunidade justa, e isso não está certo. Eu vou recusar e...

Eu seguro seu braço.

— Não quero mais a promoção.

Ele pisca para mim como se eu agora tivesse duas cabeças.

— Não?

— Você estava certo sobre mim e marketing digital... eu não amo essa área. Não como você. Acho que eu ficaria mais feliz, mais realizada, numa posição que cubra vários departamentos, não apenas marketing. Não tenho bem certeza de como seria isso ou se vou encontrar algo assim na Seaquest, mas posso finalmente admitir uma coisa: ser diretora apenas pelo título não vale a pena. Preciso encontrar um cargo que de fato me fará feliz. Você é uma escolha melhor para a vaga.

A testa dele se vinca.

— Então, você está desistindo?

— Ah, definitivamente não. — Apoiando-me no batente, cruzo os braços para impedir que meu coração escape do peito. — Já que James não me leva a sério, eu vou levar a minha ideia para Marlen. A proposta de preservação é o caminho certo para a empresa, eu sinto isso nos meus ossos. Agora, só preciso fazer com que minha voz seja ouvida.

Graeme ri. Começa como um riso baixo e vai se inflando até virar uma gargalhada plena.

— Sabe, eu havia imaginado que, ao entregar o cartão-postal, seria eu quem estaria cavalgando o cavalo branco para lhe dar um empurrão quando você mais precisava. Eu já devia saber que você tinha isso dentro de si o tempo todo.

Respirando fundo, ele dá um passo mais para perto.

— Desculpe, Henley. Eu lamento muito por não ter dito nada em Bartolomé, e lamento pela distância entre nós desde o cruzeiro. O que você disse mexeu comigo. Foi rude, mas eu precisava ouvir aquilo. Porque você tinha razão. Eu melhorei muito no último ano, mas ainda estava me escondendo. Decidi mudar isso.

— Decidiu? — Minha voz é praticamente um murmúrio.

— Não posso esperar que as estrelas se alinhem para ir atrás da vida que eu quero. É também por isso que você não teve notícias minhas nas últimas semanas. Eu finalmente me livrei dos derradeiros pertences de minha mãe, coloquei a casa à venda e me candidatei a empregos em Seattle. É onde mora o restante da minha família, e é onde você está. É onde eu quero estar. Agora. Não quero continuar esperando que uma empresa me realoque segundo seu próprio cronograma e suas condições. — O maxilar dele se retesa e suas narinas inflam. — Pode me perdoar pela forma como te tratei?

— Só se você puder me perdoar.

— Feito.

O peso que vinha pressionando meu peito nas últimas duas semanas evapora feito um sopro de fumaça. Solto um gemido no fundo da garganta.

— Agora vem pra cá e me beija.

Sorrindo, ele estende a mão para mim.

Alguém tosse atrás de nós. Temos uma plateia. Eu me afasto.

— Nós estamos indo — diz Tory, fazendo uma careta. Christina e Michelle se apertam atrás dela com expressões semelhantes de alegria e surpresa. — A menos que você ache que ainda temos mais trabalho a fazer na sua proposta...

Minha proposta para Marlen definitivamente precisa de mais trabalho, mas sempre há o amanhã. Neste momento, há algo — *alguém* — mais importante.

— Não, tudo bem. Vocês foram uma ajuda imensa. Estou muito mais adiantada do que estaria sem vocês. Obrigada a todas.

Christina, Tory e Michelle se retiram uma por uma.

— Oi, Graeme. — Christina acena quando passa. — É ótimo finalmente conhecê-lo.

— Igualmente — diz ele, abaixando o queixo.

— Precisamos conversar — ela murmura para mim cobrindo a boca com a mão, lançando um olhar cheio de insinuações para Graeme.

Mordo meu lábio para suprimir um sorriso.

— Depois. Prometo — respondo.

Tory e Michelle saem e Walsh segue atrás delas. Ela está com meu moletom de capuz cinza e uma mochila de academia atravessada no peito.

— Aonde você vai? — pergunto, desencostando da parede.

— Para a casa da Christina. A última temporada de *Mandou Bem!* acaba de sair na Netflix, então nós vamos maratonar. Divirtam-se, vocês dois. Não me esperem acordados. Bom te ver, Graeme — diz ela antes de correr para alcançar as outras. Ela passa um braço em torno do pescoço de Christina e todas desaparecem na curva do corredor.

E agora somos apenas Graeme e eu no corredor de carpete verde. O ar entre nós fica carregado.

— Quer entrar? — digo, ao mesmo tempo que ele diz:

— Bem, eu provavelmente deveria pedir um Uber para a casa do Ryan. — Ele ri. — Eu adoraria.

Sinto a presença de Graeme às minhas costas ao entrarmos no apartamento. Quando chegamos à sala de estar, a bagunça de pratos de papel, caixas de pizza e copos me faz franzir a testa.

— Um segundinho.

Começo a me mover apressadamente, empilhando pratos e enfiando-os nas caixas de pizza.

Quando os levo para a cozinha, sou seguida por passos. Graeme está logo atrás de mim, a parte da frente colada às minhas costas. Quente. Sólido. Minha respiração fica presa quando os dedos dele se curvam em torno da minha cintura. Fico imóvel.

— Não se preocupe com isso. Podemos limpar mais tarde — murmura ele em meu ouvido.

Esticando o braço ao meu redor, ele tira as caixas de minha mão cada vez mais mole e as coloca no balcão. Numa carícia gentil como uma brisa de verão, ele afasta meu cabelo do pescoço até ele estar todo por cima de um ombro.

Eletricidade pura corre pelo meu corpo quando ele beija a pele sensível de minha nuca, diretamente acima do decote solto de meu suéter largo. Estremeço quando sua língua toca minha pele e ele faz um rastro de beijos pela lateral do meu pescoço. Puxando-me mais para perto, ele dá a volta em meu corpo para colocar a mão no meu rosto. Eu me viro para olhar para ele por cima do ombro.

Seus olhos estão semicerrados e sua expressão me consome.

Como se ele temesse que fosse desaparecer.

Seus lábios descem sobre os meus.

Êxtase.

Fecho os olhos enquanto me viro em seu abraço para ficar de frente para ele sem interromper o beijo, que é diferente de todos os beijos que já provei. É um pedido de desculpas. Uma afirmação. E uma promessa do que está por vir.

Graeme me puxa mais para perto até que nossos corpos ficam colados. Mergulho uma das mãos nas mechas macias de seu cabelo desalinhado. Estou na ponta dos pés. Então, saio completamente do chão quando ele me ergue e me põe sentada no balcão. Empurro as caixas de pizza e elas aterrissam com um baque surdo no chão, as cascas se esparramando pelo piso.

Eu não estou nem aí.

A língua dele entra em minha boca e seu sabor é vivo e fresco como hortelã. Como um dia quente e ensolarado numa praia de areias brancas. Como uma vida cheia de promessas. Prendo minhas pernas em torno de sua cintura, puxando-o mais para perto.

Um miado que mais parece uma trituradora de madeira cheia de pedras ecoa pela cozinha.

Graeme recua, franzindo o cenho.

— Mas que...

— Miojo — explico, grunhindo.

Miojo, o gato, está sentado na frente de sua tigela vazia de comida, o dente saliente para fora, fingindo inanição — apesar de eu já o ter alimentado três horas atrás. Um olho nos encara como uma dama de companhia desaprovadora, enquanto o outro fita o refrigerador. Seu pelo está especialmente desarrumado hoje, um escovão fofo e revirado.

As sobrancelhas de Graeme voam pela testa.

— Este é o seu gato?

— Aham.

— Este é o *seu* gato.

— É o meu Miojo.

A expressão dele se suaviza, seus lábios se curvando num sorriso exultante.

— E eu que pensava que Winnie era feia — murmura ele. Deslizando os dedos pelos meus cabelos, ele encaixa a mão em meu rosto. Seus olhos azuis brilham como estrelas. — Sabe, acho que eu podia me apaixonar por você.

Um calor inunda meu peito.

— Idem.

27

— Sério que você nunca pegou um dia de licença antes? — pergunta Graeme.

A luz abafada e preguiçosa do sol entra pelas cortinas e se espalha pelo rosto de Graeme, que está esparramado ao meu lado na cama.

— Não assim.

Tirando uma crise de pneumonia dois anos atrás, é a primeira vez que falto ao trabalho no último minuto. Envio uma mensagem para Walsh dizendo que vou ficar em casa hoje com Graeme, devolvo meu celular à mesinha de cabeceira e me aninho de volta nas profundezas quentinhas da cama. Minhas pernas nuas se enroscam nas de Graeme por baixo dos lençóis.

— James não vai achar estranho nós dois faltarmos hoje?

Graeme se apoia num cotovelo.

— Duvido. Ele não sabe que estou na cidade.

Meu edredom com estampa de flores se amarrota em torno da cintura dele, revelando o peito forte, os braços musculosos e quilômetros de uma pele gloriosa. Minhas bochechas esquentam. Ter um homem nu em minha cama tem sido uma raridade nos últimos anos. E um homem nu que me dá vontade de cantar e rir e chorar lágrimas grandes e gordas de felicidade ao mesmo tempo, é a primeira vez. Deslizo a palma da mão por seu rosto com a barba por fazer.

Sabe-se lá de onde, ele tira seu celular e se aninha no travesseiro ao meu lado antes de levantá-lo bem alto acima de nós.

— Selfie matinal.

— Ai, não, estou horrível — digo, tentando me esconder.

Meu cabelo está um ninho de esquilos e tenho certeza de que há manchas de rímel sob os meus olhos.

— Você está linda.

Aperto os lábios, mas não consigo evitar o sorriso que sobe das profundezas da minha alma. Com os lábios pressionados em minha têmpora, ele tira uma foto. Nós dois olhamos para a imagem. Perco o ar diante da intimidade casual exibida na tela.

— Você não vai postar isso no Instagram, né? — pergunto.

— De jeito nenhum. Essa é só para mim.

— O que fez você finalmente entrar lá?

Ele beija a ponta de meu nariz.

— Você.

— E seu nick, Graeme Cracker_Collins. É por minha causa?

— Em parte. Também era o apelido da minha mãe para mim. Mas gosto de ouvir você dizendo.

Eu rolo até ficar em cima dele. O lençol cai e arrepios se formam ao longo de minha pele exposta.

— Graham Cracker — digo, devagar.

O peito dele se expande quando ele rosna, e eu roço os lábios contra os dele. Recuo um pouquinho.

— Quando é que você vai voltar para Michigan?

Por favor, não diga hoje.

— Amanhã.

Exulto.

— Mas já volto na semana que vem. Tenho uma entrevista de emprego em uma empresa local e eles vão pagar minha passagem de avião...

Eu me afasto dele, agarrando o edredom junto ao peito.

— Não. Você não pode.

Ele se senta, apoiado nos travesseiros.

— Por que não?

— Porque você tem que aceitar a vaga de diretor digital na Seaquest.

— Por quê?

— Porque você é perfeito para a vaga! Suas ideias de storytelling digital são incríveis e você ama viajar, algo que esse emprego pode providenciar.

— Mas e você?

Eu dou de ombros e me jogo de volta no travesseiro.

— Vamos ver o que Marlen diz da minha ideia. Se ele aprovar, talvez eu tenha a chance de trabalhar em outro departamento. Talvez com a Renata.

Renata é a diretora de itinerários, a única mulher na diretoria e minha heroína pessoal. Ela subiu na hierarquia da empresa depois de começar como tripulante em um dos navios nos anos 1990. Falando em história de sucesso de fabricação própria...

— Nesse caso, deveríamos começar o dia. Porque você precisa finalizar sua proposta para Marlen.

Ao dizer isso, um brilho malicioso faísca em seus olhos.

— Deveríamos nos levantar. Definitivamente, devíamos, sim. — Entretanto, neste momento, nenhuma parte de mim quer fazer isso. Soltando o edredom, eu rastejo até ficar por cima dele. Seu corpo está quente e convidativo demais. — Que tal daqui a quinze minutos?

— Pelo menos trinta. Preciso provar cada centímetro dessa pele deliciosa — ronrona ele.

Minha barriga dá cambalhotas diante do desejo puro em seu olhar.

— Quarenta e cinco — ofereço.

— Aí você já está sendo gananciosa — murmura ele na curva do meu pescoço, antes de dar uma mordida. — Aceito.

Ele tem razão, eu sou gananciosa. Porque eu quero tudo. E vou conseguir.

— Ainda falta fazer tanta coisa — digo, quatro horas depois, os pés descalços batendo na madeira enquanto atravesso minha sala de estar e pego o bloco de anotações na mesinha de centro. — Não sei se consigo preparar tudo até amanhã cedo.

— Mas você não precisa disso — diz Graeme de onde está, largado no sofá, o notebook encarapitado no colo. — Basta relacionar seus principais pontos, a estrutura básica para a implementação e alguns exemplos detalhados. Eu não acho que Marlen espera que você lance o programa tão logo termine a reunião.

Ranjo os molares.

— Odeio me sentir despreparada.

Deixando o notebook de lado, Graeme fica em pé. A calça jeans tem um caimento baixo nos quadris e a camiseta dos Red Wings abraça seus bíceps. Segurando-me pelos ombros, ele interrompe minha caminhada frenética de um lado para o outro.

— Você dá conta. Mal é meio-dia. Temos o dia e a noite inteiros para deixar sua proposta perfeita antes da reunião amanhã.

Respirando fundo, concordo.

— Estou feliz por você estar aqui.

— Eu também. — Ele pousa a testa contra a minha por um momento antes de roubar um beijo. — Agora, o que você acha disso?

Pegando seu notebook na mesinha, ele o gira para que eu veja a tela. Nela, há uma postagem simulada no Facebook, com uma foto de um tentilhão de Darwin e uma história sobre o trabalho de preservação financiado pelas doações de nossos hóspedes.

Sorrio.

— Fantástico. Agora, e se nós...

Meu celular vibra junto a meu quadril. Provavelmente é Walsh, já que não a vejo desde ontem à noite. Quando vejo o nome na tela, franzo o cenho e apressadamente clico para aceitar a chamada.

— Alô?

— Ai, Henley, graças a Deus consegui falar com você. — As palavras de Barbara saem emboladas e sem fôlego. — Você precisa vir até o escritório. Assim que puder, tipo, agora mesmo.

Passo um braço sobre o peito e caminho para o outro lado da sala.

— Por quê? O que está acontecendo?

— É o James. — Ela prende a respiração e capto o tilintar dos brincos contra o telefone, como se ela estivesse andando apressada para algum lugar. — Ele convocou uma reunião da diretoria, à uma da tarde hoje. Ele vai apresentar *a sua proposta* de arrecadação de fundos.

Meu queixo cai.

— Ah. Isso é uma reviravolta. Bem, isso é... isso é ótimo. Posso chegar antes da uma, com certeza. Ele gostaria que eu apresentasse ou ele quer...

— Não — interrompe ela. — Você não está entendendo. Ele me mandou um e-mail com o PowerPoint *da sua proposta* para as Galápagos. Eu achei que parecia familiar, então conferi os metadados e, de fato, você consta como autora. Só que, quando abri a proposta, seu nome não estava em lugar nenhum, mas sim o dele. Bem ali no slide do título: James P. Wilcox. Henley, ele não quer que você venha para a reunião da diretoria. *Ele está roubando a sua ideia.*

Meu coração troveja nos ouvidos como o rugido do oceano.

— Como é?

Minha voz sai baixa e mortal, e chega a meus ouvidos como se ecoando por um longo túnel.

— Ele vai apresentar a sua ideia como se fosse dele; está roubando a ideia. E isso nem é a pior parte.

Mas o que diabos poderia ser pior do que isso?

— Não é a primeira vez que ele faz isso.

28

Todo o meu sangue sobe para a cabeça e eu me afundo no sofá.
— Como é que é?
— Ele vem roubando suas ideias há dois anos, talvez mais — diz Barbara. — Eu não fazia ideia até hoje. Desculpe por isso.

Meu olhar se conecta ao de Graeme.
— O que está acontecendo? — murmura ele.

Cobrindo o microfone com a palma da mão, rapidamente conto para ele. Um fogo explode em seus olhos e ele fecha as mãos em punhos.
— Ah, James — diz ele, seu tom cheio de veneno.

Devolvo minha atenção para a ligação.
— Como você sabe disso tudo?
— Eu não tinha certeza a princípio, mas, depois que ele me mandou o PowerPoint, comecei a buscar nos arquivos dele, comparando os metadados. Encontrei provas de que ele pegou documentos que você criou, retirou seu nome e então os repassou para Marlen como se fossem dele. Há e-mails entre os dois confirmando.
— Tipo o quê? Que documentos?
— Ai, Deus, por onde começar... O mais recente foi um memorando copiado e colado de um Google Doc, algo sobre o Snapchat.
— Expandir nossa estratégia de marketing para o Snapchat?
— Isso!
— Filho da puta — solto. — Isso foi ideia minha. Ele a rejeitou numa reunião de equipe na primavera e me fez sentir uma burra por tocar no assunto. Ele me disse... — Ofego e travo os olhos nos de Graeme. — Ele me disse para, no futuro, procurá-lo antes de acrescentar qualquer ideia

nova ao documento compartilhado para o planejamento do departamento de marketing.

— Porque ele quer guardar suas ideias para ele — rosna Graeme entre os dentes.

A compreensão me atropela como um transatlântico.

James nunca teve intenção de me promover. Jamais. Se Marlen não tivesse sugerido meu nome, James jamais teria me incluído na disputa. Porque ele quer que eu continue exatamente onde estou: sua subordinada maníaca por trabalho, suprindo-o com uma linha direta de ideias que ele pode surrupiar para impulsionar a própria carreira.

Estou enxergando tudo vermelho — todos os tons, desde o magenta até o escarlate, cobrem meu apartamento. Tambores de guerra retumbam por todo canto em minha mente.

A porta principal se abre e a voz de Walsh soa pelo apartamento.

— Queridos, cheguei! Espero que vocês dois estejam vestidos!

— Barbara, pode esperar só um minutinho?

— Claro.

Pressiono o celular no ombro.

Walsh entra na sala de estar e para de repente, absorvendo a cena.

— Quem morreu?

— Ninguém, por enquanto — rosno.

Graeme se ajoelha na minha frente.

— Henley, você precisa ir para lá e apresentar sua ideia para Marlen. Agora. Antes que James a leve para a diretoria.

Paro de ranger os dentes e respiro fundo, me preparando.

— Você tem razão. Quanto mais eu esperar, mais difícil será convencê-lo de que eu tive a ideia antes.

Torno a levar o celular ao ouvido.

— Barbara, você pode me colocar para falar com Marlen hoje, antes de uma da tarde?

— Eu dou um jeito. Rose me deve um favor. Só venha para cá assim que puder, tá?

— Obrigada. Estarei aí em quinze minutos.

Aperto o botão para encerrar a chamada e encaro meu telefone por três caóticos segundos antes de me levantar num pulo.

— Eu vou apresentar a proposta agora. *Vou apresentar agora.*

— Espera, sua proposta de ecoturismo? Pensei que fosse para amanhã! Walsh está de olhos arregalados.

— Vou chamar um Uber para nós — diz Graeme, sacando o celular do bolso traseiro.

Corro para o quarto, tirando a camiseta e puxando a calça bailarina. Walsh me segue.

— Espere, o que está acontecendo?

— Meu chefe anda me passando a perna, é isso que está acontecendo. Acabo de descobrir pela Barbara que ele tem roubado minhas ideias para subir na carreira.

— Aquele cuzão! Cadê ele? Eu vou estripá-lo feito um peixe.

Meus lábios tremem diante do tom cortante na voz dela.

— Só me ajude a me vestir.

Corro para o banheiro para lavar o rosto e escovar os dentes. Rímel. Lip stain. Cabelo num coque. Sem tempo para mais nada. Walsh entra correndo, segurando cabides com meu melhor terninho, uma saia lápis combinando e uma blusa de seda. Eu visto tudo em tempo recorde. Ainda estou fechando o zíper da saia quando corro para a sala de estar e quase trombo com Graeme. Ele está com a mesma camisa polo e calça jeans de ontem, e já guardou meu bloco de anotações e o notebook dentro da bolsa de trabalho.

— O Uber chegou — diz ele.

Walsh me joga um sapato, depois o outro — sapatos pretos de salto agulha enormes. Meus sapatos poderosos. Saltitando até a porta, eu os calço.

— Eu também vou — diz ela.

Seu tom não aceita negativas. Ela está de calça bailarina, tênis sem cadarço e um moletom de capuz... e vai assim para o meu trabalho. E eu não dou a mínima.

Dois minutos depois, nós três estamos no banco traseiro de um Toyota Corolla costurando pelo centro de Seattle. Ligo para Christina. Ela atende no primeiro toque.

— Oi, Hen...

— Christina, preciso de um favor. Se eu te enviar um arquivo, você pode imprimir e colocar numa pasta para mim? Tipo, agora mesmo?

— Claro que posso, mas o que tá pegando?

Eu ofereço a ela a versão resumida. Uma sequência de xingamentos se segue.

— Vai estar pronto quando você chegar.

— Obrigadíssima.

Meu telefone apita quando desligo — um e-mail de Graeme.

— A postagem simulada para o Facebook que eu preparei. Caso você precise de munição extra — diz ele.

Debruçando-me sobre ele, roço os lábios contra seu malar num beijo rápido.

— Obrigada.

Encaminho para Christina minha proposta semifinalizada para que ao menos eu tenha algo para Marlen ver. Guardando meu telefone, aliso o casaco por cima da blusa.

— Certo, tudo bem. Vai dar certo.

Minha respiração se acelera junto com o carro. O pânico permeia os limites de minha mente.

E se Marlen não gostar da minha ideia? E se eu estragar tudo? E se ele não acreditar em mim quando eu lhe falar a respeito de James e eu acabar parecendo uma funcionária vingativa com motivos pessoais...

A mão de Graeme aterrissa em minha coxa, quente e tranquilizadora.

— Respire fundo — diz ele.

— Eu não estou pronta. — Mergulhando em minha bolsa, puxo o bloco de anotações e começo a folhear as páginas. — Não finalizei a apresentação nem aceitei os detalhes nem...

Uma dor mordaz explode na lateral do meu corpo.

— Ai! Ei! — Eu me viro de supetão para olhar feio para Walsh. — Por que você me beliscou?

— Acorda pra vida!

Fico olhando para ela, imóvel.

— É para isso que você tem se preparado a vida inteira. Bem aqui, sua chance de levar suas ideias para o chefão e brilhar. Você pode não ter o relatório perfeito preparado ou os pontos de discussão perfeitos ou seja lá o que for, mas droga, você é Henley Evans, caralho! E esse é o seu momento!

— Ela tem razão — diz Graeme. — Você não precisa de uma apresentação chique nem de um roteiro. Você é esperta, bem-sucedida e apaixonada, e sabendo como você é, deve ter ruminado cada ângulo dessa ideia. Você vai convencê-lo, eu sei que vai.

Passo meus braços pelos de Walsh e Graeme e os abraço com força.

— Vocês não fazem ideia de como eu precisava disso.

O carro vai parando.

— Chegamos — diz o motorista.

Confiro o horário: 12h41. Menos de vinte minutos para a diretoria se reunir e minha carreira na Seaquest abreviar-se de maneira permanente.

Sinto um aperto no peito.

— Precisamos correr.

Entro apressadamente no prédio, me movendo o mais rápido que minhas pernas, espremidas como estão na saia lápis, permitem. Parando no elevador com uma derrapada, aperto o botão meia dúzia de vezes. O elevador pisca 4... depois 5...

— Porcaria — solto. — Eu não tenho tempo para isso.

— Escadas? — sugere Graeme, olhando em volta.

— Por aqui.

Corro na direção de um corredor nos fundos e abro a porta metálica para as escadas.

Subimos, subimos, subimos. No terceiro lance, estou bufando. No quinto, estou suando.

Crec.

Meu tornozelo se torce no patamar do sexto andar e tropeço em Graeme, que me segura.

— Merda — suspiro.

O salto do sapato direito se soltou por completo. A ansiedade desce por minha garganta e se acumula em meu peito. Não posso fazer a apresentação para Marlen desse jeito.

— Aqui, troca — diz Walsh, tirando seus tênis.

Chutando meu par de sapatos arruinados, calço os dela.

— Você salvou a minha vida.

Os tênis apertam — os pés dela são um número menor do que os meus —, mas são tudo o que tenho. Pelo menos são pretos como o terninho. Eu disparo escada acima com Walsh correndo atrás de mim, descalça e segurando os sapatos arruinados.

Irrompemos no saguão, dando um susto em Sadie, a recepcionista, e caminhando depressa pelos corredores serpeantes até chegarmos ao escritório de Marlen. Barbara, Christina e Tory já estão lá.

— Graças a Deus, você conseguiu chegar — diz Christina.

Apoiando as mãos na cintura, respiro e tento acalmar os nervos agitados.

— Está pronta? — pergunta Tory.

Meu estômago se revira e fico agradecida por ele estar vazio. Ofereço um sorriso trêmulo.

— Nem de longe.

— É agora ou nunca — diz Barbara. — Você tem quinze minutos.

Assinto freneticamente.

— Certo. Eu consigo.

Christina me entrega a pasta.

— É só lembrar seus pontos principais.

— E deixar que os números os sustentem — acrescenta Tory.

— E não se esqueça — diz Graeme, prendendo uma mecha de cabelo que se soltou do coque. — Você é Henley Evans. E você é uma estrela do rock.

— É isso aí.

Walsh concorda enquanto tira poeira de meu casaco e endireita minha saia.

— Ele está me esperando? — pergunto a Rose, a secretária de Marlen, que assiste a nossa conversa com uma expressão curiosa.

Apanhando seu telefone, ela aperta um botão.

— Henley Evans está aqui para vê-lo... Sim, sr. Jones.

Ela desliga e olha para mim.

— Pode entrar.

29

Quando abro a porta, Marlen, sentado em seu moderno sofá cinza lendo um relatório, ergue a cabeça.

— Senhorita Evans, pode entrar. — Sua voz me chama a deixar o limiar e entrar em sua ampla sala de canto.

Marlen Jones é a última pessoa que você imaginaria ser o CEO de uma grande empresa. Ele é jovem, comparado a outros CEOs — está na casa dos quarenta anos —, e ostenta uma farta cabeleira preta ondulada, um sorriso sempre presente e um brilho no olhar.

Mas as aparências enganam. De fato, ele é um ex-investidor de risco (ou especulador) com reputação no mundo financeiro de ser um tubarão. Ele adquiriu a Seaquest quando a indústria de viagens sofreu um golpe durante a última recessão e conseguiu cultivá-la, passando de uma operação regional para uma corporação internacional. De fato, o crescimento da Seaquest tem sido maior que o de qualquer empresa no setor de cruzeiros ao longo dos últimos dez anos.

Eu seria ingênua se acreditasse no charme descontraído de Marlen. O sucesso contínuo no nível dele requer uma boa dose de determinação e esforço, com uma pitada de brutalidade para temperar. Ele é o homem no comando, aquele que segura meu futuro em suas mãos. Não posso me esquecer disso.

Ele sorri calorosamente para mim.

— Sabe, seus ouvidos devem estar apitando. Porque acabo de receber uma carta sobre você.

— Ah, é? — digo, evitando um tremor na voz por pura força de vontade.

— É. A coisa mais incrível.

Sorrindo amplamente para mim, ele vai até sua mesa com passadas largas, a perna da calça só um tiquinho alta demais, de modo que consigo ver suas meias cor de violeta.

Lá, ergue pilhas de papéis até encontrar um par de óculos com aro fino de tartaruga, os quais coloca.

— De um hóspede. Que atende pelo nome de... — Ele espreme os olhos para a carta. — Nikolai Kozlov. Soa familiar?

Eu quase engasgo.

— Acho que sim.

Ele gesticula para uma das cadeiras de couro preto na frente de sua mesa e eu me sento.

— Bem, o sr. Kozlov certamente se lembra de você. Pelo visto, você fez de tudo para tornar a experiência dele conosco algo memorável. Ele tinha muito a dizer... — Marlen vira não uma, não duas, mas três folhas de papel grampeadas. — Muito mesmo. Mas o que mais se destacou para mim foi como você o fez se sentir como mais do que um cliente. Você fez com que ele se sentisse um amigo, e agora ele diz que é um Aventureiro da Seaquest para a vida toda.

Largando a carta sobre a mesa, ele me oferece um sorriso amplo e cheio de aprovação.

— Bom trabalho.

Se minhas entranhas não estivessem congeladas por causa do nervosismo, eu poderia cair no choro. Aquele russo meigo e bobo me fez um favorzão.

— Obrigada, senhor.

— E parece que ele vai viajar conosco em breve para sua lua de mel. México, dessa vez. Vamos arranjar algo especial para ele, sim? Uma cabine melhor e passagens aéreas na primeira classe, talvez. Deixarei que você cuide dos detalhes.

Em seguida, ele pega uma foto 7 x 10 e a vira em minha direção. É de Nikolai e sua Emily, e eles exibem sorrisos evidentemente apaixonados. Sorrio para mim mesma. Então, ele conseguiu a garota no final. Marlen olha para a foto, depois para mim, e para a foto de novo.

— Ela meio que se parece com você. — Dando de ombros, ele se ajeita em sua cadeira de encosto baixo. — E então, senhorita Evans? Já chega de papear. O que posso fazer por você hoje?

Eu me permito uma única respirada para me acalmar antes de empurrar os ombros para trás e injetar cada grama de confiança que consigo reunir em minha voz.

— Não é bem o que o senhor pode fazer por mim. Viajar para as Galápagos no mês passado me inspirou, e tive uma ideia de como nós, como empresa, podemos fazer uma diferença no mundo, inspirando as pessoas.

Eu me atiro à minha proposta. Não está perfeita nem polida, mas apresento cada grama de conhecimento que desenvolvi desde que voltei das Galápagos — minhas madrugadas pesquisando no escritório, a reunião de planejamento de ontem à noite, e puro instinto. Quando termino, entrego a ele a pasta contendo a cópia impressa da proposta semifinalizada.

— Aqui há uma ideia inicial de como a iniciativa poderia funcionar na empresa toda.

Marlen aperta os lábios enquanto abre a pasta. Sua expressão se mantém neutra enquanto ele folheia as páginas. Engulo em seco.

— O senhor tem uma filha, não é, sr. Jones? — solto.

— Por favor, me chame de Marlen. E tenho, sim. Uma filha, Arianna. Ela está no terceiro ano em Wellesley.

Ele vira uma foto emoldurada em sua mesa na minha direção para que eu possa ver a jovem beldade esguia.

— É uma boa universidade — murmuro. — Posso lhe perguntar… que tipo de mundo o senhor gostaria de deixar para ela? Mudanças climáticas. Crescente poluição de plástico. Extinção em massa. São problemas que nosso planeta enfrenta hoje. E estamos em posição de fazer algo a respeito. O senhor e sua família têm um rico histórico de filantropia. O senhor está na diretoria de duas organizações diferentes dedicadas à preservação da vida selvagem, não é?

— Isso — diz ele.

— Se trouxermos esses esforços para o coração da empresa, tornando-os a sua essência, o que poderíamos realizar? E se puderem optar entre viajar com uma empresa que se importa com nosso mundo e outra preocupada apenas com o lucro, qual os consumidores vão escolher? A experiência já comprovou que o consumidor consciente escolhe a empresa consciente. Eu acredito que podemos ser esse tipo de empresa no setor dos cruzeiros de aventura.

Marlen balança em sua cadeira, os lábios franzidos, os olhos jamais abandonando meu rosto.

— Diga-me uma coisa, srta. Evans. A senhorita consegue ler mentes?

Pisco, sem saber como responder. Marlen me poupa o trabalho.

— Porque tenho pensado nessa linha já há algum tempo. Você está absolutamente correta. O mundo enfrenta desafios que nunca viu antes, e um futuro melhor só é possível se entrarmos em ação. É como se você tivesse puxado um fio diretamente do meu cérebro e tecido algo tangível com ele.

Fogos de artifício explodem em meu peito enquanto a satisfação me inunda.

Marlen abre o fantasma de um sorriso.

— Você...

O telefone de sua mesa toca e ele atende.

— Sim. É, eu sei. Adie a reunião para as duas da tarde. Aconteceu um imprevisto.

Desligando o telefone, ele se inclina e pousa os antebraços em sua mesa.

— Você teve essa ideia sozinha?

A resposta está na ponta da minha língua quando paro. Não serei como James. Nem hoje, nem nunca.

Umedeço os lábios.

— A ideia inicial foi minha, mas tive ajuda para desenvolvê-la. Posso chamar minha equipe? Estão todos aí fora.

Marlen assente uma vez, a expressão inescrutável.

Alisando o casaco, vou até a porta e ponho a cabeça para fora. Christina está roendo as unhas, Tory está olhando o celular, Walsh está empoleirada ao lado dela, revirando um bracelete em torno do pulso, e Graeme está de pé na janela atrás da mesa de Rose.

— Tory, Christina, Graeme. Preciso de vocês.

Três pares de olhos se voltam para mim.

— Aí dentro? — solta Christina.

— É. Rose, pode chamar Barbara para mim e pedir que ela venha até aqui?

Rose treme o queixo e apanha o telefone.

Walsh me dá um sinal de joinha enquanto o restante de nós entra na sala de Marlen.

— Estes são os membros da equipe com quem desenvolvi a ideia. Christina pesquisou as ONGs regionais ligadas às áreas em que navegamos, Tory calculou os custos, e sua esposa, que é advogada na Brickle, Boone & Davies, nos aconselhou de maneira informal a respeito da estrutura legal necessária para se lançar uma iniciativa beneficente de preservação.

A porta se abre e Barbara entra, as fivelas das botas até o joelho tilintando.

— Barbara ajudou na logística e na preparação da apresentação, e Graeme criou alguns mock-ups para uma campanha de rebranding no marketing digital. — Pego meu telefone na parte interna do casaco e digito vários comandos. — Eles estão no seu inbox agora.

Abrindo o e-mail, Marlen analisa sua tela. Suas sobrancelhas se levantam e os cantos da boca se curvam.

— Isso é ótimo. Mas por que você não levou essa ideia para o James? Ele é seu supervisor direto.

Eu pigarreio.

— Eu levei. Para as Galápagos, pelo menos. Foi a proposta que eu montei para a vaga de diretor de marketing digital antes de ele descartá-la.

Marlen une as sobrancelhas num vinco.

— Eu não entendo. Quando perguntei a ele o que estava acontecendo com isso hoje cedo, ele disse que a sua proposta era tão ruim que não deveríamos nem sequer considerá-la. Mas não há nada de ruim nessa ideia. É ousada, bem pesquisada e brilhante.

O punho de Graeme se cerra na lateral do corpo.

— É que James pretendia roubar a ideia de Henley.

Os olhos dele se voltam para mim e ele me oferece um pequeno meneio de cabeça para me encorajar. Dou um passo adiante.

— Graeme está certo. Há menos de uma hora, descobri que James vai apresentar a minha ideia na reunião de hoje da diretoria, mas dizendo que foi ele quem a criou.

Marlen franze o cenho.

— Essa é uma acusação e tanto.

— Eu tenho provas. — A voz de Barbara se entrecorta, mas ela empina o queixo. — Provas de que ele nunca pretendeu dar a Henley o crédito que ela merece e, de fato, tem roubado ideias dela e as apresentado como ideias dele por anos. A campanha de chamada direta para a British Columbia, o destaque mensal para a vida selvagem em nosso blog e o plano de marketing para o Snapchat na última reunião da diretoria… Todas elas, ideias originalmente de Henley.

Os olhos castanho-escuros de Marlen quase saltam das órbitas.

— E Henley não é a única. Lembra-se de Samantha Charles, a gerente de marketing para as Américas do Norte e Central antes de Henley? Aquela que foi embora depois de quatro anos para assumir um cargo na Wild Wonders, nosso principal concorrente?

— Lembro — diz Marlen.

— Não tive tempo de investigar a fundo, mas mexi em alguns e-mails antigos e encontrei evidências de que James também roubou as ideias dela. Duas mulheres inteligentes e jovens com grandes ideias e sonhos ainda maiores. Eu só queria ter percebido antes. Mas nunca tive motivos para suspeitar…

A voz dela falha.

— Não é culpa sua — murmuro.

Ela abre um sorriso discreto e sincero antes de entregar a Marlen um pen drive preto.

— Está tudo aí.

Marlen pega o pen drive com um gesto, insere-o em seu computador e começa a clicar.

Eu fico ali, sem olhar para os outros, mal ousando respirar. O relógio soa na parede. Os sapatos de couro de Tory rangem quando ela muda o peso de um pé para o outro. Graeme permanece imóvel ao meu lado. Uma gota de suor se forma entre minhas omoplatas. Engulo.

A cada clique, a expressão de Marlen fica mais sombria, mais tempestuosa. Finalmente, com um suspiro pesado, ele se põe de pé e anda até o massivo conjunto de vidraças que compõe toda uma parede de sua sala.

— James trabalha nesta empresa há quase duas décadas — diz ele, cruzando as mãos nas costas. — Ele começou sob o dono anterior como diretor de marketing impresso. Eu o promovi a diretor-geral de marketing oito anos atrás porque suas ideias eram avançadas e modernas, e ele parecia conduzir o programa de marketing da companhia na direção certa. Eu não fazia ideia de que ele estava pisando em cima dos outros para isso.

Abaixando o queixo, ele balança a cabeça devagar e retorna à mesa.

Apanhando a foto emoldurada de sua filha, ele passa o polegar sobre o vidro. Quando devolve a foto a seu lugar, coloca as mãos espalmadas sobre a mesa e me olha diretamente nos olhos.

— Eu sei exatamente como lidar com isso.

30

— *E*stá nervosa? — pergunta Walsh, quase uma hora depois. Ela está com um par de chinelos verde-neon que comprou sabe lá Deus onde.

Fecho meu notebook e esfrego as têmporas.

— Pergunte isso de novo depois.
— Estamos aqui por você — diz ela.

Bato meu ombro no dela.

— Eu sei que estão.

Mesmo com Tory e Christina arrastadas para outras reuniões (é uma quarta-feira e o dia de trabalho segue em frente, apesar do meu drama), o saguão, geralmente vazio, parece lotado com Graeme, Walsh e eu enchendo a pequena área de espera perto da sala de conferências. Sadie, a recepcionista, franze o cenho. Ela provavelmente está acostumada a um pouco mais de paz e sossego.

Dois membros da diretoria caminham a passos largos pelo saguão a caminho da maior sala de conferências, e um deles é Renata. Seu cabelo com mechas grisalhas brilha sob as luzes; sua voz suave, mas cheia de comando, a acompanha enquanto ela desaparece no interior da sala de conferência. Três outros executivos a seguem.

Balanço o calcanhar. Um minuto depois, James entra no saguão. Todos os músculos no meu corpo se retesam e fito carrancuda aquela cobra atarracada e convencida.

Quando ele me vê, uma expressão preocupada passa por seu rosto, porém some rapidamente. Ele se desvia para nós, os lábios se curvando.

— Henley. — Ele funga, mirando-me de cima a baixo, o olhar se demorando em meus sapatos incongruentes. — Pensei que tivesse tirado o dia de folga.

— Tirei. Só trouxe a minha irmã para uma visita guiada — minto, tranquilamente.

Walsh se levanta num pulo, um sorriso falso emplastrado na cara.

— Oi, eu sou a Walsh. Você deve ser o chefe da Henley. Ouvi falar muito de você. — Ela dá uma risadinha. — Minha nossa, que gravata interessante! Meu avô tem uma igualzinha!

Reprimo uma risada. Walsh é a rainha de insultar as pessoas sem que elas percebam que foram insultadas.

O olhar dele passa para Graeme.

— Graeme, é você? — Graeme o observa friamente. — Graeme Crawford-Collins, você não me disse que estava na cidade! — Ele estende a mão e Graeme a aperta, o maxilar tão rígido quanto mármore. Os nós de seus dedos ficam brancos e James contorce sua mão, muito menor, para escapar do aperto de Graeme. Ele a chacoalha com uma risadinha nervosa. — Um belo aperto de mão. Por que está sentado aqui com Henley?

— Também estou na visita guiada.

— Bom trabalho, Henley. Esse é o tipo de atitude que eu gosto de ver. — Ele se vira para Graeme de novo. — Você está por aqui amanhã? Se estiver, peça para Barbara marcar uma reunião. Eu gostaria de discutir os próximos passos para a sua promoção: realocação e apoio administrativo. Talvez a Henley aqui possa te dar uma mãozinha nesse ínterim. Você não se incomodaria, não é, Henley?

Uso cada grama de controle que tenho para não me jogar para cima dele como uma onça atacando um rato. Em vez disso, forço um sorriso. Mostro todos os meus dentes.

— O que o senhor disser, chefe.

— Esse é o espírito — diz ele, apertando meu ombro.

Minhas entranhas se reviram ante o contato e eu quase vomito quando seu toque se estende por vários segundos. Finalmente, ele escorrega a mão pelo meu braço. Imagino seus dedos deixando um rastro de gosma feito uma lesma.

Ele entra na sala de conferências sorrindo, convencido.

Graeme o encara ainda, todos os músculos tensos.

— Aquele cretino.

Solto um grunhido concordando.

— Ah, ele vai ter o que merece — diz Walsh, cruzando os braços.

Às duas em ponto, Marlen entra no saguão, os passos ecoando no mármore. Ele inclina o queixo para mim ao passar e eu retribuo o cumprimento.

Quando a porta se fecha após sua entrada, ele começa a reunião.

Graeme e eu mal falamos enquanto escutamos, os ouvidos atentos. Palavras flutuam para fora da sala como um rádio mal sintonizado. O ar-condicionado vibra numa abertura diretamente acima de nós e tudo o que podemos ver são montinhos indistintos pela parede de vidro jateado da sala de conferências. Sadie, a recepcionista, estoura bolas de chiclete, e fico tentada a pedir silêncio para ela como uma freira de escola católica.

Um par de saltos clica pelo saguão.

— Desculpe, aquela reunião com a gerente de itinerário levou mais tempo do que o esperado. Como estão as coisas? — pergunta Christina.

— A reunião da diretoria já está rolando. Acho que James vai começar a falar — digo.

Sem absolutamente nenhum decoro, Christina se joga na cadeira ao meu lado e espreme a orelha contra a parede de vidro opaco. Abandonando todos os subterfúgios, Graeme, Walsh e eu a seguimos de perto.

James está falando, sim. Está fazendo *a minha* apresentação. Ou melhor, uma versão simplificada dela. Limita-se às Ilhas Galápagos, ao contrário de minha versão escalonada, e erra alguns dos números. E fica claro, por sua fala guiada pelo dinheiro, que ele não captou o espírito. Não de verdade. Para ele, é tudo sobre as vendas, quando, na verdade, a questão é inspirar as pessoas, ter mais responsabilidade corporativa e fazer a diferença.

Após dez minutos de fanfarronice para soar impressionante, ouvimos um burburinho generalizado do restante da diretoria.

A voz de Marlen soa clara e límpida.

— É uma ideia muito interessante. Como chegou a ela?

Uma cadeira range. Posso imaginar James se recostando, as mãos indo para trás da cabeça.

— Como você sabe, recentemente enviei dois integrantes de nossa equipe de marketing para as Galápagos para se familiarizarem, e a experiência deles me inspirou. Pensei: por que não pedir doações para os esforços de preservação e usar isso como pedra fundamental de nosso marketing na região?

Cerro meus molares. As narinas de Graeme se inflam e o rosto fica corado.

— Então, isso é ideia sua?

James tosse.

— Foi o que eu disse.

— Você está mentindo.

— Desculpe, o que disse?

— Tenho provas irrefutáveis de que o que você acaba de apresentar é, de fato, um trabalho que pertence a Henley Evans.

— Que provas?

— E-mails com horário marcado e metadados.

Cadeiras guincham dentro da sala de conferências e James solta uma fungada desaprovadora.

— E o que importa? Ela é da minha equipe, minha subordinada. Ideia dela, ideia nossa. É uma vitória para a equipe de marketing.

— É uma vitória *para você* — retumba Marlen.

A sala de conferências cai no silêncio. Até Sadie, no saguão, para de mascar o chiclete com o grito.

— Fui avisado recentemente de que você vem assumindo o crédito por trabalhos que não lhe pertencem. Mesmo essa apresentação... não foi você quem a criou, foi? Nem um único slide.

— Bem... eu... não exatamente...

— Por que o seu nome está nela, então?

James ri; um riso nervoso, asinino.

— Ah, o que é isso, Marlen! Há aqueles dentre nós que estão no topo e têm que tomar as decisões difíceis, e há as pessoas na base, as abelhas que mantêm a colmeia funcionando. Desde que tornemos a empresa mais comercializável e lucrativa, isso é tudo que importa. Essa ideia vem do departamento que, por acaso, eu gerencio, então todas as ideias desse departamento pertencem a mim... digo, a nós. A todos nós.

Imagino a temperatura caindo dez graus na sala de conferência enquanto o silêncio se prolonga. Quando Marlen finalmente fala, sua voz sai baixa e letal.

— Eu não sei em que tipo de empresa você pensa que trabalha, mas nós não pensamos apenas nos lucros por aqui. Não vou tolerar ninguém, seja um executivo ou um atendente de correspondências, que assuma o crédito por um trabalho que não seja seu. *Que minta* para tirar vantagem. Esse não é o tipo de empresa que administro, e esse não é o tipo de pessoa que quero liderando minha equipe. Você está demitido.

— *O quê?*

— Demitido.

— Mas... eu tenho obrigações. Uma hipoteca, a faculdade do meu filho para pagar, pensão alimentícia...

— Você pode pedir demissão formalmente, se quiser sair de maneira discreta, ainda hoje. Mas se eu tiver que chamar a segurança, você não recebe nada.

Por um instante, acho que James vai discutir. O silêncio parece mordaz e praticamente consigo ver a espuma que deve estar caindo de seus lábios pálidos. Finalmente, uma cadeira guincha ao rolar pelo mármore. Tecido estala, como se James arrumasse o paletó.

— Cavalheiros — diz ele, a voz pingando veneno.

A porta da sala de conferências se abre com um chiado.

James emerge no saguão, os punhos cerrados. Quando me vê, seus olhos se estreitam. Eu me levanto apressadamente. Ele para a centímetros de mim e enfia o indicador atarracado na minha cara.

— Você fez isso comigo. Sua...

— Para trás — sibila Graeme, que subitamente se encontra entre nós dois.

Ele assoma sobre o outro homem, bem mais baixo e pançudo, e James recua um passo. Walsh e Christina correm para se postar ao meu lado, me flanqueando.

As narinas de James se inflam enquanto ele me encara, bravo.

— Eu ajudei a construir esta empresa, droga! Quem diabos é você? Você não é ninguém. Só uma menininha que acha que está pronta para jogar nas grandes ligas, quando na verdade mal saiu da piscina infantil.

No passado, as palavras dele teriam me picado como vespas. Agora?

Levantando o queixo, eu olho de cima a baixo para o sujeito que teria sufocado minha carreira até ela murchar.

— Quem eu sou? Eu sou Henley Evans. E não se esqueça disso.

Por um momento de suspense, acho que James vai me dar um tapa. Os músculos de seu pescoço têm um espasmo e Graeme se retesa, pronto para interferir.

Em vez disso, com um esgar, James gira sobre os calcanhares e marcha para fora do saguão. Parece que ele vai receber seu pacote de demissão, no final das contas. Assim que as portas do elevador se fecham com um apito, um nó de ansiedade se afrouxa em meu peito e vai-se embora. Sinto-me mais leve do que me sentira nos últimos três anos. Estou quase zonza.

Marlen põe a cabeça para fora da sala de conferência.

— Senhorita Evans, se você puder...

Apertando o notebook contra o peito, aprumo os ombros e passo pela porta, entrando num futuro cheio de possibilidades.

31

— Eu convidei a senhorita Evans aqui esta tarde para compartilhar a *verdadeira* proposta de preservação. O que vocês ouviram de James só cobria as Galápagos e era uma imitação pobre da coisa real. A ideia de Henley seria implementada na empresa toda e envolve um esforço de rebranding de cima a baixo. Ela se alinha com a direção que eu acho que deveríamos tomar já há algum tempo. Quando estiver pronta, Henley.

Ajeitando-se na cadeira na cabeceira da mesa, Marlen gesticula para que eu me junte aos executivos.

Engolindo em seco, atravesso a sala em pernas trêmulas até a mesa de conferência. Uma das minhas solas de borracha se agarra ao piso e um guincho ensurdecedor preenche o silêncio. Faço uma careta.

Calma. Eu preciso estar calma.

Seis pares de olhos me encaram enquanto ligo o notebook e abro meu PowerPoint no telão na parede oposta. Não está bonito nem é meu melhor trabalho — há apenas fotos nos primeiros slides e os gráficos que incluí depois são tristemente básicos —, mas ao menos tive algum tempo para limpar a apresentação depois que deixei a sala de Marlen. Terá que servir.

Olhando cada executivo nos olhos, eu começo. As palavras fluem e, após um minuto, começo a relaxar. Eu não faço ideia de que horas são quando termino, mas sou saudada com gestos de aprovação.

— Excelente — murmura Renata.

Marlen bate na mesa com os nós dos dedos.

— Brilhante.

O diretor-financeiro, um homem de cabelos brancos chamado Mark, inclina-se adiante.

— Eu não estou convencido.

Ele me lança várias perguntas, às quais respondo hesitantemente no começo, mas aos poucos a minha confiança cresce. Renata propõe um novo ângulo que eu não havia considerado. Os executivos o discutem. E eu faço parte da discussão. *Eu*. Eles olham para mim em busca de informações adicionais, de ideias. Marlen especificamente pede minha colaboração mais de uma vez.

Meu estômago ronca; por sorte, baixo o bastante para eu achar que ninguém conseguiu ouvir. Confiro o horário no notebook e meus olhos se arregalam. Estou na reunião já há quase duas horas.

Marlen se joga de volta em sua cadeira de couro.

— Agora, temos a questão da promoção de Henley.

Viro meu queixo para ele tão rápido que o pescoço reclama. Minha o quê?

— Está claro que ela tem sido mal aproveitada como gerente de marketing. Ela tem visão, motivação e liderança. Sabiam que ela montou sua própria equipe para ajudá-la nesta proposta? Ela chegou mesmo a trazer as outras pessoas à minha sala mais cedo para lhes dar o crédito. — Marlen ri consigo mesmo. — Ela tem um olhar afiado para estratégia e um currículo que é pura dinamite, inclusive está bem adiantada no seu MBA.

Marlen leu meu currículo?

— Diretora digital? — oferece Mark.

Estou prestes a me intrometer, mas Renata chega antes.

— Diretora digital não parece o cargo ideal. É limitado demais.

— Eu concordo — diz Marlen. — James escolheu Graeme Crawford-Collins para essa vaga, e eu gosto dele para ela.

Renata batuca com uma unha na mesa.

— Bem, faz duas horas que há uma vaga aberta na diretoria. Poderíamos usar um pouco de sangue novo por aqui.

Minha pulsação se acelera como um trem descarrilhado.

— De fato — diz Marlen, me contemplando. — Senhorita Evans, o que acha de ser a diretora de estratégia da Aventuras Seaquest? Interinamente, para começar. Porém, se você se provar, depois de um período determinado... digamos, dezoito meses... o cargo se tornaria permanente.

Estou tonta. Isso vai tão além de minha imaginação mais tresloucada que mal consigo processar.

Eu. Na diretoria.

Umedeço os lábios ressequidos.

— Eu... eu precisaria considerar os detalhes.

A risada sonora de Marlen faz o teto vibrar.

— Viram? Ela é perfeita para um cargo como diretora de estratégia.

Renata repousa o antebraço na mesa.

— Quais são suas preocupações, Henley?

— Bem, as responsabilidades do cargo. A carga de trabalho. Equipe de apoio. Objetivos de longo prazo. Pacote de benefícios.

— Todas questões válidas — ela me assegura.

A pele ao redor de seus olhos castanhos se enruga quando ela fala, e não consigo evitar sentir como se tivesse encontrado uma aliada hoje.

— O marketing pode ser tocado por um diretor na área digital e outro na área de impressos tomando as decisões. Acho que você teria uma equipe pequena sob suas ordens para focar em implementar nossa visão de ecoturismo, além de desenvolver as outras iniciativas estratégicas da empresa — diz Marlen. — É um projeto grande, e você precisará de um departamento próprio.

Assinto.

— Eu gostaria de escolher minha própria equipe. Barbara Jenkins como minha assistente-executiva, mas com espaço para crescer para um papel mais substancial. Christina Kim, por suas habilidades em marketing e comunicação. Eu sei que Tory Hageman não pode ser dispensada da contabilidade, mas outra pessoa com uma mentalidade voltada para os detalhes, de preferência com experiência em administração de ONGs ou em preservação.

Sorrindo, Marlen dá um tapa no braço da cadeira.

— Fechado. Vou pedir para Rose marcar uma reunião para segunda-feira para que eu e você esbocemos os detalhes. Podemos voltar a conversar na semana que vem? — pergunta ele para a sala toda.

Um murmúrio de anuência se segue e a reunião termina. Eu me levanto sobre pernas trêmulas. Antes que possa sair correndo da sala, Renata toca de leve em meu ombro.

— Parabéns — murmura ela, oferecendo a mão. Seu aperto é firme, mas não esmagador. Uma aliança cravejada de diamantes cintila em sua mão.

— Obrigada — digo, um tanto sem fôlego.

Ela se inclina para perto e abaixa a voz para um cochicho conspiratório.

— É melhor você aceitar essa promoção, sabe? Estava na hora de termos outra mulher na diretoria, especialmente uma tão inteligente e determinada como você.

Ofereço um sorriso de desculpas.

— Eu ainda preciso de mais informações antes que possa me decidir.

— Não a culpo. Pode ser difícil abrir caminho até o topo num mundo masculino. Você terá muita gente torcendo contra, e a síndrome do impostor pode ser uma luta constante. Mas a Seaquest é um bom lugar para se estar. Marlen é um chefe extraordinário. Ele valoriza o trabalho duro e a honestidade, e aprecia um equilíbrio entre vida pessoal e trabalho. Não que seja fácil, você entende. Haverá dias longos e apostas altas. Mas é melhor do que muitas empresas, e aqui você terá a chance de fazer a diferença.

Respirando fundo, concordo lentamente.

— Que tal isso? — diz ela. — Antes de conversar com Marlen na segunda, venha me ver. Eu te darei minha opinião sobre o trabalho no nível executivo e algumas dicas sobre negociação.

— Obrigada! Isso seria maravilhoso.

Ela abaixa o queixo.

— A vida não nos dá muitas dessas oportunidades. Meu conselho? Abrace-a, molde-a e faça dela tudo o que você quer que seja.

Com um último sorriso encorajador, ela sai da sala.

— Puta merda, *diretora de estratégia?* — berra Christina depois de eu contar as novidades.

Walsh solta um guincho tão alto que poderia estilhaçar vidraças, enquanto Graeme me levanta em seus braços, girando no lugar. Meu coração levanta voo enquanto Walsh gargalha.

— Eu sabia que você conseguiria — murmura ele, devolvendo-me ao chão.

— Ei, vocês se incomodam? — Sadie resmunga.

— Desculpe, Sadie — grito, atravessando o saguão na direção do elevador.

O restante da diretoria deixou a sala de conferências, de modo que, além de Sadie, estamos sozinhos no saguão.

— Você sabe quanto vai ganhar como diretora de estratégia? — começa Christina. — Você poderia pagar seus empréstimos estudantis em, tipo, três anos, em vez de trinta. Poderia se mudar para um apartamento melhor. Poderia adotar outro gato... um que não coma suas próprias bolas de pelo.

— Mas e a carga de trabalho?

— Menina, você já trabalha tanto quanto um executivo.

— É, mas não quero continuar assim. Quero equilíbrio na minha vida.

— Então, certifique-se de ter equilíbrio — diz Graeme. Orgulho brilha no fundo de seu olhar. — Estabeleça seus limites desde o começo nesta negociação. Você tem o poder agora. Eles querem *você*. Assegure-se de iniciar a negociação a partir de uma posição forte. Peça o que deseja e não ceda no que não for negociável.

Olho para ele.

— Se eu aceitar o emprego, acho que isso significa que não trabalharemos juntos. Não no mesmo departamento, pelo menos.

— Sem problemas com os recursos humanos, então. — Ele passa os braços ao redor de minha cintura e me puxa para perto. — Espera aí, "se"?

— Eu disse que pensaria a respeito. Vou me encontrar com Marlen na segunda para discutir os detalhes.

Christina dá tapinhas no antebraço de Graeme.

— Não se preocupe. Eu vou me certificar de que ela aceite.

Dou uma trombada nela com o quadril.

— Eu pedi para ter você na minha equipe. Está interessada?

— Em trabalhar com você? — Ela assente tão rápido que o cabelo salta ao redor dos ombros. — Mas é claro! Definitivamente. Mas não pense que vou te chamar de *senhora*. Eu prefiro Chefinha Fodona.

Impossível conter uma explosão de risos.

— Funciona para mim.

— Já está na hora de celebrar? — interrompe Walsh.

— Com certeza — diz Christina. Porém, quando vê o relógio em cima da mesa da recepção, ela solta um grunhido. — Argh, são só quatro e meia. Eu tenho mais meia hora de serviço.

— Jantar e drinques no meu apartamento à noite?
— E dança — acrescenta Walsh.
— E dança — ecoo.

Christina sorri.

— Perfeito. Eu aviso a Tory. Encontro vocês no seu apartamento às seis?
— Te vejo lá.

Dez minutos depois, Walsh, Graeme e eu estamos no banco traseiro de outro Uber — um Prius impecável. Música house cheia de energia salta dos alto-falantes e a cabeça do motorista balança no mesmo ritmo.

Meu telefone apita com um novo e-mail — é um aviso para a empresa toda anunciando a partida inesperada de James. Estou para guardar o celular quando o assunto de outro e-mail me chama a atenção:

Lançamento do Kodiak marcado para abril.

O *Kodiak* é um navio novo, ainda nos estágios finais de sua construção, que vai dobrar nossas ofertas na minha região, Américas do Norte e Central. Sorrio para mim mesma. Minha antiga região, se eu aceitar a promoção.

Leio o e-mail por cima, movida pela pura força do hábito. Em sua maioria, são detalhes logísticos, mas no final há uma lista de cargos que a empresa deverá preencher. Um novo navio requer nova tripulação e equipe. Encaminho o e-mail para Walsh.

Eu a cutuco com o cotovelo.

— Ei, dá uma olhada no seu e-mail.

Franzindo o cenho, ela pega seu celular e abre a mensagem.

— Não entendi.
— Continue rolando... mais um pouco... aí, a lista de vagas.
— Especialista em limpeza?
— Coordenador de spa. A bordo de nosso mais novo navio, que será inaugurado na primavera. Envolve fazer massagens, dar aulas de pilates e ioga, guiar sessões de meditação, esse tipo de coisa. Você seria perfeita.

— Henley — ofega ela, enquanto seus olhos dardejam pela tela. — Conhecer gente nova toda semana... viajar num navio que roda o mundo todo? Esse é o emprego dos meus sonhos! — Então, a empolgação que se inflava em suas feições murcha. — Você quer tanto assim que eu me mude?

Eu me arrasto para junto dela.

— Não! Deus do céu, não. Na verdade, eu estava pensando que preciso encontrar um apartamento maior quando meu contrato vencer, em novembro. Talvez um apartamento com dois quartos? Mesmo que você aceite trabalhar em um de nossos navios, não será pelo ano todo. Você poderá tirar meses de folga, então precisa de uma base em algum lugar. E eu quero que você saiba que pode ficar comigo, sempre. O que você me diz?

Os olhos dela cintilam.

— Eu digo que é um sonho que virou realidade.

Passando um braço em torno de minha irmã, dou-lhe um apertão.

— Eu te amo, Walshers.

— Eu também te amo, Hennie-Bennie.

— Então, há... vocês moram por aqui? — O motorista do Uber dá meia-volta, a trança em sua barba balançando enquanto ele observa Walsh com óbvio interesse.

Ela se debruça adiante.

— Moramos, sim.

Enquanto os dois papeiam, eu me aninho em Graeme e pouso a cabeça no ombro dele. O carro para devagar num farol vermelho, as janelas dos prédios lá fora piscando na luz do início da noite. Ele dá um beijo carinhoso em minha têmpora.

— Estou tão orgulhoso de você.

Eu levanto a cabeça para olhar para ele.

— Tem certeza que não se incomoda com a minha promoção?

Ele solta uma fungada.

— Não sou o Sean, lembra?

— Mas eu ficarei num nível acima do seu... De você como diretor. Eu, como executiva...

Levantando meu queixo com o indicador, ele roça os lábios nos meus num beijo lento que faz minha libido despertar e deixa minhas terminações nervosas crepitando.

— Você sabe que eu gosto de ver uma mulher por cima.

Quando ele se afasta, dá uma piscadela para mim.

Não consigo conter uma risada.

— O que você vai fazer daqui a um mês?

— Estarei com minha namorada.

Eu pisco.

— Desculpe, como é que é?

— Você. Estarei com você.

— Namorada? — repito.

— Tudo bem por você?

— Definitivamente.

Os lábios dele descem para meu pescoço e ele deposita um beijo diretamente sob minha orelha, me fazendo estremecer.

— O que você tinha em mente?

— Hummm... — Olho para o teto liso e cinzento do carro. — Que tal acampar? Ouvi dizer que o monte Rainier é lindo nessa época do ano.

Os olhos azuis de Graeme faíscam e seus ombros relaxam num suspiro contente.

— Pensei que você não fosse pedir isso nunca.

O Uber estaciona do lado de fora do meu edifício e Graeme e eu descemos.

— Eu subo daqui a pouco — diz Walsh pela porta aberta, ainda envolvida na conversa com o motorista.

Graeme abre a pesada porta da frente ao mesmo tempo que minha vizinha Sophie está saindo. Dessa vez eu me lembro que é Sophie, não Sophia, porque Sophie tem o nariz mais comprido. Ela abre um sorrisinho para mim ao passar.

Passo pela porta e paro.

— Ei, Sophie?

Ela tira um fone do ouvido.

— Oi!

— O que você vai fazer essa noite?

— Não tenho nenhum plano.

— Eu vou dar uma festa, meio que uma comemoração. Você e Sophia querem vir?

Ela ergue os ombros, os olhos se encolhendo.

— Claro, parece divertido.

— O pessoal vai chegar às seis, mas fique à vontade para passar lá quando quiser.

— Parece ótimo. Vejo você depois. — Recolocando o fone no ouvido, ela acena para mim por cima do ombro.

— Isso foi bacana — diz Graeme.

— Estava na hora de eu fazer amizade com as vizinhas.

— Sabe, temos mais de uma hora até a sua festa. Talvez *a gente* pudesse fazer amizade...

A voz dele fica mais grave, um tom de pura travessura.

Inclino a cabeça.

— Mas você não pediu por favor.

— Quer que eu implore?

Abro um sorriso amplo e inocente para ele.

— Só se for de joelhos.

— Henley Rose.

Com um rosnado, ele me levanta e carrega pelo saguão. Eu rio descontroladamente, enquanto o calor inunda minhas bochechas. Um senhor idoso coletando sua correspondência nos lança um olhar desaprovador e eu jogo um beijinho na direção dele. Suas sobrancelhas hirsutas se levantam de súbito.

Quando chegamos ao elevador, meu coração está martelando e os dedos coçam para deslizar sobre cada centímetro da pele de Graeme. Ele aperta o botão para subir antes de me envolver num abraço apertado. Enfiando a mão por baixo da camisa dele, deixo meus dedos dançarem pela cintura de sua calça jeans. Quando os nós de meus dedos roçam sua barriga, ele respira fundo.

Meu telefone toca com meu lembrete diário de tarefas das 17h. Enfiando a mão no bolso, eu o pego.

Tarefa #1: Derrotar Graeme Crawford-Collins.

Eu não risco essa tarefa da lista.

Eu a excluo.

As batalhas foram travadas — algumas perdidas, outras entregues, algumas vencidas. Novos aliados se revelaram, um velho inimigo se tornou um amigo e depois um namorado, e eu fortaleci preciosos elos familiares. Uma onda de gratidão me inunda, tão poderosa que lágrimas ameaçam surgir em meus olhos.

As portas do elevador se abrem ruidosamente e Graeme me puxa para dentro, capturando meus lábios num beijo ardente. Meus ossos se liquefazem e eu mergulho em seu toque de derreter o coração.

Um pico de excitação enche meus pulmões e minha cabeça se preenche de um júbilo puro, irrefreável. Estou voando como um pardal acima de uma águia. Estou nadando com os tubarões. Pela primeira vez em minha vida, sinto que cheguei à altura de meu xará.

Eu me sinto uma estrela do rock.

NOTA DA AUTORA

Caro leitor,

Obrigada por ler *Rivais a bordo*! Espero que tenha gostado da história de Henley e Graeme tanto quanto eu amei escrevê-la. Embora *Rivais a bordo* seja uma obra de ficção, a maioria dos cenários descritos se baseiam em locais reais nas Galápagos. Existem mesmo cafés ao longo da beira da praia em Puerto Baquerizo Moreno, na Ilha de San Cristóbal, embora sem o milkshake ruim da Walsh (ainda assim, não beba a água de lá — incluindo os cubos de gelo). Você pode fazer uma trilha para Suarez Point e praticar mergulho livre na baía Gardner ou na Ilha Española e deixar um cartão-postal no histórico barril postal na Ilha Floreana. Na Ilha Santa Cruz, é possível observar as tartarugas selvagens em seu habitat natural e existe mesmo uma galeria de arte com vidro reciclado maravilhosa na cidade principal de Puerto Ayora. E os degraus que levam ao ponto mais elevado da Ilha Bartolomé presenteia o visitante com uma paisagem deslumbrante mesmo.

Apesar de a Aventuras Seaquest ser uma empresa fictícia, há pequenos cruzeiros de aventura que operam nas Galápagos e por todo o mundo. Se você tem os meios e a oportunidade de viajar e estiver considerando agendar um cruzeiro, eu o incentivo a pesquisar suas opções. A Lindblad Expeditions, por exemplo, é líder há muito tempo em sustentabilidade e viagens responsáveis e ecológicas (e minha preferida, pessoalmente).

Quanto a outros locais, a estação de pesquisa e o centro de reprodução de tartarugas que Henley e Graeme visitam são fictícios, mas inspirados na Estação de Pesquisa Charles Darwin e no centro de reprodução de tartarugas do Diretorado de Parques Nacionais das Galápagos em Puerto Ayora, na Ilha Santa Cruz.

Mas, tirando essas curiosidades, um dos elementos mais importantes que incluí em *Rivais a bordo* não é nem um pouco fictício, embora eu desejasse que fosse. A mosca parasita *Philornis downsi* é bem real, assim como o impacto que ela e outras espécies invasivas levadas pelo ser humano causam nas ilhas. Eu soube de espécies invasivas como a *Philornis* pela primeira vez em meu trabalho cotidiano, atuando no reino da filantropia corporativa, mas só quando tive a oportunidade de viajar para as Galápagos em 2013 pude compreender de verdade a importância de administrar as espécies invasivas para proteger a vida selvagem nativa.

Parte da maravilha das Galápagos é a chance que ela oferece de se conectar profundamente com a natureza de um jeito que nem sempre está disponível. Como nas Galápagos há tão poucos predadores naturais, e as pessoas só começaram a chegar àquelas ilhas por volta de 1535, a vida selvagem local evoluiu sem desenvolver um medo inerente de seres humanos. Quando foi a última vez que você se aproximou de um pássaro e ele não saiu voando? Passou por uma iguana e ela apenas virou o rosto para o sol, em vez de correr para baixo de um arbusto? Ou mergulhou com leões-marinhos e pinguins (pinguins?!) inquisitivos, em vez de assustados? Esses são alguns dos encontros especiais com a vida selvagem que vivenciei nas Galápagos, e eles criaram raízes em meu coração e tocaram minha alma.

Explorar as Galápagos me ajudou a entender que estamos todos conectados — seres humanos, plantas, animais, oceano, ecossistemas. Os lugares selvagens do mundo estão desaparecendo, então é muito fácil nos imaginar existindo separadamente do mundo natural; entretanto, os seres humanos desempenham um papel crítico na saúde do planeta. Nossas ações podem ter consequências negativas (mudanças climáticas, poluição, extinções em massa etc.), mas o que eu achei mais inspirador nas Galápagos foi a prova de que as pessoas são também capazes de catalisar mudanças positivas. Tudo se resume ao que você escolhe fazer.

O povo das Galápagos, por exemplo, optou por entrar em ação para proteger o Patrimônio da Humanidade da Unesco que é seu lar. Em minhas viagens, conheci artesãos locais que usam materiais reciclados, como papel e vidro, para criar belas peças de arte e, ao mesmo tempo, reduzir a quantidade de detritos nas ilhas. Vi tartarugas-gigantes em pessoa — répteis que, nem cinquenta anos atrás, estavam à beira da extinção — e conheci os cientistas que estão se empenhando muito para preservá-los, assim como outras espécies endêmicas. Aprendi sobre os esforços do Diretorado de Parques Nacionais das Galápagos para monitorar a Reserva Marinha das Galápagos e evitar a pesca ilegal. E falei com crianças numa escola de Santa Cruz apaixonadas por seu papel como guardiãs ambientais.

Pesquisadores, cientistas, ONGs, organizações governamentais, lideranças locais e membros da comunidade nas Galápagos estão trabalhando juntos para reduzir a poluição por plásticos, controlar espécies invasivas e restaurar habitats naturais. E seus esforços estão fazendo uma diferença tangível. O que me faz pensar: o que *nós podemos* fazer para causar um impacto positivo no mundo?

Ao escrever *Rivais a bordo,* para mim era importante criar uma personagem que se sentisse tão inspirada por sua experiência nas Galápagos quanto eu me senti, e que promovesse a preservação dentro de sua própria esfera. Mas nem todos nós precisamos ser como Henley e lançar uma iniciativa de preservação global para criar uma mudança real. Todos nós fazemos escolhas todos os dias, e mesmo escolhas pequenas podem se somar e fazer uma grande diferença, desde que pessoas suficientes se unam a elas.

Podemos escolher canudos, utensílios, sacolas de compras e garrafas de água reutilizáveis, em vez das variedades plásticas de uso único. Podemos comer menos carne a cada semana, especialmente bovina e suína, e optar por peixes de pesca sustentável para reduzir nosso impacto sobre o oceano. Podemos escolher comprar em empresas mais ecológicas e apoiar produtores locais. Podemos reciclar e podemos usar o transporte público, bicicletas ou caminhar sempre que viável, em vez de usar o carro.

Para aqueles que tiverem os meios financeiros e a inclinação, é possível optar por fazer uma doação monetária para sua instituição sem fins lucrativos ou de caridade preferida. Se após ler *Rivais a bordo* você por acaso se sentir inspirado a contribuir com os esforços de preservação nas Galápagos, duas organizações que realizam um trabalho vital são a Fundação Charles Darwin (www.darwinfoundation.org) e a Galapagos Conservancy (www.galapagos.org), entre outras.

Num nível mais pessoal, podemos fazer a diferença ao escolher a empatia em vez da divisão. Ao ouvir, em vez de gritar. Ao levar os outros em consideração, em vez de agir em interesse próprio. Podemos escolher olhar para fora de nós mesmos e agir de forma a causar um impacto positivo sobre nossos vizinhos, nossas comunidades, nosso ambiente e o mundo em geral.

Meu desejo para você, leitor, é que encontre sua faísca de inspiração que leve a uma conexão mais profunda com o planeta. Para mim, isso ocorreu quando viajei para as Galápagos. Para você, pode ser sair de casa, explorar seu próprio quintal ou um parque local, e deixar que os milagres da natureza inebriem a sua alma.

O mundo é um lugar grande, belo e complicado, e espero que você descubra sua própria fatia de deslumbramento nele.

Meu amor para todos,

Angie

AGRADECIMENTOS

Rivais a bordo é o livro do meu coração, mas ele jamais teria zarpado sem a ajuda e o apoio de muitas pessoas maravilhosas.

Minha mentora, Sarah Andre, magicamente surgiu em minha vida no ponto em que eu mais precisava dela. Obrigada por acreditar em mim quando a síndrome do impostor bateu na minha porta. Por isso, e por seus conselhos em tantas frentes, sou eternamente grata.

À minha parceira de críticas, Amanda Uhl: obrigada por me manter nos trilhos e me deixar testar todas as minhas más ideias com você. Você é uma escritora talentosa e tenho sorte de poder contar com sua amizade. Gratidão à leitora beta Danielle Haas pelo feedback soberbo num esboço inicial de *Rivais a bordo* e à amiga e parceira de viagem Lindsey Davis por me incentivar e estar disposta a ler qualquer coisa que eu enviasse. Obrigada também aos membros do capítulo da RWA do Nordeste de Ohio, aos Wellesley Writers e aos Omegas — sinto-me afortunada por fazer parte de tantas comunidades de escritores solidários.

Para minha professora de inglês do último ano do ensino médio, sra. Hogan: muito obrigada por me apresentar à ficção feminina ao nos pedir para ler *Como água para chocolate* e por me ensinar que escrever é uma habilidade que podemos aprimorar por meio de esforço ao longo do tempo.

Para minha extraordinária agente, Jessica Watterson: você é, simplesmente, a melhor. Obrigada por defender *Rivais a bordo* e fazer um sonho antigo se realizar. Tenho muita sorte por ter você e toda a equipe da Sandra Dijkstra Literary Agency a meu lado.

Muito, muito obrigada à minha brilhante editora, Molly Gregory. Você ajudou a elevar esta história de formas que eu não poderia ter imaginado, e seu entusiasmo por *Rivais a bordo* significou o mundo para mim. Trabalhar com você é uma alegria e um privilégio e estou para lá de agradecida por essa experiência.

Um agradecimento sincero, do fundo do meu coração, para toda a equipe da Gallery por seu trabalho em *Rivais a bordo* e seu apoio tremendo. Obrigada a Jen Bergstrom, Connie Gabbert, Jen Long, Aimée Bell, Christine Masters, Faren Bachelis, Sally Marvin, Abby Zidle, Anabel Jimenez, Lisa Litwack, Caroline Pallotta, Rachel Brenner e Anne Jaconette. E obrigada a Kate Byrne e minha casa editorial no Reino Unido, Headline Eternal; muito obrigada por levar *Rivais a bordo* para os leitores de além-mar.

Para a minha tribo da Wellesley — vocês sabem quem são —, vocês são as mulheres mais brilhantes, motivadas e empoderadas que eu conheço. Sua amizade é a força mais edificante em minha vida, e vocês me inspiram a cada dia com sua empatia, humor e espírito de inovação. Obrigada por estabelecer o padrão que uso para escrever sobre amizades femininas.

Para todas as pessoas que trabalham — e apoiam — pela preservação nas Galápagos e no mundo todo: eu me inspiro por sua dedicação a não apenas preservar o planeta, mas a criar um futuro melhor e mais sustentável. Obrigada pelo trabalho criticamente importante que vocês realizam.

Finalmente, à minha família: eu verdadeiramente não poderia ter escrito este livro sem vocês.

Mamãe: obrigada por acender minha imaginação ainda cedo, por abrir meus olhos para o mundo por meio das viagens e por sempre me incentivar a seguir meus sonhos. Você é a minha rocha e minha mola propulsora. Eu não estaria aqui sem você (literalmente, mas também neste estágio da minha carreira de escritora).

Jimmy: todo dia com você é uma aventura (no melhor sentido possível). Você me mantém rindo e me inspira com sua abordagem tenaz da vida. Seu apoio significa mais para mim do que você pode saber. Eu te amo.

Cooper: eu não acreditava que poderia realmente terminar de escrever um livro inteiro antes que você viesse ao mundo. Você catalisou minha determinação interna de superar desafios e seguir adiante. Tenho muita sorte de ser sua mãe.

Vovó: obrigada por seu amor incondicional e seu apoio perpétuo. A senhora e o vovô deixaram uma marca indelével na minha alma e estarão em meu coração para sempre. Um obrigada sincero também a Don, Chris e Jim — obrigada por apoiar minha jornada de escritora ao longo de todos os altos e baixos.

Finalmente, um obrigada imenso e sincero a você, leitor! Com o oceano de livros por aí, eu agradeço muito por ter escolhido ler o meu. Muita gratidão também aos bibliotecários, livreiros, resenhistas, professores, blogueiros e a todas as pessoas que conectam leitores e livros. Eu posso fazer o que eu amo por causa de vocês, e agradeço muito por isso. Obrigada a todos vocês!

LEIA TAMBÉM

LEIA TAMBÉM

O que você faria se o homem dos seus sonhos se tornasse real? Da celebrada autora Angie Hockman, *Depois daquele sonho* **é uma comédia romântica mágica e espirituosa que explora o que acontece quando nossos sonhos se tornam realidade — mesmo quando não são o que esperamos.**

Quando Cass Walker, uma estudante de Direito, acorda depois de sobreviver a um acidente de carro, ela é inundada por lembranças de seu namorado, Devin. O problema? Devin não existe. Mas tudo que ela lembra sobre ele parece real, como o tom de seus olhos cor de café, a textura de seu cachecol favorito e até seu dedinho mindinho ligeiramente torto, quebrado depois de cair de um trampolim na terceira série. Ela sabe que ele é fruto da própria imaginação — amigos, familiares e médicos confirmam —, mas não consegue tirá-lo da cabeça.

Então, um ano depois, quando encontra o Devin de verdade em uma floricultura de Cleveland, Cass entra em choque. O mais surpreendente é que Devin acredita na história dela, e logo ambos embarcam em um romance na vida real. Com o homem dos seus sonhos ao seu lado e um emprego de verão em um prestigiado escritório de advocacia, o futuro de Cass parece perfeito. Mas o destino talvez tenha outros planos...